COLÓQUIO MORTAL

GREENPEACE

A marca FSC é a garantia de que a madeira utilizada na fabricação do papel interno deste livro provém de florestas de origem controlada e que foram gerenciadas de maneira ambientalmente correta, socialmente justa e economicamente viável.

O Greenpeace — entidade ambientalista sem fins lucrativos —, em sua campanha pela proteção das florestas no mundo todo, recomenda às editoras e autores que utilizem papel certificado pelo FSC.

LEV RAPHAEL

COLÓQUIO MORTAL

Tradução:
LUIZ ANTONIO OLIVEIRA DE ARAÚJO

COMPANHIA DAS LETRAS

Copyright © 1997 by Lev Raphael
Todos os direitos reservados

Título original:
The Edith Wharton murders

Projeto gráfico da capa:
João Baptista da Costa Aguiar

Foto da capa:
Hank Newman

Preparação:
Carlos Alberto Bárbaro

Revisão:
Cecília Ramos
Isabel Jorge Cury

Os personagens e as situações desta obra são reais apenas no universo
da ficção; não se referem a pessoas e fatos concretos,
e sobre eles não emitem opinião.

Dados Internacionais de Catalogação na Publicação (CIP)
(Câmara Brasileira do Livro, SP, Brasil)

Raphael, Lev, 1954
    Colóquio mortal / Lev Raphael ; romance policial com
Nick Hoffman ; tradução Luiz Antonio Oliveira de Araújo. —
São Paulo : Companhia das Letras, 2007.

    Título original: The Edith Wharton murders
    ISBN 978-85-359-0995-1

    1. Ficção policial e de mistério (Literatura norte-ameri-
cana) 2. Hoffman, Nick (Personagem fictício) - Ficção 3.
Wharton, Edith, 1862-1937 - Estudo e ensino - Ficção I.
Título.

07-1053   CDD-813.0872

Índice para catálogo sistemático:
1. Ficção policial e de mistério : Literatura norte-americana
   813.0872

2007

Todos os direitos desta edição reservados à
EDITORA SCHWARCZ LTDA.
Rua Bandeira Paulista, 702, cj. 32
04532-002 — São Paulo — SP
Telefone: (11) 3707-3500
Fax: (11) 3707-3501
www.companhiadasletras.com.br

À minha irmã

"*Eu detesto os escritores. Não os execraria tanto se eles não escrevessem livros.*"
— Elizabeth von Arnim,
The enchanted April

"*A única coisa pior do que não ser publicado é* ser publicado."
— Daniel Magida, autor de
The rules of seduction

PRÓLOGO

Na primeira vez em que ouvi um figurão do Movimento Macho dizer que os homens precisavam desesperadamente entrar em contato com o seu "guerreiro interior", eu achei graça porque estava resfriado, não conseguindo ouvir lá muito bem, e achei que ele tinha dito "*berreiro interior*".

Ora, eu não precisava de nenhum xamã de programa de calouros batucando numa bateria do Kmart para me indicar a rota desse tipo de viagem. Até dormindo eu conhecia o caminho.

Stefan sempre me acusou de catastrofismo. Para mim, tratava-se apenas de planejamento prévio. Mas nem mesmo eu pude antever os crimes Edith Wharton.

Meus problemas começaram no primeiro dia do semestre de outono, quando se convocou uma reunião "de emergência" com todo o Departamento de Inglês, Estudos Americanos e Retórica (IAR) na sala em frente à secretaria do edifício Parker. Era uma velha sala de aula reformada no fim dos anos 50 ou no começo dos 60, quando muito se construiu no campus de Michiganapolis da Universidade Estadual de Michigan. Podia ser que tivesse sido bonita antigamente, mas hoje ninguém mais podia dizer o mesmo. No teto rebaixado e forrado de placas de gesso caiado, granuloso, projetavam-se montes de lâmpadas de neon que piscavam, chiavam e que estariam mais bem situadas em uma sala de cirurgia ou em um necrotério. Feias venezianas beges sombreavam as janelas, pendendo em dobras poeirentas e desconjuntadas. O revestimento das paredes fora repintado muitas e muitas vezes, e o quadro-negro com bordas de metal tinha superfície verde-clara.

O pior eram os assentos, ou melhor, as horríveis cadeiras de pedestal com finos braços curvos que se alargavam para transformá-las em miniescrivaninhas verdoengas, acinzentadas, quase impraticáveis. Os assentos eram duríssimos, e as cinqüenta unidades apinhadas num cômodo com capacidade de no máximo trinta só exacerbavam a sensação de desconforto. Além de muito apertadas, as cadeiras eram chumbadas no chão — para o caso de haver um terremoto, imagino —, de modo que quem tentasse se virar arriscava ficar eviscerado. A autoritária disposição da sala obrigava os alunos a olharem para a frente, vetando qualquer possibilidade de interação. Era fácil imaginar cada carteira ligada a um sistema eletrônico que punisse e disciplinasse com choques aplicados por controle remoto.

Os membros do corpo docente parecíamos estranhamente deslocados naquela congestionada e estreita combinação de carteiras em que os estudantes sofriam rotineiramente. A atmosfera de crise se adensava com os assentos extras acumulados no fundo da sala.

Meu companheiro Stefan, escritor residente do departamento, não compareceu, pois sempre se dava ao luxo de faltar às reuniões. Era um privilégio inaudito de seu cargo, privilégio que eu invejava, principalmente porque o IAR estava dividido em campos rivais.

O departamento de quase oitenta membros tinha um núcleo de vinte docentes que haviam outrora constituído o independente Departamento de Retórica, que quinze anos antes, quando de um corte de verbas, fora obrigado a se fundir com o de Inglês e Estudos Americanos. Um transplante que jamais ocorreu na prática. Os professores de retórica — pretensiosos, ranhetas e pouco qualificados — eram sistematicamente maltratados no IAR: escritórios menores, horários menos convenientes, queixas desdenhadas.

Todos eles se comportavam como prisioneiros reduzidos à escravidão pelos exércitos de um império brutal que, depois de lhes arrasar a capital, havia salgado a terra para que nela nada voltasse a brotar. Não tinham esperança, não tinham sonhos, não tinham saudade sequer. Ocasionalmente, porém, entregavam-se a esquisitas tiradas auto-imolantes nas reuniões de departamento, apresentando sugestões e reivindicações que mostravam que eles nada compreendiam da realidade da universidade.

Os outros professores os desprezavam, e o pessoal da retórica não ia muito com a minha cara. Embora também desse aula de redação, coisa que eles faziam havia anos, eu era uma anomalia, pois *gostava do trabalho*. Mas também era um especialista em Edith Wharton, e provavelmente iria em breve dar um seminário sobre ela, além das outras aulas, ao passo que eles sistematicamente repetiam o mesmo curso semestre após semestre, ano após ano.

De pé na frente da sala, Coral Greathouse, a nova chefe do IAR, anunciou o início da reunião à sua maneira hesitante e desencarnada. Magra, loira, de olhos esbugalhados por trás dos enormes óculos de aro vermelho que realçavam o seu terninho azul-marinho de freira à paisana, era pálida, séria, intensa — tinha a serena convicção de uma bibliotecária de cidadezinha do interior que sabia perfeitamente onde ficava cada livro. O chefe precedente era um sujeito agressivo e atabalhoado, de modo que não surpreendia o departamento ter preferido uma mulher que não passava de uma nulidade. Coral parecia desprovida de sentimento; raramente mudava de expressão, e quando falava quase não movia a boquinha redonda. Era uma forte ou uma fraca? As pessoas lhe davam atenção por respeito ou por acharem que ela não tinha a menor importância? Ainda era cedo para saber.

"Olhe só a pose dessa mulher", cochichou Serena Fisch na carteira à minha direita enquanto esperávamos que a chefe começasse a falar. Serena contrastava em tudo com Coral — extravagante nos gestos, na fala e na aparência. No departamento, era a pessoa mais firmemente ancorada no passado, especificamente na década de 1940. Eu gostava de imaginá-la uma das Andrews Sisters. Naquele dia, seu cabelo preto e lustroso estava mais preto e lustroso que de hábito, como se ela o tivesse untado com selador de poliuretano. Exageradamente maquiada com camadas de branco e vermelho, mais parecia uma espécie de *kabuki à go-go*. Calçava escarpins pretos, meias com costura e um vestido igualmente preto, bem cinturado, com botões na frente e enchimento nos ombros. Um pente cravejado de falsos brilhantes prendia-lhe o rabo-de-cavalo meio de lado, muito embora um simples elástico bastasse para fazer o serviço.

Coral começou sem rodeios: "Vocês sabem que os professores da universidade dizem que UEM significa Universidade Estadual dos Machos, todos se queixam de que o corpo docente conta com muito poucas mulheres, de que quase não contratamos assistentes mulheres, de que não levamos a questão feminina a sério. Alguns deputados acolheram essas reclamações, e agora o governador interferiu".

Ouviu-se um rumor eivado de ironia, e muita gente ergueu os olhos para o teto. Por mais que o Legislativo fizesse questão de deixar claro, todo ano, que tinha o poder de cortar as verbas da UEM, e quase sempre o fazia, os professores suspiravam com irritação quando se mencionava o tema deputados estaduais, como patrões às voltas com um chato pedindo emprego. Como se viver uma suposta vida intelectual os tornasse superiores em tudo. Era esquisito, arbitrário e contraproducente. Mas isso nunca mudava.

Coral chegou a esboçar um sorriso animador, aparentemente percebendo que a sua própria presença era a prova da burrice dos parlamentares instalados no capitólio, a poucos quilômetros dali. Mas logo voltou a fechar a cara. "Como o IAR vai reagir?"

Bem, naquele exato momento, o IAR reagiu com um

12

alvoroço de rosnados, denúncias e reivindicações. Todos tinham o que dizer e começaram a fazê-lo simultaneamente. Eu achei melhor me fechar em copas, pois sabia que ia demorar um pouco para conter aquela balbúrdia. Imaginei-me assistindo a um programa de televisão com o som abaixado e me limitei a observar os colegas espalhados pela sala. A maioria se encaixava numa categoria bem nítida. Os professores mais velhos pareciam tão desprovidos de vitalidade e energia quanto um animal atropelado que tivesse passado uma semana jogado na pista. Excessivos trabalhos para corrigir? Excessivas reuniões de departamento? Excessivas mentiras da administração?

Cerca da metade dos docentes do IAR, quarenta ao todo e na maioria homens, costumava usar decrépitos paletós de tweed e surradíssimas calças de cotelê, o que, em minha opinião, era uma espécie de deliberada autoparódia. Mas semelhante enxoval os havia desconstruído além da conta. Calvos ou com o cabelo mal cortado, seria uma gentileza chamá-los de desmazelados. Seu desleixo era de tal modo opressivo e inescapável que os professores mais jovens e mais bem vestidos acabavam parecendo exibidos e inadequados — como se tivessem tomado um banho de perfume para ir a um velório.

Olhando para o grupo ruidoso e clamoroso, Coral arreganhou uma controlada careta de aborrecimento. Foi como se estivesse trocando uma fralda particularmente imunda, e eu comecei a rir. Serena fez o mesmo, e Coral nos endereçou um aceno agradecido quando o pessoal se calou, tentando descobrir qual era a graça.

"Um de cada vez", murmurou. "Por favor."

A idéia de incluir mais escritoras mulheres nos cursos foi rejeitada por um membro da comissão de currículo, que disse que nós já tínhamos feito o suficiente nesse sentido.

Les Peterman, o grande falocrata do departamento, disse: "E se a gente contratar alguns datilógrafos homens para mostrar que ninguém aqui é sexista?". Foi vaiado e aplau-

13

dido. O seu campo de especialidade eram os anos 60, e, sabe-se lá por qual razão, ele sempre fazia piada acerca da igualdade de direitos entre homens e mulheres.

Um novato perguntou: "Que tal organizar uma discussão sobre gênero?".

Fez-se um silêncio hesitante, as pessoas olhando para os lados, umas tentando avaliar a reação das outras. "Gênero" — assim como "politicamente correto" — era um termo capaz de desencadear uma verdadeira e duradoura histeria no campus.

Serena falou devagar. "Legal, aí a gente paga uns convidados para falarem sobre suas partes íntimas."

Coral conteve a erupção de gargalhadas simplesmente sacudindo a cabeça. "Uma discussão", repetiu. "Por que *não* fazer uma discussão? Não digo que seja sobre gênero, mas sobre" — ela hesitou — "uma escritora. Uma escritora americana. Os alunos gostariam, nós poderíamos solicitar o co-patrocínio do Estudos Femininos..."

A proposta era tão pertinente que foi como se todos estivessem sob efeito de Valium *time-release*, no ritmo de Coral. Fizemos que sim em câmera lenta, calados agora, tentando achar um nome para sugerir.

"Anaïs Nin", arriscou Serena.

"Ora, tenha a santa paciência!" Era Larry Rich, o molambento ex-hippie de calça de veludo manchada e suéter larguíssimo. Dava aula de teatro e poesia renascentistas. "Ela é tão ultrapassada."

Martin Wardell, o especialista em período vitoriano que sempre se atrasava na devolução dos trabalhos dos alunos, concordou. "Muito gemido, muito suspiro, muito esforço para conseguir efeito."

"Ela não tem nada de ultrapassado: transava até com o pai", alegou sensatamente Priscilla Davidoff, do outro lado, junto à porta. Priscilla dava aula de ficção de gênero. "As memórias de incesto estão na moda hoje em dia."

Muita gente estremeceu como se ela acabasse de propor que o departamento inteiro aparecesse num programa sensacionalista vespertino. Ficou óbvio que Nin estava excluída.

A sala predominantemente masculina também demoliu Gertrude Stein, porque era lésbica e, portanto, demasiado controversa e, além disso, "os italianos a apreciam mais do que nós" — argumento cujo *significado* ninguém entendeu. Flannery O'Connor e Carson McCullers foram rejeitadas por serem "muito esquisitas". Willa Cather estava fora de cogitação porque no ano seguinte seria matéria daquela "outra escola", em Ann Arbor. Toni Morrison chegou a despertar certo interesse, mas não tardou a ser refugada — embora ninguém o tivesse dito em voz alta — porque não havia nenhuma docente preta no departamento. Cynthia Ozick também ficou de fora, já que a UEM carecia de um programa de estudos judaicos; não convinha o IAR chamar a atenção para as deficiências da universidade. Além disso, ela iria ao campus na série de Aulas do Decano daquele inverno.

Sentindo um frio na nuca, desconfiei que estavam olhando para mim, sei lá por quê. E tinha razão. Alguém perto da porta gritou: "Que tal Edith Wharton?".

Eu me virei e dei de frente com Carter Savery, o membro mais apagado do departamento. Professor do ex-Retórica, um sujeito esquisitão, careca, atarracado, cinzento, de semblante totalmente desprovido de emoção. O tipo do homem cujos vizinhos a gente vê dizerem na televisão depois de um assassinato em massa: "Mas ele foi sempre tão calmo...".

Coral comprimiu os lábios como se estivesse encantada com a idéia. Acaso havia premeditado aquilo? "Comentários?", perguntou, com os lábios apertados e o sorriso doce. Eu senti um arrepio ao ver os meus colegas evidentemente dispostos a atender o seu pedido.

Em tom indiferente, Carter disse, "*Ethan Frome*", como se esse título explicasse alguma coisa.

Os presentes concordaram num vago reconhecimento, talvez evocando o tempo em que os martirizavam com *Ethan Frome* no colégio.

"E não esqueçam os filmes que andam fazendo com os livros dela!", disse outra pessoa, como se o distante glamour de Hollywood fosse se refletir em todos nós.

"Esperem..., isso é loucura!"

Silêncio. Todos nós olhamos para Iris Bell, uma mulherzinha miúda, ruiva, de voz fina e metálica, cujos comentários eram carregados de tão turbulenta emoção que a gente chegava a pensar que ela ia prorromper em lágrimas ao dar bom-dia. Recurvadas para baixo, as comissuras da sua boca denotavam uma perpétua mágoa, como se ela fosse a própria máscara da tragédia. Naturalmente, também era ex-professora do Departamento de Retórica.

"Isso é uma fraude!" Levantou-se de um salto, a paixão já estampada na castigada cara de elfo, as mãos entrelaçadas e os braços estendidos como a implorar que usássemos a razão. "Nós temos de ir imediatamente ao gabinete do decano protestar contra esse embuste. Temos de exigir uma ação real, uma atenção real às questões femininas neste campus!"

No silêncio que acolheu tais observações, quase deu para ouvir o pensamento dos professores que nunca tinham sido do Retórica. "Sim, está bem." E alguém murmurou: "Por que eles não calam a boca?".

Coral Greathouse sugeriu com brandura: "Vamos pôr o nome em votação?". E Iris tornou a se sentar, os ombrinhos caídos, o pálido semblante mortificado pela derrota.

Tal como o momento em *Levada da breca* em que Cary Grant descobre que o dinossauro vai desmoronar, percebi que haveria inevitavelmente um ciclo de conferências sobre Edith Wharton na UEM — e o responsável seria eu, quisesse ou não. Procedeu-se à votação antes que me ocorresse um meio de impedi-la ou de protestar. Nada vinha mais a calhar. Wharton era uma escritora popular, mas agradável e incontroversa.

"E o melhor", sintetizou Coral Greathouse com um entusiasmo pouco usual, "é que nós temos um especialista em Wharton no departamento."

"Eu sou apenas e tão-somente bibliógrafo dela", apressei-me a corrigir.

A chefe repeliu o meu argumento com um gesto de desdém: "Nós nos orgulhamos *tanto* de você".

Na pressa de encerrar a reunião, adiou-se a discussão sobre as datas e o planejamento do ciclo de conferências. Ao sair, as pessoas vieram me dar tapinhas no ombro ou apertar minha mão, como se eu acabasse de ganhar um prêmio ou o departamento me tivesse feito uma grande *honra*.

"Oh, meu Deus", murmurei quando a sala ficou vazia.

Coral Greathouse se aproximou de mão estendida. Tive de me levantar para apertá-la, sentindo-me como se estivesse posando para uma fotografia pública, com os fotógrafos e a imprensa ávidos por captar o sentimento espelhado em meu rosto.

"Eu fiquei muito contente", disse ela com voz entrecortada. "Muito mesmo. Foi a escolha certa. Sei que Bullerschmidt vai aprovar e nos dar todo apoio. E é claro que você tem os contatos na comunidade Wharton."

"Esse é o problema. Não *existe* nenhuma comunidade Wharton."

Inclinando a cabeça, ela me olhou feito um papagaio intrigado tentando aprender uma difícil palavra nova. "O quê?"

Tentei achar um modo sucinto de explicar uma situação complicadíssima. "Há duas sociedades Wharton rivais — e elas se detestam. Publicam jornais separados, quem freqüenta a palestra de uma não vai à da outra. Se a gente trabalhar com uma, a outra ficará ofendida."

Coral pensou um pouco. "Se há duas sociedades, a gente convida as duas." E saiu, evidentemente animada com a possibilidade de inscrições em massa.

Então eu entendi que estava num mato sem cachorro.

Serena Fisch sacudiu a cabeça, endereçando-me um sorriso torto. "Coral quer marcar um tento com esse número."

"Você acha?"

Serena se retorceu toda para sair da carteira, cruzou as pernas compridas. "Tenho certeza. Se a coisa for bem, ela ficará com todo o crédito."

"Que ótimo."

"Boa sorte, querido. Espero que você sobreviva aos milhares de telefonemas de gente reclamando que o nome saiu errado no programa — quer dizer, se os palestrantes mais importantes não ficarem presos em algum lugar por causa de uma greve das companhias aéreas. Depois, é claro que sempre há uma tentativa de estupro no coquetel de abertura. As conferências são assim, *divertidíssimas*."

"Você já organizou alguma?"

"Já", respondeu ela, muito séria. "E antes que terminasse peguei uma bronquite e uma pneumonia galopante."

"Carter fez isso de propósito!", disse eu entre dentes. E corei, arrependido. Serena Fisch era ex-chefe do Departamento de Retórica e, embora se comportasse como uma rainha deposta (e assanhada), eu não sabia ao certo o que ela sentia pelos antigos subordinados.

Serena sacudiu a cabeça. "Duvido, Nick. Carter só estava querendo ajudar."

"Que desastre", cochichei para que só ela ouvisse, muito embora estivéssemos sozinhos na sala.

"Eu sei." Serena balançou a cabeça em cumplicidade. "Eu sei. Todos vão querer que você faça o trabalho enquanto eles faturam os créditos ou ficam transando." Ergueu as sobrancelhas. "Ou as duas coisas", disse, pensativa.

"Mas você não entende como isso é terrível. É impossível organizar um ciclo de conferências sobre Wharton — é impossível organizar até mesmo uma pequena palestra sobre Wharton — com os dois grupos. Um tem ódio do outro."

"Questão de princípios gerais? Ou há uma história por trás?"

Desanimado, eu dei de ombros. A situação era terrível demais para entrar numa discussão naquele momento.

Serena passou o dedo na sobrancelha, como que parindo uma idéia. "Por que você não tenta reconciliá-los?"

"Nem a madre Teresa se atreveria. É como — é como matéria e antimatéria. Não — imagine o televangélico Pat Robertson namorando Madonna."

"Legal. Era o que faltava na universidade: uma rixa acadêmica."

Eu me limitei a sacudir a cabeça.

"É melhor você ir para casa", aconselhou ela, "ponha uma compressa de água fria na testa e fique repousando no escuro, bem tranqüilo."

Naquele exato momento, Coral Greathouse irrompeu na sala novamente. "Nick, fique sabendo que a pressão da administração, principalmente do decano Bullerschmidt, é muito forte. Nós precisamos começar já. O ciclo de conferências tem de ser realizado *nesta* primavera."

"Isso é impossível! Não dá para organizar uma coisa complicada assim em seis ou sete meses!"

Ela fez uma careta. "Mas você tem os contatos. É o que importa. E não esqueça que isso vai ser muito bom para a sua efetivação daqui a alguns anos, não é mesmo?" E tornou a sair.

Serena me encarou e encolheu os ombros.

"Foi uma ameaça", eu disse.

Ela concordou com um gesto. "Você está com cara de 'Guernica'."

"Como assim?"

"Destroçado."

No breve trajeto para casa, após a reunião que selou o meu destino, eu estava como num desses sonhos em que, de repente, a gente tem de entrar no palco, mas não se lembra do texto, não se lembra sequer do papel, nem sabia que *ia* representar um papel. As luzes se acendem, o público está ávido, ameaçador, pronto para atacar.

Senti um ligeiro alívio ao parar diante de casa, coisa

que sempre me animava. Construído na década de 1930, aquele sobrado colonial de alvenaria parecia oferecer tanta estabilidade, desde os pilares que flanqueavam a porta da rua até os cômodos espaçosos, arejados, com a nossa confortável mobília.

Stefan, que tinha ido a Ann Arbor visitar o pai e a madrasta, estava de volta, e eu adorei vê-lo. Abraçando-o, dei-lhe a péssima notícia, sabendo que só quando estivesse disposto ele ia contar como tinha sido o encontro com o pai, do qual passara muito tempo afastado.

Stefan se surpreendeu. "Eles querem que *você* organize o ciclo?"

Eu confirmei com um gesto taciturno.

"Não estou entendendo." Ele enrugou a testa. "É para sabotar o evento? Então eles não sabem como você é dispersivo?"

Eu comecei a rir. Por que chega a ser engraçado e até carinhoso quando o ser amado fala francamente dos defeitos da gente? Stefan sabia que eu era uma das pessoas mais desorganizadas do mundo, mas ouvi-lo dizer isso com todas as letras não me magoava.

Fomos para a cozinha, onde ele estava preparando o jantar: *pasta puttanesca*. Uma garrafa de *pinot grigio* já se achava na mesa, "respirando", assim como os pratos fundos de macarrão e, num recipiente de vidro, um parmesão romano recém-ralado.

"Pense bem", disse Stefan, misturando dentes de alho, azeite e anchovas na panela. "Você vai acabar perdendo todas as fichas de inscrição." Eu comecei a me sentir melhor. "Ou pode se atrapalhar e convidar especialistas em Eudora Welty — as iniciais são as mesmas, não? *EW.*"

Tornei a perder o ânimo. "Pena que a gente não mora perto de um vulcão. Aí as pessoas pensariam duas vezes antes de vir para cá."

Ele acrescentou alcaparras, azeitonas pretas picadas e tomates oblongos sem sementes na panela borbulhante e mexeu a mistura. "Que ilusão, Nick! Você sabe muito bem como são os acadêmicos. Não abrem mão de uma isenção de imposto e de uma temporada longe da sala de aula."

"E os especialistas em Wharton são os piores agora que ela está na moda. Acham que isso vai acabar."

Stefan fez que sim, vigiando a panela. O cheiro já estava delicioso. Ele abaixou o fogo. "*Penne* com manjerona e tomate ou *linguine* de espinafre?", perguntou, pondo um caldeirão de água para ferver.

Existe coisa melhor do que uma boa refeição preparada por um *chef* encantador?

"*Linguine*. O espinafre só funcionava para Popeye."

"É bom a gente sentar depois do jantar", propôs Stefan delicadamente, "e começar a planejar esse encontro."

"Não é melhor chamar o doutor Kevorkian para me tirar deste aperto enquanto é tempo?"

PRIMEIRA PARTE

"[...] *fazia tempo que o nome dela era propriedade pública* [...]"
— Edith Wharton, *The touchstone*

1

"Acho melhor te prevenir", falei, erguendo os olhos do cronograma do ciclo de conferências Wharton. "O meu companheiro de sala anterior foi assassinado."

Não pretendia dizer isso a Bob Gillian logo no primeiro dia de janeiro em que nos encontramos no escritório naquele segundo semestre letivo. Simplesmente escapou. Acontecia muito comigo. Eu acabava dizendo a coisa errada só porque o momento pedia o contrário. Deviam me achar sarcástico.

Talvez fosse uma mutação genética. Meus pais, judeus belgas, partilhavam do amor francês pelo *mot juste*, o que em mim tinha degenerado em trocadilhos fora de hora, ou no que mamãe denominava simplesmente minhas *bêtises*.

Embora os livros, arquivos e pôsteres de Seurat de Gillian tivessem sido desembrulhados, colocados nas estantes e afixados nas paredes antes do início do segundo semestre, que começara fazia uma semana, eu não havia prestado muita atenção neles. Gostei dos pôsteres, principalmente do de *La grande jatte*, o meu quadro preferido do acervo do Art Institute de Chicago.

Devia ter dito algo mais amigável e acolhedor quando do ele se sentou à escrivaninha em frente à minha. Mas eu estava nervoso. Joanne, a esposa de Gillian, participava do colegiado da Universidade Estadual de Michigan. Pastora local com paróquia própria, era uma extremista sempre pronta a denunciar o "estilo de vida dos gays", e apenas uma semana antes havia declarado que os gays e as lésbicas da UEM eram "péssimos exemplos para a nossa juventude — tanto quanto os satanistas, os canibais e os comunistas". Amiga íntima do nosso governador ultraconservador, diziam que ela estava se preparando para assumir um cargo estadual. Também dirigia a universidade, já que o atual reitor — o ex-técnico de futebol da UEM Webb Littleterry — não passava de uma figura decorativa.

"Não se preocupe", respondeu Bob Gillian, girando na cadeira rangente. "Eu sei perfeitamente o que aconteceu com o seu companheiro no ano passado, de modo que me matriculei num curso de defesa pessoal, e se isso não bastar já atualizei o meu testamento."

E sorriu com a exagerada indiferença de um mágico ao puxar a toalha de uma mesa repleta sem fazer oscilar um único castiçal, garfo ou copo. Com pouco mais de cinqüenta anos, Gillian era baixo, magro e loiro; comportava-se como um modelo — seus olhos azuis, a compleição avermelhada e o cabelo denso e ondulado pareciam alegres slogans de uma bem-sucedida campanha publicitária.

Eu retribuí o sorriso. Pelo menos ele tinha senso de humor, coisa que o tornava bem mais divertido do que Perry Cross, o meu outro companheiro, que depois de morto me atormentou mais do que no breve período em que dividimos a sala aqui no edifício Parker, no campus de Michiganapolis da UEM.

"Isso acabou me rendendo um privilégio", eu disse a Bob. "Fiquei com esta sala só para mim durante mais de meio ano."

"Por quê?"

"Ninguém queria dividi-la comigo depois do que aconteceu com o meu colega."

"Mas não foi *você* que o matou, certo? Portanto não se pode dizer que você seja perigoso."

"Devem achar que eu sou amaldiçoado, ou então que a sala o seja."

Bob balançou a cabeça. "Então é isso. Superstição. Vibrações negativas."

"Bom, vibração negativa é o que não falta no nosso departamento."

"Estou vendo", disse ele, olhando à sua volta. "Que lugar horroroso. Eu tinha um escritoriozinho bem melhor. Moderno — com ar-condicionado — e *limpo.*"

Não era difícil entender sua decepção. A sala enorme que dividíamos era sombria, com janelas de vidraças amplas que vibravam com a mais leve brisa — e que agora, com os ventos do inverno, matraqueavam como loucas; tinha muitos canos de forma esquisita, todos eles expostos; e um pé-direito assombrosamente alto que seria justificado se nas paredes houvesse afrescos em vez de rachaduras. Acima de tudo, predominava a aparência de abandono, de falta de pintura e descuido de um departamento para o qual a universidade não dava a mínima.

Quanto ao resto do prédio... O chão do edifício Parker tremia a cada passo, as paredes e o teto estavam rachados e cheios de protuberâncias, o prédio inteiro cheirava a inseticida que não parecia afetar os heróicos esquadrões de baratas, e o próprio maltratado arenito parecia a ponto de se esfarelar.

Bob prosseguiu: "Bom, lamento que você já não possa conservar a sua privacidade. Aposto que era como ser um calouro num dormitório, torcendo para que não apareça um companheiro de quarto".

"Exatamente! Não era grande coisa, mas era meu. Mas acho que nós vamos nos dar bem."

Bob encolheu os ombros afavelmente. "A gente não tem outra opção, tem?"

Para mudar um pouco de assunto, eu disse: "É uma pena o antigo chefe ter fechado o departamento de vocês".

Ele tornou a dar de ombros. "Você sabe como é. Os burocratas adoram fazer discurso sobre a importância da redação para os calouros, sobre a instituição dedicada que nós somos, e coisa e tal. Aí eles fecham o Laboratório de Redação. Por quê? Para economizar. Mas quanto você economizaria demitindo as secretárias e o diretor? Já que eles querem tanto economizar, deviam pôr na rua a metade dos burocratas do prédio da administração, aquele bando de palhaços que ganham mais de cem mil por ano. Isto aqui custa um dinheirão por causa daqueles pilantras."

Bob sacudiu a cabeça, e eu fiquei admirado com sua calma. Longe de se comportar como um professor que tinha sido tratado com deslealdade, parecia mais um irônico comentarista de noticiário a apontar deficiências sociais ou políticas que não o afetavam diretamente.

Eu teria aceitado uma reação mais violenta. Depois de duas décadas de trabalho no Laboratório de Redação haviam-no largado à deriva e ele acabou indo parar na praia do IAR. Dar aula de redação para nós era para ele agora o fundo do poço, um sujeito que já gozara de posição e respeito em sua antiga unidade. Eu também dava aula de redação, mas gostava, e além disso Stefan era escritor residente no IAR, de modo que eu usufruía um pouco de seu status.

Sem dúvida, Bob Gillian ficava muito deslocado no nosso decadente departamento. Tinha aparência aristocrática e era relaxado e tranqüilo como se fosse uma pessoa cujo nível de renda lhe havia permitido exercer o magistério como passatempo. Talvez fosse verdade, pois o paletó de tweed, os sapatos, a calça de veludo, o colete de lã xadrez e a camisa azul com botões no colarinho que ele estava usando pareciam caríssimos. Tinha um Jaguar lindo, ainda que um pouco castigado, carro, imaginava eu, ao qual era tão apegado sentimentalmente que jamais o venderia. Ao entrar no escritório, tirou com um gesto teatral as aparentemente caras luvas de motorista como se fosse um enérgico piloto da RAF que acabava de derrubar meia dúzia de aviões alemães. Era evidente que adorava aquele automóvel e queria que todo mundo soubesse disso.

Eu achava estranho que o fato de ser casado com uma mulher do colegiado não o tivesse protegido, não lhe houvesse rendido uma sinecura muito bem remunerada de qualquer tipo. Isso talvez explicasse a sua hostilidade para com os administradores da UEM: tinha raiva porque não era um deles. Eu estava tentando imaginar uma ma-

28

neira sutil de falar sobre tudo isso quando Priscilla Davidoff saiu de sua sala em frente e bateu vigorosamente na nossa porta aberta.

"Nick! Você precisa ver." Agitou no ar uma revista de capa brilhante. Só deu para perceber que o texto não era em inglês.

"O que houve?"

Priscilla vacilou, e eu presumi que se tratava de algo que ela não queria que Gillian ouvisse.

"Na sua sala?", perguntei, e ela fez que sim.

Segui Priscilla pelo corredor até seu escritório repleto de plantas e ricamente acarpetado, onde todas as cadeiras eram confortáveis e convidativas. Naquele prédio rachado, sujo, estragado e desprezado pela universidade por alojar um departamento que rendia pouco dinheiro, a sala de Priscilla era um refúgio: clara, cheirosa, bonita. Talvez ela tivesse comprado demasiados enfeites na Bombay Company e exagerasse um pouco nos vasos de *pot-pourri*, mas creio que essa era a sua maneira de combater a tirania das décadas de abandono e decadência do edifício Parker.

Fechando a porta e baixando a voz, Priscilla disse: "Bob Gillian não lhe dá arrepios? E a mulher dele é a grande cadela cristã, uma ativista antigay enlouquecida. Os dois me dão nojo — eles são a própria encarnação do *mal*".

A hipérbole me incomodou. Já que os nossos inimigos nos demonizavam, não me parecia adequado descer ao nível deles.

"Sabe o que acontece? Eu estou procurando não me deixar levar por isso", respondi. "Tenho de dividir a sala com ele, entende?"

"Mas e tudo aquilo que Joanne Gillian fala de nós, que somos perversos, que a UEM não deve nos dar os benefícios de união estável porque isso corrói a família norte-americana, levando os estudantes a acreditar que nesta universidade acontece de tudo, até bestialismo — essas coisas não te deixam puto da vida?"

"Claro que deixam! Mas não adianta nada eu tratar

mal o marido dela, adianta? Talvez ficar conhecendo um gay o ajude a..."

Priscilla interrompeu calmamente. "Olhe, Nick. Não faz a menor diferença. Antes de você e Stefan virem para cá, os gays e as lésbicas do corpo docente passaram cinco anos em reuniões com a alta hierarquia da administração num grupo de estudo. E eu participei da Força-Tarefa pela Igualdade dos Homossexuais na UEM. Nós pesquisamos, organizamos conferências, apresentamos os resultados, e essa administração não moveu uma palha até hoje. Nada de benefícios de união estável, nada de especialização em estudos gays, nada de coordenador homossexual. Nada do que nós recomendamos. Eles ficaram conhecendo muitos de nós, mas não adiantou. Mesmo que a gente *dormisse* com essa gente não faria diferença nenhuma!"

"Bom, eu sei qual é o problema. Relatórios e grupos de estudo são pura perda de tempo. O único jeito de mudar as coisas para os gays e as lésbicas nesta universidade é ocupar o Prédio da Administração e tomar reféns." E acrescentei: "E aplicar neles um bom tratamento de beleza".

Priscilla sorriu.

"Mas do que se trata afinal?", perguntei. "Você não foi à minha sala só para me lembrar que a UEM é homófoba."

Ela corou. "Veja." Entregou-me a revista que estava segurando e eu pude ver o seu nome assinalado com um círculo vermelho, a única palavrinha inglesa como uma ilhota deserta em um agitado e frio mar de — de quê? — sueco? dinamarquês? Eu não sabia.

Sentei-me perto da escrivaninha; ela se jogou na cadeira e bateu a revista na mesa feito um funcionário da Justiça mandando todos se levantarem no tribunal. Alta, morena e atraente como Geena Davis, estava de botas pretas, jeans e um grosso suéter de gola rulê, o cabelo preso num rabo-de-cavalo. Apesar da aparência dramática, Priscilla geralmente era serena, mesmo nas reuniões de departamento, quando as excentricidades das pessoas tendiam a se exacerbar.

Eu nunca a tinha visto tão enfurecida. Estava vermelha, de olhos arregalados, a boca comprimida. Mas não era uma raiva exclusiva dela, porque, de certo modo, eu me senti incluído, como se ela estivesse me recrutando para uma causa.

"Isto aqui", disparou, "é uma entrevista numa revista *húngara* — numa revista húngara! —, uma entrevista com Chloe DeVore." Deixou o nome vibrando no ar entre nós qual um desafio a um duelo. DeVore era uma conhecida escritora bissexual de cujo trabalho eu não gostava, embora fosse muito lido e admirado. Evidentemente, a sua popularidade era uma verdadeira maldição para autoras como Priscilla, pois o establishment literário não se dispunha a dar espaço a mais do que uma escritora lésbica (ou parcialmente lésbica?) ao mesmo tempo. DeVore *ocupara* o dela e faturava boas resenhas, adiantamentos de seis dígitos, cargos de professora convidada, além de prêmios e privilégios, participação em antologias, presença na televisão, entrevistadores adulões.

"E no meio de um comentário sobre a literatura americana contemporânea", prosseguiu Priscilla, "essa vaca resolveu me espinafrar."

"Como?"

Ela semicerrou os olhos. "Disse que o meu trabalho é inartístico."

Eu hesitei. "Será que não é um elogio? Ou seja, talvez esteja querendo dizer que você não é artificial, vai ver que empregou a palavra no sentido de simples, solto, espontâneo..."

Priscilla sacudiu a cabeça. "Era o que eu esperava, mas a mulher que a entrevistou — Sophia, Sophia Nemeth — me enviou a revista. E no bilhete que a acompanhava disse que ficou claro que Chloe não gosta do meu trabalho. 'Inartístico' significa sem arte mesmo, desprovido de arte, não artístico..." Ela vacilou.

Antes que eu tivesse tempo de perguntar sobre a tradução, Priscilla disse: "Conheço um cara no Departamento de Russo que fala húngaro fluentemente. Conferi com ele para ter certeza".

Eu balancei a cabeça. "Você conhece Chloe?"

Ela teve um sobressalto. "Está querendo dizer que isso é pessoal?"

"Não." Encolhi os ombros. "Perguntei por perguntar, só isso."

Como eu vivia com um escritor que era vítima de resenhas negativas, incertezas na calada da noite, problemas com o editor, frustrações com o departamento de divulgação da editora e com as suas próprias expectativas perpetuamente crescentes, a situação me era muito familiar. Tinha aprendido da pior maneira que para ouvir um escritor magoado ou triste, fosse qual fosse o motivo, era preciso ser paciente, consolador mas não bajulador, e disposto a concordar com os mais desorbitados temores, suposições e fantasias.

Qualquer outra coisa arriscava levá-lo à explosão.

Por fim, podia-se chegar a um lugar mais tranqüilo, mas tentar acalmá-lo com muita pressa — ou mesmo discordar dele — era um erro fatal. O humor também ajudava: desde que em doses homeopáticas.

"Priscilla", disse eu, "o húngaro nem é um idioma indo-europeu."

Isso a perturbou, e, franzindo a testa, ela pôs a revista na escrivaninha grande e cuidadosamente arrumada, como se precisasse ficar de mãos livres para lidar comigo. "O quê?"

"Quer dizer, puxa vida, os parentes lingüísticos mais próximos do húngaro, na Europa, são o finlandês e o estoniano. Não é a mesma coisa que uma entrevista em francês ou alemão. Quantos húngaros existem afinal? Quantos leram essa revista ou leram o seu nome ou lhe deram importância, caso o tenham lido? Qual a pior coisa que pode acontecer? Seu nome ficar sujo em Budapeste?"

Priscilla esboçou um sorriso amarelo. A seguir, deu de ombros e sacudiu a cabeça. "É como estar no colégio e descobrir que andam falando mal de mim, dizendo coisas terríveis."

Eu fiz que sim, lembrando o quanto isso era desagradável.

Ela se inclinou. "Não — pior! Como na terceira série, com as crianças dizendo que a sua lancheira está fedendo quando na verdade não está! Faz com que eu me sinta paranóica e desamparada. Por que essa mulher resolveu me atacar? Eu nunca resenhei o seu trabalho, nunca disse nada a respeito dela." Baixando a vista, acrescentou silenciosamente: "Em público".

Para mim, era óbvio que os livros de Priscilla deviam ameaçar Chloe de alguma maneira, mas eu não conseguia imaginar como, de modo que achei melhor não falar nisso. Seria como dizer a um filho pequeno que acaba de ser maldosamente ridicularizado na escola que os seus algozes não tinham muita maturidade, e que no fundo deviam ser infelizes. Uma verdade talvez, mas não um grande consolo.

Súbito, ela mudou de expressão e ficou pensativa. "O que você acha da obra de Chloe?"

Eu não era escritor, apenas morava com um, no entanto Stefan me havia pedido que evitasse malhar os outros autores porque isso acabava se refletindo *nele*; as pessoas podiam imaginar que partilhávamos a mesma opinião.

"Bom" — hesitei — "é... agradável."

Priscilla então sorriu. "Ótimo. Perfeito. Não precisa dizer mais nada." Mas logo suspirou, e eu senti que não tínhamos feito nenhum progresso.

"Os franceses são loucos por Chloe", disse ela. "Não me pergunte por quê."

"Ora bolas, os franceses adoram Jerry Lewis. Os franceses testam armas nucleares no Pacífico."

Priscilla não se deixou persuadir. "Chloe está tendo um caso com Vivianne Fresnel! Você sabe, 'a Susan Sontag francesa'."

Eu dei de ombros. O nome não significava nada para

mim, portanto era óbvio que Fresnel jamais escrevera nada na minha especialidade, Edith Wharton.

"Nick, a obra de Chloe foi publicada em francês e em húngaro. Russo, alemão, italiano, espanhol, holandês, japonês, hebraico, português, sueco."

"Como você sabe?"

Ela ergueu a cabeça. "Eu averigüei", declarou com simplicidade.

Assenti. Não era difícil imaginar. Com toda a certeza Priscilla tinha um arquivo em casa, talvez mais de um. Os arquivos Chloe: entrevistas, resenhas, propagandas, separatas, tudo quanto ela achasse, tudo quanto pudesse pouco a pouco envenenar e enfraquecer a sua confiança. Decerto acompanhava sofregamente a carreira da outra, feito um general derrotado espetando desanimadas bandeirolas num mapa. Eu havia presenciado isso em muitos escritores; eles não podiam ficar longe da informação — revistas ou resenhas de livros, telefonemas ou cartas — que lhes fizesse mal, que os deixasse sem esperança de ter sucesso porque muitíssimos autores medíocres o tinham, em parte graças aos contatos certos, mas também devido à imprevisibilidade da vida literária.

"Os meus livros não foram publicados nem mesmo na *Inglaterra*", disse Priscilla, os olhos cerrados, evidentemente arrasada por esse antigo ressentimento.

"Tenho certeza de que o seu agente literário não se empenhou como devia. De qualquer modo, Stefan vive dizendo que a indústria editorial de lá é um horror."

Ela encolheu os ombros. Podia ser verdade, mas nem por isso era menos doloroso. De olhos baixos, prosseguiu: "O meu último livro não passou da primeira edição".

Fazia mais de dois anos que estávamos no mesmo departamento da UEM, mas aquela foi a primeira vez em que me senti verdadeiramente próximo de Priscilla, íntimo, respeitado. Era muito fácil solidarizar-me com ela porque eu estava livre das decepções terríveis e do igualmente assombroso entusiasmo que povoavam a existência de um escritor. Os acadêmicos raramente ganhavam dinheiro com livros, os quais, na maioria, eram escritos como degraus para a efetivação ou a promoção. Nós escrevíamos e publicávamos a maior parte do tempo na obscuridade, e os catálogos da imprensa universitária que anunciavam as nossas obras valiam tanto quanto essas correntes da felicidade. Mas os autores de ficção sempre sonhavam com uma ruptura inovadora, com o "grande livro" que lhes tornaria o resto da vida um pouco mais fácil. Eu sabia que para Priscilla, autora de romances policiais retóricos e um tanto chochos, as chances de sucesso eram nulas.

"O que fazer?", perguntou ela, as mãos firmemente entrelaçadas no colo.

Eu encolhi os ombros.

"Você não imagina o que é isso, Nick. As pessoas vivem me perguntando dela — nas aulas, nas conferências. Eu estou cuidando das minhas coisas, e eis que aparece alguém e diz que adora o meu trabalho — e que também adora o de Chloe. Isso me deixa doente. Querem saber se eu a conheço, como ela é! Essa mulher é uma pedra no meu sapato — eu não consigo me livrar dela."

De repente, uniu as mãos. "Oh, Nick, desculpe, nem lhe perguntei da conferência sobre Wharton. Como vão as coisas?"

Chegara a minha vez de me sentir arrasado. "Por enquanto, bem. Nenhum problema ainda." Não era bem assim, mas eu estava louco por mudar de assunto.

"Vai ser logo, não? No mês que vem?"

"Não! Só em abril — na primeira semana de abril." Disse isso lentamente, como que pronunciando uma fórmula mágica para me proteger. "Mas não quero tratar disso agora."

Compreensiva, Priscilla concordou com um gesto.

Naquela noite, em casa, não contei nada a Stefan sobre a confissão de Priscilla acerca de Chloe DeVore, pois fazia semanas que ele andava de baixíssimo-astral. O seu

35

último livro não ia sair em edição de bolso porque o editor não o conseguira vender para as distribuidoras importantes, e até mesmo as pequenas o haviam rejeitado. O agente literário havia explicado que isso se devia à situação do mercado, à influência das grandes redes de livrarias e a sei lá o que mais, no entanto o fato era que pela primeira vez um livro de Stefan fracassava. Ele estava humilhado como se o *New York Post* tivesse soltado uma matéria de primeira página: "DOS EDITORES PARA STEFAN: ESQUEÇA-NOS!". E o pior foi a notícia chegar durante o longo inverno de Michigan, época que ele chamava de "os meses da inveja", quando a boa sorte alheia era um verdadeiro tormento. Stefan ainda estava digerindo uma das piores críticas recebidas por um livro seu. Jamais havíamos ouvido falar do jornal, o *Bethesda Bulletin*, e muito menos do resenhista, um tal Kevin Sapristi, mas isso não abrandou a malevolência da resenha. Deliberadamente, Sapristi citara o livro de Stefan e o qualificara de "vômito". Seria um anti-semita, um homófobo ou simplesmente um idiota e mau-caráter?

Era o tipo da resenha letal que um escritor podia esperar de um rival ou ex-amante.

No mês anterior, na noite em que recebeu uma cópia desse artigo, enviada pelo departamento de divulgação da editora, encontrei-o diante do computador, escrevendo uma carta.

"Estou escrevendo para esse crítico", anunciou, num tom que por si só me proibia de tentar dissuadi-lo.

Eu me sentei junto à escrivaninha, balançando a cabeça. Era justamente um daqueles momentos para os quais ele me prevenira, anos antes: pedindo na ocasião que o esbofeteasse caso o visse se humilhando na tentativa de responder a uma crítica negativa. Fiquei ali aguardando, tratando de manter a expressão mais neutra do mundo. Ele digitando, eu lá.

"O que eu queria mesmo", disse martelando o teclado, "era mandar uma bomba para ele."

"Que bom. Eu me casei com o Unabomber. Stefan,

você sabe como vai ser difícil publicar o seu trabalho na cadeia?"

Ele se virou, enrugando a testa, à beira de um sorriso — ou do ultraje. Resolvi arriscar.

"Espere — talvez eu esteja enganado. Vai ver que essa é a melhor coisa que você pode fazer pela sua carreira! Por que a gente não mata esse retardado e escreve um livro de memórias a quatro mãos? Tenho certeza de que você seria entrevistado por Barbara Walters no corredor da morte. Mesmo porque memórias são o que mais vende atualmente — até o seu agente diz isso."

Stefan esboçou um sorriso, voltou a olhar para a tela do monitor, sacudiu a cabeça e desligou o computador.

Isso tinha acontecido semanas antes, e eu acho que ele já estava razoavelmente recuperado da resenha, mas achei preferível não mencionar Chloe DeVore e conduzi-lo a uma linha de pensamento que acabasse levando-o de volta ao seu próprio coração das trevas.

Nós conversamos sobre Bob Gillian.

"Ele me pareceu boa gente", eu disse.

Stefan sacudiu a cabeça. "Se fosse boa gente não teria se casado com Joanne. Os dois devem ter um relacionamento desses que dá a ela toda liberdade de ser perversa, e ele se encarrega de bancar o bonzinho para contrastar."

Eu refleti um pouco sobre isso; não deixava de ser uma hipótese interessante. "Bom, vou tentar gostar de Bob, pois do contrário vai ser muito desgastante. Estou dividindo a sala com ele."

Mais tarde, quando Stefan foi dormir, instalei-me junto à lareira e, enquanto corrigia provas, continuei pensando em Chloe DeVore, que eu não conhecia, mas por quem estava sentindo uma estranha hostilidade devido às revelações de Priscilla.

Eu acompanhava sua carreira à distância. Em muitos aspectos, Chloe DeVore era uma escritora fabricada. Estudara na Smith e aos dezenove anos publicara vários contos na *New Yorker* porque seu pai conhecia os editores.

Embora não fossem grande coisa, os contos lhe renderam um contrato de livro, de modo que ela lançou uma coletânea antes mesmo de se formar. A crítica qualificou *Anjos de luz* de "deslumbrante", "luminoso", "vibrantemente intenso", "radiante", "celestial", fazendo tolos trocadilhos com o título. Todos exaltavam a sua extrema juventude e a assombrosa maturidade da sua visão. O livro figurou efemeramente na lista dos mais vendidos do *New York Times* e ela ganhou um Pulitzer.

Chloe DeVore foi a primeira autora lésbica/bissexual a ser paparicada e até defendida pelo *New York Times*. Quando seus livros posteriores eram porventura atacados por outros jornais, o *Times* sempre arranjava quem escrevesse uma resenha favorável. A maior parte dos críticos mencionava a sua bissexualidade em termos discretíssimos, o que era justo, creio eu. Nos seus textos, DeVore era "bi" do modo mais inócuo e inofensivo; a sua sexualidade não passava de um passatempo levemente excêntrico, como colecionar tampinhas de garrafa de refrigerante. Eu sabia por Stefan que os escritores gays não gostavam do seu sucesso, mas evitavam confessá-lo em público para não serem tachados de sexistas. Priscilla me mostrou que as escritoras lésbicas tinham ainda menos consideração pela obra de Chloe.

Segundo Priscilla, "superficial" era o consenso. "E nada ameaçadora — para os héteros. Mas isso é algo que ninguém pode dizer, porque significa sabotar uma irmã de armas, identificar-se com o mundo masculino, ser sacana."

Com o sucesso do primeiro livro, Chloe DeVore acabou aparecendo na *Esquire*, na *Vanity Fair*, na *Interview* e até na *People*. Magra, miúda, absolutamente sem graça, era uma nulidade estranhamente fotogênica vestindo roupa de grife. Havia algo de aberrante e exibicionista na publicidade, que aumentou com o seu primeiro romance, *Brevidade*, e prosseguiu com outra coletânea de contos e um livro com duas novelas breves, *A esmo*. No entanto, quando ela estava beirando os trinta, parece que os críticos co-

38

meçaram a achar mais difícil encontrar alguma coisa notável na sua obra — como aqueles meninos-prodígio que tocam o concerto para violino de Beethoven aos dez anos de idade e logo desaparecem do universo da música. Os comentários continuavam pródigos em elogios, porém mais contidos, quase nostálgicos. Havia outras estrelas com que se deslumbrar, e eu reparei que as resenhas começaram a ser empurradas cada vez mais para o fim de diversas publicações de crítica literária, cada vez mais longe da primeira página, o máximo da importância. Chloe tinha sido notável mesmo, ou se tratava apenas da avidez norte-americana pela sensação, pela juventude?

Eu não pensava muito em seus textos e passei a pensar menos ainda depois de Priscilla ter me dado cópias de algumas entrevistas de Chloe. Ela parecia tão apaixonada e meditativa quanto Margaret Dumont num filme dos Irmãos Marx. Quando lhe faziam uma pergunta sobre a aids, discorria acerca dos "irmãos sofredores", dizendo que o seu coração estava "intensamente, sim, intensamente" com eles — uma afirmação que ficava um tanto oca quando ela a fazia afundada numa poltrona *empire* estofada de seda em seu apartamento vizinho do Palácio do Eliseu. *E* quando se levava em conta que o seu maior sofrimento parecia ter sido uma rejeição visceral pelo projeto gráfico da capa do seu segundo livro, assunto que aparecia em quase todas as entrevistas, feito um cachorrinho malcomportado que não pára de fazer xixi no tapete. "Eu quero que os leitores gostem dos meus livros por dentro e por fora", explicou certa vez, reiterando "Por dentro *e* por fora" para que ao entrevistador não escapasse a sutileza daquele sentimento. Não menos esquisito foi ela afirmar que levava uma "vida de eremita" em Nova York e Paris.

O que me deixava intrigado era como Chloe aparecia em tantas colunas sociais que descreviam festas fabulosas e como conseguia tantos e tão fantásticos comentários de capa de autores conhecidos que enfeitavam os seus livros. Eles só podiam ser amigos pessoais dela.

Eu estava pensando justamente nisso quando a campainha tocou, sobressaltando-me na poltrona. Consultei o relógio da lareira — passava das onze da noite. Um tanto nervoso fui até a entrada, e vi Priscilla pela vidraça.

"Desculpe", disse ela quando abri a porta. "É que eu estou tão arrasada com essa história de Chloe." Limpou as botas no capacho; estava pálida, desanimada. Fiz menção de ajudá-la com a parca, mas ela preferiu não tirá-la e, acompanhando-me à sala de estar, foi diretamente para a poltrona perto da lareira. Nunca tinha nos visitado, nem chegara a telefonar dizendo que estava na vizinhança, porém, mesmo assim, eu não me senti incomodado.

"Stefan já foi dormir", avisei, sentando-me na poltrona em frente. "Estava muito cansado."

"Ele não entenderia", disse Priscilla. "Ia me achar medíocre e vingativa."

"Ora, imagine!"

Mas ela sacudiu a cabeça. "Uma amiga de Nova York acaba de me mandar um fax, aliás, um casal de amigas. O novo livro de Chloe está sendo badaladíssimo pela crítica antes mesmo da publicação. E parece que vai ser filmado." Engoliu em seco. "Com Sharon Stone!"

Eu assobiei, admirado. "Sobre o que é o livro?"

Priscilla suspirou. "Você sabe que algumas pessoas consideram a obra dela desprovida de erotismo? Que ela precisaria ousar mais? Pois o novo livro dela se intitula — escute só — *O império do pecado*. Um calhamaço de setecentas páginas, em forma de diário. Sobre Justiniano e Teodora."

"Do império bizantino? Aqueles dois? Não pode ser. Que diabo Chloe DeVore sabe do império bizantino?"

Priscilla deu de ombros. "Acho que uma vez ela passou um fim de semana em Istambul. Mas todos os críticos dizem que o livro é ótimo, uma riquíssima trama de sexo, medo e história."

Parecia uma citação. Ela já estava decorando as resenhas do livro de Chloe.

"Quer beber alguma coisa?"

40

Priscilla aceitou e eu lhe servi Cointreau. Ela tirou a parca e bebeu, parecendo derrotada, como se a primeira edição inteira do livro de Chloe tivesse sido despejada em sua casa.

Inspirou e expirou profundamente algumas vezes.

"Bom, pelo menos a namorada deu o fora nela."

"A tal Vivianne Fresnel? Como você sabe?"

Priscilla sorriu. "É impossível para Chloe comprar uma baguete em Paris sem que alguém mande uma carta, um cartão-postal, um fax ou um e-mail para alguém."

"Vigiada vinte e quatro horas? Fotografada via satélite?"

Ela riu, e isso me fez bem.

"Mas que história é essa da namorada de Chloe?", perguntei.

Priscilla se animou um pouco. "Elas tiveram uma briga feia nos Jardins das Tulherias..."

Interrompi-a: "Espere um pouco — perto de que árvore?".

Simulando indignação, ela disse: "Isso eu não sei. Por enquanto".

E nós sorrimos feito dois conspiradores.

"Ela também engordou. Dizem que está uma bola", contou Priscilla com satisfação. "Não, quantos quilos eu não sei! Mas ouvi dizer que anda usando suéteres bem largos." Balançou a cabeça, com ar sombrio, como se tivesse se vingado.

Eu não podia lhe contar, pois era uma coisa muito íntima, mas às vezes — à lareira, no meu escritório ou em restaurantes — tinha conversas parecidas com Stefan sobre escritores de que ele não gostava ou acadêmicos que não me inspiravam respeito. Eu era mais descomedido do que Stefan, que normalmente se mostrava bem mais calmo com os outros escritores (não morar em Nova York ajudava). Mas quando ele via o que lhe parecia um sucesso imerecido ou uma resenha claramente manipulada em benefício do autor, era capaz de subir pelas paredes. Quanto a mim, nunca me faltava veneno para destilar. Nós dois podíamos atacar livremente desde a vulgaridade da obra até a vulgaridade das próprias pessoas, da sua personalidade, sem dó nem piedade. Éramos como dois moleques levados caçoando e imitando os irmãos mais velhos que pareciam quase onipotentes.

"Ela realmente me dá nos nervos", disse Priscilla em tom justificativo. "Não é que eu seja infeliz ou que não publiquem os meus livros. Só que..." Deu de ombros.

"Só que Chloe teve tanto sucesso, e tão depressa, e não o merece."

Priscilla concordou, com ar melancólico, mas logo tomou outro rumo, olhando para o fogo. "Você acha que Chloe já se esgotou?"

Só havia uma boa resposta para a pergunta. "Se já se esgotou? Meu bem, para começar, eu duvido que ela tenha tanta coisa assim para dizer."

Priscilla ficou radiante. "Estou começando a gostar muito de você", disse. E acrescentou com um sorriso maldoso: "Eu soube de uma história maravilhosa dela. A amiga de uma amiga minha estava em Paris, e começaram a falar em Chloe num jantar literário. A uma pessoa que havia tomado um drinque com ela perguntaram se Chloe falava bem o francês. A mulher pensou um pouco e disse: 'Fala, mas o diabo é que ela é chata em qualquer língua'".

Eu ri. Era o tipo de fofoca ligeira que eu podia imaginar os meus pais fazendo. "Ei, por que você não põe Chloe no seu próximo policial?"

"Eu já tentei! Mas não consigo me acalmar para trabalhar bem. Pensa que eu não estou louca para massacrá-la e finalmente tirá-la de dentro de mim? Dar-lhe um veneno lento ou fazer com que ela se arrebente num acidente e passe por uma longa agonia antes de bater as botas? Ou que fique entrevada na cama com uma doença bem nojenta..."

"Talvez seja melhor mandar alguém escrever o romance *para* você", eu propus. "Um freelance. Um pistoleiro literário." Passado um segundo, eu retifiquei: "Ou pistoleira".

"Isso não fica muito caro? Aposto que é mais barato mandar matá-la de verdade. E mais rápido."

"Nem pensar. Imagine a publicidade. Os livros dela venderiam muito mais."

"Tem razão", concordou Priscilla com tristeza. Não parecia estar brincando.

"Qual é o título do seu próximo livro?", perguntei. Ela hesitou. *"Dormindo com o inimigo."*

"Como o filme de Julia Roberts? Ótimo título. Vai sair neste verão, não? Ou no outono que vem?"

Priscilla não respondeu. Estava distraída, mas logo me ocorreu que os escritores não gostavam de discutir livros ainda em andamento.

"Nick, eu sei que você disse que não quer conversar sobre o ciclo de conferências sobre Edith Wharton, mas você foi tão legal ouvindo as minhas queixas com Chloe, eu quero saber se posso ajudar de algum modo."

Eu respirei fundo, tentando evocar o panorama calmo e pacífico que mandam a gente evocar numa viagem imaginária, mas a única coisa que me ocorreu foi a minha própria imagem descendo pela vertente de um vulcão, a lava incandescente a me perseguir com uma ferocidade sobrenatural.

"É verdade. Eu gostaria de ajudá-lo."

"Eu não quero falar nisso!"

Ela engoliu em seco, surpresa com a minha veemência, e eu me apressei a explicar: "Não estou conseguindo falar nisso agora, *por favor*".

"Tudo bem."

Priscilla se foi pouco depois. Preparando-me para ir dormir, eu pensei nas coisas que ela *não* tinha dito. Eu sabia que ela iria ser promovida a catedrática no ano seguinte, e que estava para completar quarenta anos. Essas duas balizas eram mais do que suficientes para que ela se sentisse vulnerável, enlouquecida e humilhada pelo sucesso imerecido da rival.

2

"Cynthia Ozick cancelou!"

Stefan virou-se na cama, ao meu lado, enquanto eu tentava evitar que o telefone me escapasse da mão pesada de sono e caísse nas cobertas. "O quê?" Nem me lembrava de tê-lo ouvido tocar ou de ter atendido. Imaginei vagamente que fosse o despertador, mas era domingo, não? Podíamos dormir até mais tarde — quando consegui divisar o mostrador do relógio digital, vi que estava marcando oito e quinze.

Resmungando, Stefan cobriu a cabeça com o travesseiro.

"Você está me ouvindo? Nick! Nick!" Era Priscilla.

"Estou. Espere um pouco, vou trocar de aparelho." Desci tropegamente ao meu escritório, os pés gelados, tirei o fone do gancho e tornei a subir para desligar o telefone do quarto. O bem-aventurado Stefan já estava roncando outra vez.

"É uma catástrofe", gemeu Priscilla quando finalmente voltei a atender, dando a impressão de que não tinha parado de falar na minha ausência.

Tentei repetir seu primeiro comentário, "Cynthia Ozick cancelou", esperando que isso esfregasse a lâmpada mágica da nossa conversa.

"A série do decano."

Então a ficha caiu. Uma vez por ano, um autor importante era convidado a dar aulas e palestras no campus. Ozick ia chegar dentro de algumas semanas. Fora escolhida devido à pressão das professoras sobre a direção da

UEM para que mais palestristas mulheres notáveis se apresentassem na universidade a fim de "detonar o falocentrismo retórico" ou coisa que o valha. Isso fazia parte de um amplo movimento para dar mais destaque às mulheres no campus, motivo pelo qual o IAR ia promover o ciclo de conferências Edith Wharton sob a minha direção.

Mas eu não conseguia entender por que tinha de saber que Cynthia Ozick não ia participar e por que tinha de sabê-lo numa manhã de domingo.

"O secretário acaba de me telefonar. Estava tão entusiasmado! Convidaram Chloe DeVore!"

"Como assim? Ela não é judia", fui obrigado a observar. "Quer dizer, se for para substituir Ozick..."

Priscilla emitiu um ruído maldoso, uma espécie de risinho sardônico. "Você sabe como esses burocratas raciocinam: minoria é minoria. Mulher, lésbica, judia, é tudo igual."

"Não conte isso a Cynthia Ozick", disse eu. "Duvido que ela queira andar nessa companhia."

Priscilla ergueu a voz. "Chloe está pouco ligando para isso! Vai ganhar dez mil dólares!"

Ouvi um ruído eletrônico quando ela terminou de falar. "Oh, meu Deus, é meu fax", gemeu. Seguiu-se então o sinal de aguardar na linha, e eu deixei pra lá.

Quando retornei do telefonema, dei com Stefan parado à porta, com a calça do pijama de seda branca, e me senti imensamente feliz e desperto. Não importava quão pouco ele dormia, sempre amanhecia lindo. Seu cabelo preto, denso, cacheado podia estar repartido de qualquer lado ou de lado nenhum, sua pele parecia esticada e fresca, e mesmo debruçado sobre o café da manhã e o jornal, seu corpo musculoso tinha uma vivacidade que eu admirava e invejava. Naquele momento, parecia um daqueles gatões que se vêem nos comerciais de sopa, sempre assessorados por um lindo bebê.

"O que aconteceu?"

Mandei-o se sentar e fui fazer café. Contei-lhe tudo

que Priscilla acabava de me dizer enquanto Stefan se coçava preguiçosamente o peito peludo, os braços e os ombros, como que se massageando para despertar. Durante o meu relato, balançava a cabeça, às vezes fechava os olhos, pensativo, ocasionalmente fazia "hum", mas sem me interromper.

"Estranho que ninguém tenha pedido uma indicação minha", disse, tomando um gole de café.

"É mesmo, tem razão." Afinal de contas, ele era escritor residente na UEM. Mas preferiu deixar isso de lado; não gostava de comprar brigas desnecessárias. E não se preocupava com status. Foi por isso que achei melhor mudar de assunto — não haveria proveito para nenhum de nós se eu bancasse o velho rabugento.

Mas reclamei do absurdo que iam pagar pela participação de Chloe. "Ela não precisa de dez mil dólares."

Stefan riu. "Que conversa é essa? Todo mundo precisa de dez mil dólares."

"Mas veja os escritores que já trouxeram para cá! Toni Morrison. Jane Smiley. Philip Roth. Você vai querer enquadrar Chloe DeVore na mesma categoria, seja de talento, seja de fama?"

"Pois agora ela se enquadra."

"Como você consegue aceitar isso com tanta calma?"

"Por que você está tão injuriado? Eu entendo que Priscilla tenha lá os seus motivos para estar, mas..."

"Porque Chloe DeVore é uma das escritoras mais exageradamente valorizadas que existem, e você sabe muito bem disso. Porque recebe elogios que não merece, porque é uma estrela, porque é arrogante e acredita em seus próprios press releases, porque está enfronhada no mundo literário como você nunca vai estar, e isso me faz mal. É nojento... como ver um cachorro lambendo a própria bunda."

Com um doce sorriso, Stefan disse: "Ela vai responder a perguntas quando estiver aqui. Por que você não lhe faz uma dessas perguntas?".

Eu terminei de tomar o café.

Tínhamos muito que fazer naquele domingo — recolher todos os galhos caídos que haviam ficado encobertos pela neve até o dia anterior, quando finalmente fizera sol —, e foi de bom grado que me entreguei à atividade física, sempre indicada para anular o tempo e os sentimentos. De vez em quando pensava na presença de Chloe DeVore no campus e na de outros escritores famosos de que já tinha ouvido falar, tanto na nossa quanto em outras universidades. Eram ao mesmo tempo empolgantes e decepcionantes. Charmosos e espirituosos, claro — mas quem não era ganhando dez mil dólares ou até mais em troca de algumas horas de trabalho?

Parte do encanto residia em simplesmente ouvir as palavras do autor ou autora em sua própria boca, e então guardar aquela voz para os encontros com seus livros posteriores. No entanto, todos eles, por mais gentis que parecessem, davam a nítida impressão de estar escondendo suas percepções cruelmente ridículas da nossa universidade, imagens e cenas que acabariam aparecendo num ou noutro livro. Conversar com um escritor assim deixava-me intensamente inseguro. Tenho certeza de que os outros sentiam o mesmo constrangimento, o que provavelmente tornava a experiência um tanto maçante para o célebre visitante. No ano anterior, na UEM, Philip Roth ficou olhando para a gente durante a sessão de perguntas e respostas como um falcão perplexo e mal-humorado que não encontrava uma presa para atacar. Nem mesmo as pretensas perguntas provocadoras eram novidade para ele.

E quando Stefan, um antigo admirador, lhe deu o cartão de visita na esperança de iniciar uma correspondência, foi arrasado pela observação discretamente devastadora de Roth: "Nunca vi um escritor com cartão de visita".

Eu disse que depois disso nunca mais tornaria a ler Roth, mas Stefan não fez nenhum comentário.

Para o jantar, preparamos *steak Diana* com batata assada recheada e assistimos a *Laura* provavelmente pela décima vez, gritando de prazer quando Judith Anderson dizia acerca de Vincent Price: "Ele pode não ser grande coisa — mas é o que eu quero".

A indiferença de Stefan à iminente visita de Chloe ao campus não sobreviveu ao fim de semana, quando fomos informados de que o reitor Littleterry nos havia designado anfitriões da recepção que se seguiria à palestra de Chloe. Normalmente, essas recepções se realizavam na mansão do próprio reitor, doada por um parente de Ford na década de 1920, quando a antiga pegou fogo durante um desfile de retorno às aulas. Situada no centro velho do campus, entre prédios do século XIX, era um imponente e vasto casarão de pedra com *porte cochère*, entrada de automóveis em semicírculo coberta de pedriscos, leões de pedra à porta, floreiras repletas de gerânios orlando os largos degraus do alpendre. Erigida no centro do campus, a casa tinha um quê de locação cinematográfica, e mesmo em seu interior dava vontade de apalpar as paredes para ver se não se tratava de um cenário. Ao que tudo indicava, achavam "mais adequado" recepcionar Chloe na nossa casa. Não chegava a ser uma idéia surpreendente, já que o novo reitor era um ex-treinador de futebol. E, sendo teleguiado por Joanne Gillian como era, ele não queria se associar publicamente a Chloe, por mais que a sua presença rendesse boa publicidade.

Stefan explodiu. Comigo. "Porque Chloe é sapatão! Por isso! Eles a convidam, mas não a querem jantando no campus — isso não. A solução é empurrá-la para as bichas de plantão! Que fique tudo no gueto! E como diabos iremos cuidar disso *e* do ciclo Wharton?"

E prosseguiu, andando de um lado para outro na sala, fulminando objeções contra a mobília. Fiquei observando-o, sentindo um confuso distanciamento e muito afeto. Qualquer um se assusta quando uma pessoa calma perde as estribeiras, mas não deixa de ser bom saber que ela também *é capaz* de ficar com raiva.

Achei melhor não dizer que Chloe DeVore — segundo a sua imagem pública — era bissexual, não lésbica. Nem que, na verdade, era *eu* que estava às voltas com a Edith Wharton, enquanto *ele* estava às voltas com o meu histerismo. Não parecia ser o momento apropriado para distinções tão sutis.

Por fim, Stefan se acalmou um pouco e perguntou quem podíamos contratar para organizar a festa, pois ele se recusava a mover uma palha, e eu concordei.

Imagino que devesse estar atônito ou revoltado, mas me sentia desligado de toda aquela situação. Continuava com o mesmo maldito distanciamento que vinha sentindo desde que começara a preparar o ciclo Edith Wharton no outono.

Stefan vinha mostrando interesse e solidariedade com relação ao evento, mas quem me socorreu mesmo foi Serena. Com pena de mim, praticamente se ofereceu para tocar tudo sozinha, mas desde que fosse eu o relações-públicas. Ela providenciaria as salas, as refeições, os quartos no hotel central do campus, os telefonemas para a avaliação dos trabalhos, a impressão dos programas e dos crachás, assim como todos os outros detalhes, com exceção da seleção dos textos. "Mas não quero nenhuma publicidade!", exigiu.

Fiquei surpreso com sua generosidade. Afinal de contas, no ano anterior Serena percebeu que eu a tinha como suspeita de assassinato, e desde então as nossas relações não haviam sido exatamente cordiais. Mas eu estava desesperado demais para indagar os motivos de sua generosidade. No entanto, mesmo contando com a ajuda dela, era assombroso o número de telefonemas, dúvidas, faxes e e-mails a que só eu podia responder.

O primeiro telefonema foi de Van Deegan Jones, o presidente da Associação Edith Wharton, de tendência conservadora. Ele dava aula na Emory, e, dependendo de a gente gostar dele ou não, podia soar enfatuado ou professoral. Eu o achava arrogante — coisa que me deixava mais ou menos em cima do muro.

"Como vai, Nick?"

Eu estava corrigindo provas na minha sala quando Jones telefonou, e lhe contei isso.

"É, isso não tem fim, não é mesmo?", comentou ele com camaradagem enlatada. Era a falsa benevolência que nós, os sobrecarregados professores de redação, recebíamos de gente como Jones, que dava dois seminários de graduação por semestre.

"Me diga uma coisa, Nick, e essa conferência Wharton de que andam falando?"

Disse-o como se fosse um boato, muito embora ele, assim como todos os membros das duas sociedades Wharton, tivesse recebido um aviso solicitando a apresentação de trabalhos.

"O que você gostaria de saber?", perguntei com voz solícita de bibliógrafo.

"Isso só pode ser brincadeira", disse ele, a aspereza sub-repticiamente dando o tom em sua voz. "As duas sociedades? Nunca ninguém pensou em fazer uma coisa dessas."

Embora devesse tê-lo feito, eu não havia me preparado para esse telefonema. Improvisando, disse: "Pense no crédito que você vai receber".

"Eu? Que crédito?"

"É simples. Você é o presidente da sociedade Wharton mais antiga. A sua presença é essencial." Será que ele caía nessa? Droga, eu não sabia bem que peixe estava tentando vender.

"É verdade", concordou Jones, refletindo. "Mas você não vai querer que eu fale para aqueles *hooligans* acadêmicos que não têm o menor respeito pela senhora Wharton. São uns delinqüentes vulgares que se dedicam a conspurcar uma coisa nobre e requintada. Eles desprezam a literatura, e não conseguem aceitar que ela seja superior. Querem reduzir tudo ao mais reles denominador comum para transformar Wharton em mais uma vítima, só isso, mais uma mulher sofredora, quando na verdade ela, ela era uma *artista*."

Eu não disse nada. Estava começando a ter esperança de que Jones percebesse que podia tirar vantagem da conferência.

Ele percebeu. "Talvez tenha chegado a hora de atacálos de frente", disse, pensativo, e eu brindei a mim mesmo. "Para barrar a maré da perniciosa absurdidade dessa gente." Não desligou sem antes exigir que eu garantisse que nada "escaparia ao controle" na conferência. "Eu não vou contemporizar com essa merda", disse com frieza na voz, e o uso inesperado do ameno palavrão me chocou — como imagino ter sido sua intenção.

Van Deegan Jones pensava em termos de negócio. Assim como a sua rival.

Ela me telefonou poucos dias depois, da Harvard. A enérgica e sexy Verity Gallup sempre me chamou a atenção por ser excessivamente agressiva para uma acadêmica. Não era só pelo sobrenome — ela parecia muito mais adequada ao mundo da ação. Como era de esperar, foi diretamente ao assunto.

"Eu sabia que você era um dos nossos!", crocitou. Tinha ligado para a minha casa. Era tarde e eu já estava na cama. "Por que não me contou? Não, não precisa responder. Eu sei, você tem de fingir neutralidade, tem de fingir que gosta dos cuzões chatíssimos daquela bosta da Associação Wharton. Mas isso já é coisa do passado, porque nós finalmente vamos ter oportunidade de demolir esses otários pessoalmente! Nem sei como lhe agradecer!"

E seguiu por aí afora, interminavelmente, elogiandome por ter organizado o ciclo de conferências só para lhe dar a oportunidade de se cobrir de glória, como se eu fosse um papa medieval convocando uma cruzada. Cheguei a ouvir um tinir da armadura na sua voz metálica, o brado de uma carga de infantaria.

Procurando manifestar uma vaga afinidade com Verity, limitei-me a ouvir o tresvario sobre como era chegada a hora de acabar de vez com o "garrote hegemônico de Van Deegan Jones no pescoço de Wharton".

Esse comentário me pareceu um tanto hipócrita. O grupo de Gallup, o Coletivo Edith Wharton, tinha o seu próprio jornal, presença própria nas conferências e professores em universidades prestigiosas. Sua voz não tinha sido sufocada pelo patriarcado e não corria o perigo de não ser ouvida. Ora, em sua maioria, eram as escritoras mulheres que vinham promovendo o renascimento de Wharton desde o início da década de 1970.

Mas Jones, à sua maneira, não estava menos apartado da realidade. Agia como se cada artigo sobre Wharton do qual ele discordava fosse um insulto pessoal e estilhaçasse a solidez da autora tanto quanto o maluco que quebrou a marteladas os dedos dos pés do *Davi* de Michelangelo. Na qualidade de reconhecido bibliógrafo de Wharton, eu tinha certeza de que nenhum texto sobre ela podia "prejudicar" o que havia de mais importante: os livros e os contos em si.

Naturalmente, essa minha opinião não era para consumo público. Assim como não valia a pena sair proclamando por aí que todos aqueles artigos, ensaios, folhetos, introduções, monografias e livros não tinham de fato lá muita importância.

Mas se os presidentes das duas sociedades Wharton estavam satisfeitos com o evento, alguns de seus porta-estandartes não estavam. Eu recebi uma infinidade de faxes de gente dos dois times adversários. Uns me acusavam de estar atrás de publicidade, outros de ingenuidade. Vários anunciaram a intenção de boicotar o colóquio. Alguns chegaram a ameaçar, veladamente, sabotá-lo, mas eu não podia levar a sério esse absurdo. O que esses acadêmicos iam fazer? Bombardear-me com notas de rodapé? Pelo amor de Deus!

Stefan não se deixou impressionar pelo que eu considerava uma habilidosa manobra com os manda-chuvas das duas sociedades. Mas a verdade é que estava se distanciando ou tentando se distanciar de tudo aquilo, já que era um artista como a própria Wharton.

Limitava-se a dizer: "Eu lamento por Edith Wharton".

"Como assim?"

Ele fazia cara de nojo. "É como ver um bando de urubus disputando a carniça."

"Obrigado. É a primeira vez que me chamam de hiena."

Stefan não pediu desculpas, o que me deixou irritado, num ótimo estado de espírito para ajudar a planejar a maldita recepção de Chloe. Todavia, se eu estava ofendido, Priscilla estava muito mais. Coral Greathouse a havia escalado para apresentar Chloe antes da palestra.

"Eu quero morrer", disse ela, almoçando comigo dias depois de recebermos a notícia. "Eu quero *morrer*."

Eu a mandei calar a boca. Sabendo o quanto o suicídio — ou mesmo o boato de um suicídio — era contagioso no campus, não queria que nenhum estudante ou professor ainda não efetivado viesse a nutrir idéias perigosas.

"A culpa é minha, Nick. Eu mesma fiz isso comigo. Passei tanto tempo desejando o mal de Chloe que agora estou pagando. O tiro saiu pela culatra."

"Jura que você acredita mesmo nessa besteira? Carma — vibrações negativas — o que vai sempre volta?"

Ela fez que sim e, muito sorumbática, deu uma mordida no croissant de frango.

Eu ataquei o meu cheeseburger com avidez. Michiganapolis podia ter perdido os antigos cinemas e sucumbido às hordas invasoras do Arby's, do McDonald's, do Burger King, do Crate & Barrel, da Pizza Hut, da Tower Records etc., mas continuava tendo o Ted's. O Ted's era um restaurante escuro e enfumaçado, com os melhores hambúrgueres e o melhor jukebox de jazz da cidade.

Recostei-me na cadeira e fiquei ouvindo Julie London cantar "Cry me a river". Passado um momento, resolvi ser franco. "Dizer que a culpa é sua é pôr a culpa na vítima. Nada mais retrógrado."

"O quê?"

"Desculpe... será que eu quis dizer centígrado?"

Priscilla tentou sorrir. "Parece uma maldição. Passei tanto tempo falando em Chloe, pensando em Chloe, sonhando com Chloe — e agora ela vem para cá. O meu telefone não pára de tocar. Ontem à noite, quando eu cheguei da faculdade, havia *dezoito* mensagens me esperando em casa."

"De quem?"

"De escritores, editores, livreiros ou gerentes, críticos, professores de redação criativa..."

"E todos eles detestam Chloe?"

Priscilla fez que sim. "Todos se condoeram comigo ou pediram detalhes da visita. É como se o papa estivesse para chegar, ou então Louis Farrakhan!"

Eu imaginei uma rede mundial de gente equipada de sismógrafos especiais que mapeavam todos os movimentos, todas as vibrações do mundo literário ligadas a Chloe DeVore. Era alarmante e fascinante.

"Ninguém entende como ela continua a receber esses adiantamentos tão grandes por seus livros, já que eles não vendem nada", queixou-se Priscilla.

"Ela deve ter um agente fantástico."

"Deve ter é um esquema, como os trapaceiros de Las Vegas."

Eu concordei, visto que o mundo editorial também era uma caixa de surpresas.

"Já que há tanto interesse pelo que Chloe faz", murmurei, pensativo, "é uma surpresa que ninguém a esteja sabotando."

Ela hesitou. "Não tenha tanta certeza assim."

Aquela tarde, foi um alívio voltar para casa e sair da estufa de boatos e pavor que Priscilla e eu estávamos construindo. De vez em quando tentava me convencer de que Chloe DeVore — viesse ela à UEM ou não — não era motivo de preocupação.

Mas como manter a distância? Chloe DeVore não era

a maior encarnação da manipulação e da fraude na política e nos negócios que surgira triunfalmente no mundo da literatura? E assim, enquanto Priscilla ficava intimamente afetada com seu sucesso, para mim a questão era quase histórica.

"Chloe DeVore é um Evento Perturbador", eu disse em voz alta ao me servir de leite na cozinha. E fiz uma careta. Tanta pomposidade exigia um antídoto: estava na hora de tirar a neve da entrada de automóveis. Vesti um jeans e um suéter velhos, uma parca, um gorro de lã, luvas grossas e peguei uma boa pá. Limpei toda a neve que caíra na entrada de carros e na calçada na noite anterior. Depois varri os degraus da porta da rua e fiquei satisfeito como o dono de uma loja que acabava de decorar uma linda vitrine.

Ouvi o carro de Stefan chegar, mas só me mexi quando ele se colocou às minhas costas. "Oi, michê, que tal uma coisa quente?"

Bob Gillian se mostrou surpreendentemente solidário quando me queixei da recepção do colóquio, talvez por ter visto quanto tempo eu vinha dedicando à conferência Wharton. Achei a conversa com ele de uma afabilidade inesperada e até cheguei a pensar, ou desejar, que seu casamento com Joanne Gillian estivesse indo para a cucuia, que os dois não se dessem nada bem, que ele tivesse desprezo pela política dela. Bob era tão gentil — mesmo sabendo que eu era gay.

"Mas por que esse seminário afinal?", ele me perguntou uma tarde. "Você o está organizando para garantir a sua efetivação?"

"Você não acompanhou todo o bate-boca no outono, sobre quão sexista é a UEM?"

"Eu estava de licença". Ele deu de ombros. "Foi o meu prêmio de consolação — mexeram os pauzinhos para mim na administração."

"Ah. Pois é, como se não bastassem os problemas de

cortes de verba, de enxugamento e..." Quase acrescentei "dos grupos de pressão conservadores", mas achei melhor não hostilizá-lo. "Neste outono, a UEM foi muito criticada por não ter sensibilidade para a questão feminina."

Bob rosnou: "Babaquice!".

"Como assim? Você não concorda?"

"Claro que concordo. Esta universidade não tem sensibilidade para questão nenhuma, ponto final. Aqui as pessoas não contam, e a turma lá de cima está pouco se lixando para a eqüidade. Tudo é feito para manter as aparências. Aposto que só houve tanta comoção porque alguém tornou pública a sub-representação das mulheres no corpo docente e na administração. Alguém deve ter posto a boca no mundo. Acertei?"

Surpreso com a sua percepção, eu disse: "Sim. Como você soube?".

"Não foi por clarividência, e sim por experiência. Esta universidade só muda na marra. É preciso alguém dizer ou fazer alguma coisa constrangedora, pois só assim a burocracia se mexe para pensar em como tirar o deles da reta."

"Bom, acontece que uns deputados estaduais andaram conversando com as professoras e depois deram uma coletiva à imprensa."

"Não precisa contar mais nada. Aposto que a UEM começou a empurrar mulheres para as posições de mais destaque. Como quando uma cidade sitiada coloca adolescentes na linha de frente. O que menos importa é a qualificação. Tudo depende do medo que eles têm de um processo e de uma intervenção do Legislativo."

"Acertou na mosca. Todos os departamentos foram obrigados a bolar um plano de ação."

Bob fez uma careta. "Eu sei o que isso significa! Faça alguma coisa vistosa, mas de preferência barata, para livrar a cara da universidade. É o procedimento-padrão aqui. Por isso que a sua nova chefe de departamento — perdão, a *nossa* nova chefe de departamento — é mulher."

"Isso também faz parte. Coral Greathouse foi eleita

por ser mulher, mas também porque não é lá muito ameaçadora, e é claro que não vai fazer nenhum escândalo como fez o último chefe. O pessoal a chama de Coral Moral — pelas costas, é claro."

Ele sorriu. E eu fiquei sem saber se tinha feito bem em lhe dizer o que disse.

"Enfim, houve uma reunião de departamento, e quando surgiu a idéia de uma série de conferências eu fui o escolhido para organizar a de Wharton."

"Detesto reuniões de departamento. Elas despertam o que há de pior nas pessoas quando tratam de coisas medíocres — e sempre que há algum tipo de pressão."

"Isso mesmo, foi um horror! Como...", hesitei, "como Bela Lugosi em *A ilha do dr. Moureau*. Sabe, a cena em que ele sai à frente daquelas criaturas gritando 'Será que não somos homens?'."

Bob assentiu com um gesto, mas eu fiquei sem saber se ele tinha assistido ao filme. "De vez em quando, no Laboratório de Redação, eles vinham com a história de tornar o serviço mais acessível, ficar aberto no horário de almoço, de noite, aos sábados. A gente fazia isso e atrapalhava os compromissos de todo mundo. O que acontecia? Nenhum estudante aproveitava o horário novo, e a gente acabava desistindo depois de um ano. Mas os diversos administradores sempre acabavam voltando com a mesma idéia esfarrapada, e, mesmo quando a gente provava por a mais bê que aquilo não servia para a nossa equipe, eles não arredavam pé."

"Que perda de tempo."

"Pois é, pense comigo. Os administradores precisam justificar o salário que ganham, por isso vivem inventando planos idiotas, relatórios e estudos que enlouquecem qualquer um." Bob sacudiu a cabeça. "Eu estou nesta universidade há muito tempo para saber que a gritaria enfim vai acabar. Haverá muita publicidade e muita lorota sobre o avanço da universidade rumo a um futuro fantástico, aí eles dão um nome bonito a essa palhaçada, divulgam press releases, bolam slogans idiotas para enfeitá-la e princípios orientadores e novos acrônimos, e ninguém nem se lembra de que tudo é apenas a repetição dos velhos e inúteis planos que eles já cansaram de experimentar e nunca serviram para nada, e então, quando aparecer um novo reitor ou um novo administrador, inventam outra coisa para fingir que são muito dedicados."

"Uau!" Tinha sido um belo discurso, e muito pertinente, pensei.

"É como o comunismo", ele disse. "Concebido para parecer uma coisa boa para todo o mundo, mas que na verdade só servia para manter uns poucos no poder. Vazio. Uma fraude escandalosa."

"Ei, pelo menos a União Soviética tinha o Coro do Exército Vermelho."

Bob riu e se reclinou na cadeira, as mãos entrelaçadas na nuca. Espreguiçou-se e estalou os dedos.

"Você acha que todas as universidades são assim?", perguntei. "Ou será que a UEM é pior do que as outras — e, se for, por que isso acontece?"

Ele pensou um pouco. "Aqui alguns departamentos parecem mesmo doentes. Sabe, os departamentos são como o câncer — eles se reproduzem. Se houver alguma coisa mórbida no núcleo do departamento, ela não pára de crescer."

Eu indaguei: "Pois bem, como você se arranja com isso? Quer dizer, você está na UEM há mais de vinte anos, certo? Isso não o afeta?".

"Depois de algum tempo, tudo vira rotina. A gente baixa a cabeça, trabalha da melhor maneira possível e trata de ajudar os alunos."

"Você nunca pensou em abandonar o magistério?"

"E fazer o quê? A única coisa que eu aprendi a fazer aqui é terrorismo urbano." Ele se levantou. "Vou pegar um café. Você quer? Não?"

Eu estava morrendo de vontade de ir para casa contar a Stefan o quanto Bob Gillian era sensato, boa gente, mas ele estava dando aula, graças a Deus, porque poucos minutos depois Bob mostrou que tinha um lado bem mais feio.

Logo que ele chegou com o café, Jesse Benevento, aluno de um dos meus cursos especiais de redação, bateu na porta entreaberta, perguntando se podia falar comigo. Jesse era um dos meus alunos mais tranqüilos, quase sorumbático: alto e desengonçado, indefectivelmente de jeans preto, botas de caubói e camiseta igualmente preta, com uma infinidade de piercings, inclusive meia dúzia de brincos em cada orelha, o rosto magro e oval dominado pelo cabelo denso, espetado e totalmente descolorido.

Quase não falava durante a aula, de modo que fiquei meio surpreso ao vê-lo aparecer logo no começo do semestre. Geralmente, os estudantes preferiam evitar os plantões dos professores, a não ser que estivessem enrascados com um trabalho ou uma nota, ou quisessem puxar o saco, ou você lhes tivesse pedido expressamente que fossem à sua sala. Eu sabia que eles preferiam conversar com um professor só na presença dos colegas, o que os protegia da possibilidade de serem humilhados. Morriam de medo de bancar o idiota — ou seja, fazer *qualquer* tipo de pergunta —, de modo que tratavam de manter a distância. Na classe, a mesma pergunta podia ser feita às gargalhadas, mas sozinho, na sala do professor, seria reveladora demais. Quem ia mudar de assunto? Quem ia lhes dar apoio ou explicar o que eles "realmente" estavam querendo dizer?

Era frustrante saber que os alunos precisavam de ajuda, mas eles tinham vergonha de pedi-la, e em geral, no começo do semestre, e mesmo já bem entrado o ano, eu ficava "de castigo" no escritório, feito o garoto que nunca era convidado para jogar bola e só ficava esperando.

Em todo caso, fiz sinal para que Jesse se sentasse junto à minha escrivaninha, na confortável poltrona que meus alunos adoravam, quer o admitissem ou não. Pelo menos não ficavam se retorcendo, o que não deixava de ser um alívio para *mim.*

"Que posso fazer por você?", perguntei a Jesse, encostando-me no espaldar.

Em voz baixa, como que inibido pela presença de Bob Gillian à outra mesa, ele disse: "Bem, não é nada. Eu só queria conversar sobre uma coisa que o senhor disse na aula passada sobre o nosso próximo trabalho".

Fiquei aguardando a pergunta inofensiva, preparando-me para estimulá-lo. Imaginei que estivesse nervoso com a tarefa. Mas o que ele disse me chocou.

"No fim da aula, doutor Hoffman, quando estava nos aconselhando a relaxar para fazer o trabalho, o senhor disse, 'Façam ginástica, caminhem um pouco, façam sexo, qualquer coisa'."

Eu sorri. "Eu disse isso? É, pode ser. E daí?"

Inclinando-se um pouco, com as mãos grandes, compridas, entrelaçadas no colo, ele disse: "Doutor Hoffman, o sexo é a coisa mais sagrada que pode haver entre duas pessoas. Não deve ser tratado com leviandade. Nunca. É uma dádiva de Deus para o homem. Não uma piada. Eu conversei com alguns rapazes da classe, e nós achamos que o senhor não falou por mal, só estava brincando". E o seu silêncio pareceu acrescentar: "*dessa* vez". Ele prosseguiu: "Mas nós não somos como o senhor e não queremos que ninguém venha com imoralidades sexuais pra cima de nós".

Eu o encarei, aguardando o resto, mas ele não disse mais nada, e eu me senti absurdamente ameaçado e na defensiva. Consegui agradecer sua visita. Não pedi desculpas, como Jesse decerto esperava, e ele se levantou enrugando a testa, a cara ainda mais pálida e comprida.

"O senhor devia ler isto aqui", disse, entregando-me uma amassada cópia xerox de um folheto intitulado "A nova castidade: virgindade nos anos 90". E se foi.

Quando imaginei que Jesse estava no fim do corredor, eu rasguei o folheto e olhei para Bob Gillian. "Dá para acreditar?"

Ele encolheu os ombros, olhando para um ponto qualquer atrás de mim, como se estivesse falando com uma câmera oculta. "Você precisa ter mais cuidado com os alunos."

"Foi só uma piada para que eles relaxassem! Você sabe como esses garotos ficam ansiosos com o primeiro trabalho escrito." Como Gillian tinha ficado trabalhando tranqüilamente à sua escrivaninha enquanto o meu aluno estava lá, ajudando-me com aquela compreensão silenciosa que a gente tem quando divide uma sala, eu esperava que ele lamentasse comigo a arrogância de Jesse. Fazia parte da vida de um professor — as histórias de guerra, os casos que a gente contava como se fosse um velhinho numa cadeira de balanço na varanda, descrevendo uma horrível tempestade que caíra cinqüenta anos antes ou um quase esquecido desastre de trem. Isso nos unia numa comunidade de sobrevivência e reclamação; fazia com que gostássemos de ser quem éramos. Porém, Gillian simplesmente me encarou, como se nunca tivesse participado daquele jogo e por certo não ia tentar fazê-lo agora, comigo.

"Parece que ele não achou graça nenhuma", disse com determinação. "E não tem graça mesmo. Sexo é coisa séria."

"Mas eu nem falei em sexo."

Ele franziu a testa.

"Claro que falou", disse, cheio de pudor. "E fez muito mal em falar."

Os dois retomamos o trabalho no mesmo instante, um de costas para o outro, como se tivéssemos combinado.

Obviamente, ele se parecia muito mais com a esposa do que eu queria acreditar, e convinha tomar cuidado com o que dizia na sua presença. Bob Gillian podia ser simpático, mas não era nada confiável.

No silêncio tenso, eu pensei: "Ótimo. Uma merda de colóquio, uma merda de recepção e agora um espião de Newt Gingrich na minha sala".

Pior ainda, o pai de Jesse era o chefe do Departamento de História, que dividia o edifício Parker com o IAR, e eu imaginei o garoto se queixando de mim para o velho, que não tardaria a ir contar tudo a Coral Greathouse. Problemas.

Bob não tardou a juntar seus papéis e sair, despedindo-se com um aceno. Acaso era um sinal? Estava ofendido?

Aliás, milhares de pessoas pareciam estar ofendidas no nosso campus e em todo o estado, gente que se agitava sob a pressão política e social da direita cristã. A toda hora chegava a notícia de um colegiado tentando proscrever livros ou atividades "anticristãs" — como ioga, que, segundo seus adversários, era um convite ao diabo para arrebatar a alma das pessoas.

Os programas de auto-estima para as crianças sofriam ataques porque, supostamente, estimulavam a anarquia social e minavam os valores familiares, já que os estudantes que os implementavam pensavam "bem demais de si próprios". Alguns deputados estaduais apoiavam uma iniciativa para anular os direitos dos gays nas cidades mais liberais de Michigan como Michiganapolis e Ann Arbor.

Agora, a agitação no campus estava tomando uma forma parecida. Num programa local a cabo, estudantes furibundos, rosnentos, denunciavam regularmente os gays, os democratas, os ambientalistas e as minorias numa linguagem tão extremada e ofensiva quanto a sua indignada expressão. Eu não tinha estômago para assistir a mais do que um minuto, pois em sua vociferação eu ouvia os urros e o crepitar das chamas e de séculos de ódio e intolerância.

Havia campanhas cada vez mais numerosas de abaixo-assinados de estudantes endereçados ao diretor das bibliotecas da UEM protestando contra os livros ou revistas "obscenos" em suas prateleiras. O jornal do campus era constantemente acusado de tendência liberal, muito embora estivesse cheio de cartas que pediam que o governo matasse os gays e as lésbicas. No outono anterior, Pat Buchanan tinha sido contratado como locutor pelos Estudantes por uma América Decente, sendo que o seu cachê era pago com verba da universidade, até que houve uma auditoria e o dinheiro foi cancelado e substituído por uma caixinha de doadores anônimos.

Já tinha havido diversos incidentes que deixaram o jornal temporariamente fechado — vandalismo, ameaças de bomba. A administração da universidade quase não podia fazer nada, pois o reitor Littleterry era um zero à esquerda, e Joanne Gillian parecia não dar a mínima para o fato de nós termos ou não termos jornal.

Eu decidi que precisava ficar o mais longe possível do miasma conservador, de modo que peguei as minhas coisas e fui para a academia de ginástica antes de voltar para casa. Decerto podia me refugiar ali e esquecer Joanne Gillian e tudo quanto ela representava.

3

"Respire!" Rouca e peremptória, a voz chegou de algum lugar à minha esquerda.

Levantei-me do banco de metal cromado e plástico preto no qual estava tentando fazer flexão de bíceps e avaliei a origem daquela emissão. Dois sujeitos, tão grotescamente musculosos como o Brutus dos desenhos de Popeye, mas de ar apalermado e inexpressivo, estavam fazendo supino com uma enorme quantidade de peso. Quer dizer, um estava no banco e o outro de pé atrás dele, olhando. De camiseta cinzenta puída e suada, tênis pretos e short Champion bem largo, eles quase pareciam gêmeos.

"*Respire!*", repetiu o grandalhão enquanto o assustador haltere subia e descia. Eu me perguntei se seria prudente deixar uma pessoa que precisava de semelhante lembrete erguer tanto peso.

"Concentre-se!", ordenou o que assistia. "Não dê bola para a sua mente. Ela quer que você pense que o seu corpo está cansado. *Vamos*", rosnou, com o tipo de entonação que eu só tinha ouvido em academias e filmes pornográficos.

As instruções continuaram jorrando: "Vamos, isso mesmo, depende só de você, seja firme, você já entendeu". Era estranhamente erótico. Talvez os meus modestos exercícios pudessem ser estimulados com aquela torrente de rigoroso incentivo.

Eles trocaram de lugar. Os mesmos movimentos, a mesma ladainha, a mesma cara vermelha, o mesmo grunhir e resfolegar.

Por fim, a barra com os pesos repousou nos suportes e eles se afastaram com a pesada graça de duas baleias a deslizarem no fundo do mar. Eram as únicas outras pessoas fazendo ginástica naquela tarde, e foi um prazer ficar sozinho à luz de neon daquela selva de pesos e aparelhos Nautilus que se erguiam ao meu redor como altares, túmulos e monumentos a povoarem uma antiga catedral, cada lacerado ícone com uma história, uma vida própria. Eu não estava num estado de espírito particularmente venerabundo, nem com vontade de sair de mim mesmo, a única coisa que queria era fugir do IAR, e O Clube parecia ser o melhor lugar para passar aquele dia.

O Clube é um prédio enorme e surpreendente erigido na extremidade leste do campus, uma espécie de portão de entrada do exclusivo subúrbio de Michigan Hills (um bairro completamente plano, naturalmente, naquela plana parte central do estado). Um elefante branco de concreto e vidro, O Clube recendia a dinheiro e novidade, e era tão pródigo em espaço que parecia uma espécie de shopping center da malhação. Fora construído em diversos níveis que se comunicavam mediante escadas largas e imponentes, tinha um restaurante espaçoso e uma loja de equipamento, um salão de banquete/conferência, uma pista de atletismo coberta e uma tão grande profusão de quadras de tênis e raquetebol, salas de aeróbica, piscinas e salas de equipamento cardiovascular que eu vi amigos da Costa Leste praticamente estremecerem de inveja, pensando nas academiazinhas acanhadas daquela região em que o espaço era um luxo, e tão cheias que a gente chegava a *ouvir* a transpiração das outras pessoas. Imaginei que era isso que os régulos do século XVIII sentiam na primeira vez em que pisavam em Versalhes.

Mas, apesar de toda aquela ostentação no uso do espaço, havia uma avareza de cores — tudo cinzento, preto, branco, azul-metálico — que, para mim, aumentava a sensação de fantasia. A "sala de musculação" era tão larga e comprida que às vezes eu tinha a impressão de estar num daqueles sonhos em que a gente tenta alcançar um objeto na mesa, mas esta não pára de crescer vertiginosamente, para muito além do comprimento do braço.

Em todo caso, gostava de lá, e sem dúvida alguma o lugar era um ótimo refúgio. A maioria dos professores fazia ginástica no campus ou nas várias academias da cidade, e só havia a possibilidade de topar com estudantes nos fins de semana, quando eu me sentia menos inclinado a ir. Para mim, malhar não era ir avaliar os outros, tampouco meditar sobre a minha perfeição e muito menos mostrar que tinha dinheiro para pagar a salgada mensalidade, como o pessoal cujo único esporte consistia em se aboletar no restaurante de paredes de vidro, no piso principal, que era quase uma torre de controle com uma vista fulgurante e ameaçadora de boa parte da academia. Caneca de cerveja na mão, eles ficavam vendo os outros gemer e suar na sala de musculação, na quadra de basquete, num dos ginásios de aeróbica ou na sala entulhada de esteiras e aparelhos Nordic Track. Era como assistir a um documentário mostrando o corte lateral de um formigueiro: você admirado — e sentindo-se superior — com aquela atividade incessante. Os alemães têm uma palavra para o prazer com a dor alheia — *Schadenfreude*. Deviam inventar uma para quem se divertia com a malhação alheia. Fazia falta.

Também achei bom estar quase a sós naquela tarde, porque às vezes me sentia extremamente deslocado na academia de ginástica. Observava e escutava os atletas e seus amigos, gente que se tratava por "Meu chapa" ou "Grande garoto" sem a menor inibição, e ficava assombrado com o mundo que eles habitavam. Eu vivia no universo das palavras — entrando e saindo de livros, revistas, jornais, peças teatrais, filmes. Ficava nervoso quando não estava lendo ou ouvindo palavras, e geralmente sonhava com livrarias e bibliotecas lotadas, efervescentes, sempre com alegria e afeto. Marcava as etapas da minha vida pelos autores que estava lendo: "Essa foi a minha época de

D. H. Lawrence". "Eu estava começando a ler Jean Rhys quando fiz os exames de graduação."

Mas aqueles homens da academia, de corpos esculpidos e vidas esculpidas, moravam em um mundo dominado pela ação. Malhavam, disputavam partidas de tênis e raquetebol, nadavam, jogavam golfe, basquete, beisebol num time de bairro ou do local de trabalho, esquiavam — e passavam o ano discutindo ou assistindo ao futebol, ao basquete, ao beisebol, ao hóquei. Não era apenas outra vida, era outra língua, e a roupa esportiva que usavam combinava com eles. Eu os via metidos numa série embasbacante de camisetas, agasalhos, shorts, calças de ciclismo, tênis, meias, bonés. Era um espetáculo colorido e absorvente, repleto de ostentação, símbolos e tradição. E ali eu me sentia como me sentia na França — podia até entrar numa conversa, mas acabava me perdendo na hora de sair.

Mais de uma vez, Stefan me disse: "Você pensa demais. Esqueça isso. Simplesmente vá e malhe".

"Mas eu fico assombrado. Aqueles caras são atletas desde que nasceram. E são os americanos de verdade. Homens de verdade enfim."

"Nem você acredita no que está dizendo, acredita?"

"Às vezes."

Stefan sacudiu a cabeça, se bem que com ar desconfiado, como que esperando que eu sorrisse e dissesse "Brincadeirinha!".

Depois de trabalhar surpreendentemente bem os braços e o peito, eu subi ao primeiro andar a fim de fazer um pouco de esteira, mas desisti no ato.

Quem estava num dos aparelhos Stairmaster, marchando vigorosamente e cobrindo a plataforma de suor, era nada menos do que Jesse Benevento. Com a camiseta ensopada e um calção de atletismo que deixava à mostra suas pernas musculosas e morenas, ele parecia obcecado. Ou melhor, ele *estava* obcecado. Fazia o duro sacrifício com um haltere de cinco quilos em cada mão. De fones no ouvido, e sabendo que estava sozinho, cantava em voz alta o que parecia ser um rap. Um rap cristão. Eu ouvi as palavras "vitória em Jesus".

Fugi para o vestiário, tomei banho e voltei para casa a fim de pensar no seminário.

Como se não me faltasse mais nada, Joanne Gillian apareceu no noticiário da noite. Naquela tarde, uma reunião-surpresa do colegiado da UEM a elegera presidente: seu predecessor tinha sido afastado porque ela "era mais qualificada". Obviamente, tratava-se de uma espécie de golpe que mostrava que a direita radical acabava de assumir o controle do colegiado da UEM.

Naquela noite, Joanne ia receber um prêmio do Conselho das Mães de Família de Michiganapolis. Stefan e eu ouvimos parte de seu discurso exortando as mulheres de todo o Michigan a "usar a pureza de espírito para combater a depravação, a indecência e a perversão".

Eu dormi mal, incomodado com o novo status e com o discurso de Joanne, de modo que quando o telefone tocou à uma da madrugada atendi imediatamente. Uma voz abafada respondeu ao meu "O quê?" com "Tomara que você pegue aids". E desligou.

Já totalmente desperto, larguei o telefone como se ele estivesse prestes a explodir, sacudi Stefan até acordá-lo e contei o que tinha acontecido.

"Só pode ter sido aquele estudante", falei, "Jesse Benevento."

"Você reconheceu a voz?'

"Claro que não — ele a disfarçou. Mas quem mais podia ser? Eu disse a você que ele estava no Clube. Ele está me perseguindo."

"Coincidência", bocejou Stefan.

"Você não liga?" Eu resistia ao impulso de sacudi-lo com violência.

Com os olhos fechados e a voz cansada, ele disse: "Nick, aqui os alunos são capazes das piores coisas". As palavras lhe saíam lentas, como se ele estivesse anestesiado. "Você nem sabe se o telefonema era para você ou para nós dois. Mas se isso o fizer sentir-se melhor, dê parte na polícia. Se acha que vale a pena perder tempo."

Stefan estava tão calmo que me deu vontade de gritar, mas eu sabia que ele tinha razão. O telefonema podia ter sido uma casualidade qualquer, e, mesmo se saísse no jornal, será que isso não acabaria estimulando o sujeito a ligar outra vez?

Stefan começou a roncar.

Não sei como nem por quê, mas a sua tranqüilidade me contagiou, e eu adormeci com a mesma facilidade.

Na aula seguinte, não senti nenhuma hostilidade por parte da classe de Jesse, nem mesmo por parte dele. Isso me levou a indagar se o episódio na minha sala não tinha sido apenas uma bravata. Talvez ninguém mais na turma estivesse aborrecido comigo; talvez ele só quisesse bancar o Joe McCarthy estudantil. E talvez o telefonema também não tivesse a menor importância.

Acabei deixando tudo de lado, pois a recepção de Chloe DeVore era iminente, assim como o seminário Wharton, que, apesar do reconhecimento oficial das duas sociedades, não tinha muitos inscritos.

Serena tentou me acalmar.

"Escute. Esse pessoal sempre deixa para se inscrever na última hora. Porque são acadêmicos medíocres. Vivem sendo jogados para lá e para cá pelos professores mais antigos, pelos catedráticos, pelos decanos, principalmente pelos administradores, depois descontam em quem der para descontar. Nos alunos e no primeiro que quiser alguma coisa deles."

Bem nesse momento, Bob Gillian entrou no escritório e eu tentei calá-la, mas ela prosseguiu. "Quando eu organizei, a metade dos participantes só se inscreveu nas últimas semanas. Foi uma agonia, mas é assim mesmo."

Bob começou a trabalhar à sua escrivaninha, fingindo não dar atenção à nossa conversa, mas eu senti que estava registrando cada sílaba para usá-las contra mim na primeira oportunidade.

"Vamos tomar um café?", propus, correndo para a porta.

Serena me acompanhou, divertida, mas no corredor agarrou-me o braço. "Por que você tem tanto medo desse cara?"

"Por causa de Joanne Gillian... Tenho certeza de que ele lhe conta tudo. Não quero que ela fique sabendo que a minha conferência só tem algumas dezenas de inscritos!"

Ela sacudiu a cabeça. "E daí se Joanne Gillian souber?"

"Ela detesta os gays e vai dar um jeito de usar isso contra mim, tenho certeza."

Serena segurou o meu queixo e me obrigou a fitá-la nos olhos. "Você precisa relaxar", disse. "É só um seminário."

Mas não era. Aquele ciclo de conferências se destinava a mostrar que o IAR se preocupava muito com a questão feminina, de modo que o prestígio do departamento dependia do seu sucesso. Tudo precisava dar certo, do contrário não me efetivariam, e Stefan e eu teríamos de sair da UEM.

"*Você* pode relaxar", retruquei com tristeza. "Já é professora efetiva. Se alguma coisa sair errada, ninguém poderá lhe fazer nada."

Serena desviou a vista, constrangida com a verdade.

Como se eu não tivesse preocupações suficientes, Joanne Gillian continuava voando em sua vassoura. Não sei como, ficou sabendo que alguns críticos inscritos na conferência eram — em sua opinião — pervertidos, tanto que haviam publicado trabalhos como "Furor clitoridiano em *Ethan Frome*". E anunciou que ia assistir às palestras "para ver como a universidade gastava dinheiro para patrocinar a imundície".

Assim, eu não só era obrigado a dividir a sala com seu marido, de quem passara a desconfiar muito desde a nossa conversa sobre Jesse Benevento, como Joanne Gillian provavelmente ia me espionar durante o colóquio, pronta para pinçar qualquer coisa que servisse para alimentar seu ódio.

Devia estar louca por uma briga. Alguns dias depois de sua eleição à presidência do colegiado, os ativistas do movimento estudantil homossexual da UEM protestaram contra a recusa da universidade em conceder os benefícios de união estável aos gays e lésbicas dos corpos docente e funcional. O NOSSA UEM, um grupo radical de estudantes viadaços, interrompeu uma reunião do colegiado, no prédio da administração, gritando e cantando. A reunião teve de ser cancelada, e Gillian chamou a polícia do campus para dispersar os manifestantes. Um dos alunos gays xingou Joanne de fascista. Por ordem dela, imagino, o nosso reitor idiota, Webb Littleterry, classificou os estudantes gays de "*hooligans* perversos".

No dia seguinte, o reitor Littleterry e Joanne Gillian receberam telefonemas ameaçadores, coisa que ela se apressou a denunciar no *Michiganapolis Tribune* como "prova" da "profunda decomposição moral" da UEM. Obviamente, afirmou, esses alunos eram instigados pelos professores e funcionários homossexuais, o que comprovava que estes estavam longe de ser um bom exemplo para os alunos da UEM.

Fiquei furioso com os insultos e acusações daquela mulher, mas não havia nada que eu pudesse fazer. Se mencionasse o trote que *eu* havia recebido, para mostrar que havia intolerância dos dois lados, arriscava ser chamado de mentiroso, porque não havia dado parte logo depois.

Tinha certeza de que Joanne Gillian ia descarregar em mim sua hostilidade para com o ciclo de conferências.

E estava chateado com a falta de solidariedade de Stefan. Tínhamos brigado mais de uma vez por causa do colóquio.

"Você não foi obrigado a aceitar", disse ele.

"Eu sou um mero professor assistente sem efetivação! Não posso me dar ao luxo de recusar."

Stefan sacudiu a cabeça. "Você é muito acomodado."

"Não — eu estou é com muito medo. E não venha bancar o terapeuta pra cima de mim. Não ajuda em nada."

Foi então que ele explodiu.

Nós estávamos junto à lareira numa desagradável noite úmida de fevereiro, e Stefan olhou para mim como se fosse atirar sua bebida no fogo. Ou em mim. Mas ficou muito calado, como naqueles filmes de aventura na selva, no momento em que cessava o enlouquecido rufar dos tambores e o silêncio era apavorante.

"Sabe de uma coisa?", disse. "Eu já estou com o saco cheio de Edith Wharton. Você passou cinco anos viajando pelo país, mandando faxes, tirando fotocópias, abarrotando a casa com toda a sua papelada, escrevendo e telefonando para o mundo inteiro atrás da mais ínfima referência impressa a essa escritora de segunda classe..."

"Ela não é de segunda classe!"

"Poupe-me. Virginia Woolf era um gênio. Jane Austen também. Wharton não chega sequer aos pés delas. E eu sou obrigado a ouvir você reclamar dos arquivistas e bibliotecários, das máquinas de xerox, dos acadêmicos pouco colaboradores, dos programas de computador, do preço extorsivo que cobram pelas traduções do indonésio e do tcheco, e de ser obrigado a fazer índices remissivos."

Eu fiquei assustado com a sua raiva contida, medida.

"Quatro... índices... remissivos... de... merda", prosseguiu ele, fuzilando-me com o olhar. "Alguma vez eu disse que não queria ouvir o enredo do conto mais idiota de Wharton? Nem saber da ocasião em que ela se virou para Erik Satie e perguntou como iam indo as rosas dele? Nem do que Henry James contou a Bernard Berenson que Wharton havia contado a Stephen Crane sobre as bengalas? Por acaso eu me queixei de um único caso idiota de Wharton que você me contou — mesmo quando os contava duas vezes?"

Humilhado pela reprimenda, eu só consegui sussurrar "jamais".

"Mas você não se contentava em consultar livros nas bibliotecas, tinha de *possuir* tudo quanto já se imprimiu sobre Edith Wharton. E depois começou a colecionar primeiras edições."

Cheio de culpa, eu pensei nas fileiras de livros de Wharton no meu escritório.

"Gastou milhares de dólares nessa droga de bibliografia de Wharton, e mesmo que ela venha a ser um best-seller de biblioteca você nunca vai receber um centavo de direitos autorais. Há anos que eu vivo com Edith Wharton. Estou farto dela, farto desse seminário." Stefan saiu da sala, e eu não fui atrás.

Como discutir o que ele acabava de dizer? Eu adorava o texto de Wharton, mas a minha dedicação à sua obra tinha sido uma tremenda drenagem financeira, e também estava se tornando um desgaste emocional.

Naquele momento, não queria que nada se interpusesse entre Stefan e mim. No ano anterior, ele havia ajudado um ex-amante, Perry Cross, a arranjar emprego na UEM, no nosso departamento, porque se sentia confuso, sem saber se ainda estava apaixonado por Cross. Embora Cross estivesse agora definitivamente fora da nossa vida, havia deixado muito estrago. Arrependido de ter mentido para mim, Stefan entrava facilmente em depressão. Nesse período, era comum eu voltar para casa e encontrá-lo escutando a *Sinfonia das canções tristes* de Gorecki, ou, pior, a lúgubre e andróide música de sintetizador de Gary Numan. Tocava muitas e muitas vezes uma canção — "Remind me to smile" —, provavelmente por causa do verso "Isto é uma prisão". Tenho certeza de que era assim que ele se sentia.

Eu continuava com dificuldade para dormir. Às vezes acordava de madrugada pensando em Stefan e Perry. Os dois não tinham transado no ano anterior, mas eram ex-amantes da pós-graduação, e a idéia de ele ter balançado entre um de nós me atormentava. Depois de tantos anos juntos, nunca me ocorrera que o meu contrato tivesse de ser renovado!

E embora eu soubesse que havia perdoado Stefan por

ter semeado a confusão em nossa vida, não sabia se podia voltar a confiar nele.

Mas queria muito.

Chloe DeVore escreveu para a UEM dizendo que não queria nenhum "evento social" antes da leitura, de modo que não haveria jantar de abertura. Assim, nós fomos dispensados da geralmente desagradável ocasião em que os professores e os grandes patrocinadores da universidade ostentavam sua cultura ao mesmo tempo que esperavam que o escritor se mostrasse relaxado, bem-humorado, charmoso e muito humano — tudo isso sem esforço e sem derrubar vinho nem comida no chão.

O convidado devia brilhar e inspirar, qual uma relíquia exumada antes do desfile anual, mas também tinha de encantar e esbanjar charme, qual uma anfitriã vitoriana à mesa do chá. Era de lei citar nomes de escritores famosos, desde que com muito comedimento.

Que martírio. O cara tinha de ser uma estrela, mas fingir que não era, e também fazer com que todos à mesa se sentissem importantes. Não admirava que alguns escritores ficassem irritados e taciturnos nesses jantares. Quem podia gostar de tanta amolação?

Eu cheguei a entender as restrições de Chloe, mas Priscilla as usou contra ela.

"Uma autora convidada precisa ser acessível aos professores, aos estudantes, a toda a comunidade. E *ela* resolve dar uma de Greta Garbo!"

Estávamos tomando café na abarrotada sala de Priscilla, uma semana antes da leitura. O tempo estava horrível, com ventanias que baixavam a temperatura a menos de zero, e devido aos ventos uivantes e às janelas que trepidavam como loucas o edifício Parker parecia um precariíssimo barco à mercê de uma tormenta. Eu tive a fantasia fugaz do prédio naufragando, e nós refugiados no telhado, acenando para que viessem nos socorrer...

Sacudi a cabeça para me livrar da imagem e tornei a

prestar atenção em Priscilla. Decidido a não tomar a defesa de Chloe DeVore, limitei-me a ficar em silêncio enquanto ela tagarelava. Ouvindo-a, pensei na minha sorte de não ter de chafurdar na inveja de nenhum escritor.

Eu era o único bibliógrafo vivo de Edith Wharton, e os acadêmicos do mundo todo me respeitavam, ou pelo menos precisavam de mim. Diariamente chegavam cartas, mensagens eletrônicas e até faxes de gente que trabalhava com a obra de Wharton e que precisava localizar esse ou aquele artigo, ou tinha perguntas a fazer, ou queria a minha aprovação. Simplesmente não existia ninguém com quem eu pudesse me comparar, ninguém cujo sucesso diminuísse ou ameaçasse o meu. Eu era rei numa colina minúscula.

"Sabe o que me contaram na semana passada?", sorriu Priscilla. "Chloe estava sendo fotografada para uma exposição de escritores estrangeiros radicados em Paris e resolveu ler enquanto isso!"

Eu não compreendi. "Para posar?"

Priscilla caiu na gargalhada. "Não. Ela não se dignou a dirigir a palavra ao fotógrafo, pegou um livro e ficou lendo como se ele não existisse. Já viu coisa mais arrogante?"

Eu balancei a cabeça, perguntando-me até que ponto o que Priscilla ouvia dizer de Chloe era verdade e até que ponto apócrifo. Imaginei que devia haver uma demanda tremenda de casos escabrosos ligados a Chloe DeVore.

"Você está ótima", disse Stefan cautelosamente a Priscilla quando estávamos a caminho do Centro Artístico da UEM na noite da leitura de Chloe, no fim de fevereiro.

Afundada no banco traseiro do Volvo, ela deu de ombros. "É como aquele negócio que Henry James disse. Sabe, 'Enfim chegou a tão sublime coisa'."

Eu objetei. "Ele estava se referindo ao ataque que sofreu!"

Priscilla baixou a cabeça. "Ah, é?", disse baixinho. "Eu não sabia."

Sem jeito por ter erguido a voz, eu me virei e, estendendo o braço, tentei lhe dar um tapinha amigável no ombro, mas justo nesse momento o carro fez uma curva, e eu acabei batendo em sua orelha.

"Ai!"

"Desculpe... desculpe!"

Senti-me como no começo de uma farsa de Feydeau, quando se liberavam as energias que iam precipitar as personagens umas contra as outras, numa espiralada soma de improbabilidades.

Estacionamos e conseguimos sair intactos do carro. Eu me senti subitamente energizado simplesmente por ter chegado. O nosso Centro Artístico era um belíssimo auditório em estilo georgiano de 1500 lugares. O interior, inspirado no Carnegie Hall, tinha acústica melhor que a de qualquer teatro de Michigan: era um luxuoso estojo de jóias azul-real e dourado, tão improvável naquele vasto campus agrícola do Centro-Oeste quanto um teatro lírico numa decadente capital provincial do Brasil.

Os três deixamos os casacos na chapelaria e mergulhamos na multidão trajada com a habitual miscelânea do campus — tudo, de casacos lantejoulados e saias rodadíssimas até fofas soquetes brancas, sandálias de plataforma e jeans. Priscilla foi para os bastidores.

"Oi, professor Hoffman!" Eu me virei para cumprimentar uma ex-aluna, Angie Sandoval, que no ano anterior me ajudara tangencialmente a investigar um assassinato no campus. Gostava muito dela.

"Você também lê Chloe DeVore?", perguntei.

Angie sorriu. "Nunca ouvi falar! Um amigo me deu o ingresso. Até mais!" E se afastou. Antes de seguir adiante, anotei mentalmente que precisava contar isso a Priscilla. Ela ia adorar.

Stefan e eu tivemos dezenas de conversas rápidas no saguão, evitando um soturno grupo de professores do ex-Retórica, inclusive o imperturbável Carter Savery e a patética Iris Bell.

Os nossos lugares ficavam quase exatamente no centro, na vigésima fila, e, tendo deixado Stefan conversando com os colegas, eu acenei e sorri ao chegar à minha poltrona: sabia que não teria muita chance de me sentar na recepção. Fiquei aliviado ao pensar que naquele instante o serviço de bufê estava preparando tudo lá em casa.

A sala estava lotada e ruidosa quando Stefan se aproximou, e eu me senti indolente como um imperador aguardando a derrota inevitável de um gladiador. A leitura começou na hora marcada, com as luzes se apagando às oito em ponto, ficando apenas o palco e a tribuna graciosamente iluminados. Priscilla apareceu e, glamorosa no seu vestido verde-escuro longo, rodado e farfalhante, aproximou-se do microfone. Ainda que um pouco pálida, fez uma bela introdução, eu achei, mencionando discretamente as resenhas, os prêmios e a carreira de Chloe, mas evitando comentários próprios. Ao concluir, sorriu como se tivesse sido dela a idéia de convidar a escritora.

Calorosos aplausos quando Priscilla saiu do palco pela direita e Chloe entrou pela esquerda.

De fato, Chloe tinha ganhado uns quilos que o desajeitado tailleur azul-marinho não conseguia esconder.

"Que roupa mais cafona", eu cochichei a Stefan.

Seu cabelo escuro estava preso num coque sem graça. O tailleur azul-marinho e os sapatos de salto alto, a blusa branca e o lenço Chanel no pescoço deixavam-na igualzinha a dúzias de tristes mulheres de negócios que circulavam na região de St. James, em Londres.

"O que você queria?", sussurrou Stefan. "Ela não é sapatão?"

"É bissexual", respondi. "Ou seja, 'sapatinho'."

Alguém na fileira de trás nos calou com um "psiu".

Chloe subiu num pequeno tablado, sorriu, declarou-se satisfeita por estar na UEM, abriu o livro que aparentemente haviam deixado à sua espera e começou a ler sem quase nenhuma explicação.

Como havia iniciado a visita com a grosseria de não querer nenhum jantar prévio, eu esperava que ela fosse um horror: chata, antipática e sem graça. Fiquei decepcionado. Chloe não chegava a ser um charme, mas também não era uma bomba, e eu percebi imediatamente que não podia esperar que se humilhasse a si própria.

E mesmo que chegasse a tanto, será que eu conseguiria gostar? Estava calculando o tempo: quanto eu demoraria a chegar ao meu casaco quando aquilo terminasse, e depois ao carro, e na volta para casa a fim de acabar de preparar a recepção? Fiquei às voltas com o meu filminho particular, examinando obsessivamente cada ação, como se isso tivesse o dom de fazer tudo dar certo — e, mais importante ainda, terminar logo.

Pelo que consegui entender da leitura de Chloe, seu novo livro era o diário de uma nobre bizantina casada, mas apaixonada pela imperatriz Teodora, e a parte que ela estava lendo consistia numa série de reflexões sobre a fidelidade. Na meia hora seguinte olhei várias vezes para Stefan enquanto ela lia, tentando pescar um sorriso irônico, mas ele tinha acionado seu ar de atenção em público: a cabeça erguida, os olhos fixos. Sua aparência era perfeitamente apropriada, o que me convenceu de que ele estava achando a leitura um tédio.

Como explicar o impacto da escrita de Chloe DeVore? Na superfície era suave, seguro, decorativo. Mas depois de um tempo não levava a nada; a gente sentia que estava ouvindo uma chata que achava que cada frase dela era um primor de elegância e inteligência. Acho que era realmente como o esquete de Monty Python no qual Eric Idle dava cotoveladas num homem, dizendo: "Cutuque, cutuque, entende o que eu estou dizendo, entende o que eu estou dizendo?".

Eu "desliguei", pensando num dos piores e mais divulgados contos de Chloe, sobre uma filha cuidando da mãe que, apesar de uma mastectomia radical, estava agonizando de câncer de mama. Numa loja Bonwit qualquer, a filha entregava à mãe um *négligé* transparente e as duas riam passando os dedos na intricada renda prateada. A portentosa última frase dizia alguma coisa sobre "finalmente revelar-se". Não tinha o menor sentido...

Quando a vozinha seca de Chloe se calou, eu fiquei pasmo com o caloroso aplauso. Mas, afinal, vivemos numa cultura em que as pessoas aplaudem de pé a mais insossa peça da Broadway, de modo que era justo esperar uma reação entusiástica.

Quem fez a primeira pergunta foi uma pós-graduanda do IAR, que eu reconheci vagamente. "Miss DeVore, já que está morando em Paris, a senhora tem planos de escrever um romance sobre os norte-americanos lá?"

Chloe comprimiu os lábios. "Não posso imaginar coisa mais chata. Já fizeram isso tantas vezes. Paris está lotada de aspirantes a escritor colhendo impressões. Chega a ser ensurdecedor" — ela estremeceu — "o barulho de tantos dedos no teclado dos laptops nos cafés. Acho que todos eles deviam ser levados ao aeroporto e obrigados a viajar a um lugar menos comum. Tashkent. Montevidéu. Ann Arbor." Fez uma pausa. "Bom, não a Ann Arbor."

Centenas de pessoas rugiram ao ouvir a referência à rivalidade entre a nossa escola e a Universidade de Michigan em Ann Arbor, a uma hora de distância, e daquele momento em diante ela ganhou a todos: um pouco arrogante talvez, mas de um modo conspirativo que transformou o público em seus confederados. Foi um verdadeiro show quando Chloe se pôs a falar no seu sucesso, nos outros escritores, nos seus hábitos ao escrever. Manteve as coisas leves, divertidas. Eu queria não ter antipatia pela segurança que ela exibia, mas acabei me sentindo dominado e bombardeado como se estivesse ouvindo uma televangelista particularmente hipnótica que não precisava gritar para convencer.

Na platéia, as pessoas não paravam de se levantar para gritar: "Eu adoro o seu trabalho". A cada vez, Chloe inclinava ligeiramente a cabeça, como para receber uma coroa de louros, lembrando o "Oh, que tolice" de Ronald Reagan. Simplória, mas decididamente eficaz. E eu fiquei impressionado, até meio humilhado. Sempre admirara os escritores que interagiam bem com o público, como era o caso de Stefan.

"A gente precisa ir", cochichei para Stefan quando ficou claro que Chloe ainda ia passar um bom tempo respondendo as perguntas.

Ele concordou com uma careta, e nós incomodamos todo mundo na nossa fila ao nos levantarmos e passarmos por tantos joelhos rumo ao corredor; depois fomos correndo pegar os casacos na chapelaria. A velocidade da nossa saída me fez desejar que estivéssemos fugindo para outro estado, e não voltando para casa.

Stefan se recusara terminantemente a contratar um barman: queria ter o que fazer para poder ficar longe de Chloe e de todas as outras pessoas com quem não estava disposto a conversar. A maior parte do departamento foi para a nossa casa, sem contar as dezenas de administradores e patrocinadores locais. Havia tanta gente que mal se podiam ver os complicados e ambiciosos arranjos de flores, e era quase impossível ter acesso à comida: bolinhos de *cheddar*, caviar de berinjela, camarão empanado, patê de salmão defumado, empadinhas de cebola e *champignon* e musse de marisco.

Chloe se instalou definitivamente na poltrona junto à lareira (a melhor de todas, é claro, e a mais dramática), como se estivesse satisfeita em colher adulação, feito uma anêmona-do-mar se enchendo de comida com as lindas gavinhas. Eu, por minha vez, circulava como um peixe inquieto num desses enormes tanques redondos de um aquário, indo da cozinha para a sala, para o escritório, para o solário, distribuindo sorrisos e palmadinhas em ombros, tentando curtir o ar festivo. Era como se o sucesso de Chloe tivesse menos a ver com ela do que com a universidade, como se *nós* a tivéssemos polido para que brilhasse mais do que o normal.

Bob e Joanne Gillian chegaram tarde, e sua presença

me surpreendeu um pouco. Por certo sabiam que Chloe era bissexual e, por conseguinte, um péssimo exemplo para a juventude.

Os dois formavam um casal improvável. Era a primeira vez que eu os via juntos. Bob estava muito à vontade com seu sobretudo de pêlo de camelo e as luvas de motorista, mas Joanne parecia tão antiquada quanto Chloe, com ar desconfiado e casmurro. Aliás, elas eram quase da mesma altura, tinham o mesmo cabelo escuro. A uma prudente distância, eu observei Stefan cumprimentá-los à porta e mostrar-lhes onde guardar os casacos.

Os olhos de Joanne cerraram-se ainda mais quando ela regressou após ter deixado seu casaco no quarto de visitas, em que um dos pôsteres era de uma exposição de Robert Mapplethorpe em Chicago — apenas uma de suas flores de aspecto erótico, mas o nome já bastara para lhe provocar palpitações.

Bob me viu, e me saudou com um leve aceno, deixando claro que não estava com a menor vontade de registrar a minha existência, mas, como se encontrava na minha casa e na minha recepção, não tinha outro remédio. Eu entendi que estava lá por causa da sua conexão com o IAR, mas por que trouxera Joanne também? Como ela tinha a coragem de pôr os pés na casa de dois sodomitas confessos?

Bem nesse momento, Coral Greathouse, inusualmente alegre naquela noite, se aproximou e, apertando-me a mão, disse que a reunião estava ótima e que Stefan e eu tínhamos uma casa linda.

Dois pontos para mim, pensei, esperando que ela ficasse ainda mais impressionada com o colóquio Wharton.

"Você viu Serena Fisch?", perguntou, e então eu me dei conta de que Serena não só não estava na festa como não tinha sido vista na leitura.

"Vai ver que não está se sentindo bem", prosseguiu. "O tempo anda péssimo." Conversamos um pouco sobre o tempo, cada qual a entediar intensamente o outro.

Priscilla passou a noite no meu encalço, mas eu tratei de me escafeder. Sabia que estava deprimida agora que havia terminado a apresentação, e eu não tinha energia para enfrentar seu desespero, cansaço ou o que fosse. Por fim, ela me encurralou no meu escritório, onde as luzes estavam furiosamente acesas como num *crisis center.* Apaguei algumas, diminuí a intensidade de outras, perguntando-me quem estaria lá dentro.

Encontrei Priscilla. Ela estava sentada à minha escrivaninha, balançando a cabeça. "Não é tão ruim assim", disse.

"O quê!"

"Sinceramente, a gente passa tanto tempo com medo de uma coisa, então ela acontece..." Consultou o relógio. "Amanhã, a esta hora, Chloe já estará na França outra vez, ou pelo menos terá ido embora."

Mas continuou olhando para o relógio e, quando se ouviram gritos à porta da rua, levantou-se, alarmada. "O que é isso?"

Eu a segui até o hall de entrada.

Uma mulher, uma mulher lindíssima, estava falando alto com Stefan, que segurava o que eu tive a impressão de que era o casaco dela. Magra, ostentava uma densa cabeleira arruivada tão perfeita que parecia que o cabeleireiro a tinha acompanhado até lá, dando os retoques finais. De olhos verdes, rosto oval muito bem maquiado, estava de vestido preto de lã, sapatos carmim de salto agulha, e quilos de braceletes de prata nos pulsos. Parecia francesa — segura, chique, impecável, como muitas mulheres que se viam perto da Place Vendôme, em Paris, onde Stefan e eu ficamos várias vezes. Assim que ela tornou a falar, eu soube que *era* francesa.

"Onde ela está? Eu preciso falar com ela."

Stefan não parecia impressionado.

"É a Vivianne Fresnel", cochichou Priscilla às minhas costas. "A ex de Chloe", acrescentou em voz ainda mais baixa. "Lembra?"

Stefan tentou reter Vivianne, mas esta se desvencilhou dele e entrou na festa com a pose de Audrey Hepburn se aproximando do trono em *A princesa e o plebeu.*

"O que ela está fazendo aqui?", perguntou Stefan, ainda carregando o seu casaco. "Quem a convidou?"

"Fique sabendo", disse uma voz cristalina na sala de estar. O rumor da festa diminuiu e cessou completamente quando Vivianne repetiu. "Fique sabendo que eu vou processá-la."

Eu avancei e a vi a cerca de um metro de Chloe. As pessoas haviam recuado como num tiroteio de saloon.

"Como você soube que eu estava aqui?", perguntou Chloe.

Vivianne ergueu a bela cabeça, mas não respondeu.

Chloe sorriu satisfeita. "Você está bêbada", disse. "Vá dormir."

"Eu só fiquei bêbada uma vez. E foi com você."

Alguém na multidão suspirou ao ouvir essas palavras pronunciadas com um romântico sotaque francês.

"Você me embebedou", disse Vivianne. "E roubou o meu tesouro."

Eu achei aquilo constrangedor como um romance de banca de jornal, mas logo compreendi o quanto estava enganado.

"Chloe, você é uma mentirosa e uma ladra. *O império do pecado* é meu, não seu."

Empalidecendo, Chloe enrugou a testa.

Stefan disse com voz neutra: "Isso é incrível".

"A idéia sempre foi minha. Desde o começo. Eu passei meses falando nisso. Você não pode negar. Você roubou meus pensamentos!"

A outra sacudiu a cabeça como a dizer "prove".

"Eu tenho as minhas anotações", prosseguiu a francesa. "Tenho amigos. Eles sabem que a idéia é minha, não sua."

Chloe suspirou qual uma mãe diante de uma adolescente rebelde, perguntando-se se a filha um dia voltaria a ser tolerável.

No pesado silêncio que se seguiu, foi como se todos

estivessem à espera de um ato violento, ainda que atenuado: uma bofetada, uma bebida jogada no rosto de alguém, um prato quebrado. Mas as duas se limitaram a se encarar, e então, assombrosamente, Chloe passou por Vivianne, murmurando: "A única coisa que você quer é chamar a atenção. Invejosa". E saiu da sala. Todos a ouvimos gritar antes de bater a porta: "Quem armou isto vai se arrepender!".

Uma desconhecida disse: "Ela veio comigo", e desapareceu atrás de Chloe, agitando o sobretudo, aparentemente disposta a levá-la de volta ao hotel central do campus.

A sala mergulhou no silêncio, como naqueles momentos, na ópera, que antecedem a explosão do coro num vigoroso clamor.

"Desculpem o desabafo", pediu Vivianne graciosamente, com um sorriso rasgado. "Por favor, fiquem à vontade."

E, naturalmente, embora a convidada de honra tivesse sido humilhada e partido, a festa continuou com renovado entusiasmo. Alguns professores reconheceram Vivianne e, em breve, estavam imersos numa conversa animadíssima, meio em inglês, meio em francês, que parecia só se referir parcialmente às malfeitorias de Chloe.

Eu fiquei à margem. Talvez por causa da decepção dos meus pais com o meu aproveitamento medíocre em francês no colégio, sempre ficava meio inibido num grupo de pessoas querendo brilhar nesse idioma tão pomposo. Quando não entendia uma palavra ou expressão, via os meus pais olhando para mim desconcertados. Eles falavam francês comigo desde que eu era pequeno — como podia ter esquecido tudo?

Num canto à parte, Bob e Joanne Gillian pareciam estar em meio a uma discussão intensa, daquelas em que cada palavra crepitava de raiva e devido ao esforço para manter a voz baixa.

Vermelha como um pimentão, Joanne parecia prestes

a nos denunciar, a mim e a Stefan, como monstros imorais ou coisa parecida. Talvez Bob a estivesse acalmando, dizendo-lhe que seria inoportuno na minha própria casa. Ela o empurrou e foi para o quarto de hóspedes. Ele a seguiu e pouco depois os dois se foram, ambos com ar muito aborrecido. Ótimo, pensei, com toda a certeza Joanne vai aparecer no jornal com uma nova acusação, ou então escreverá uma carta eivada de ódio e desonestidade para o *Michiganapolis Tribune*, descrevendo a recepção como uma orgia grotesca.

Stefan, que continuava com o casaco de Vivianne na mão, olhou para ele, sacudiu a cabeça e foi para o quarto de hóspedes estendê-lo sobre a pilha enorme. Eu o segui.

Ele revirou os olhos ao me ver. Eu ri baixinho, nervoso, e lhe segurei a mão. "Será que a gente não pode ir embora também?", perguntei. Estava pensando no nosso chalé no Norte.

Stefan fez uma careta. "O pessoal deve estar com sede depois desse show de cabaré." Fomos para a cozinha, onde ele reassumiu a função de barman.

Priscilla estava lá, esvaziando um copo enorme, com ar cansado de maratonista.

"Venha cá", eu disse, aproximando-a de mim. "O que a tal Vivianne não-sei-das-quantas veio fazer aqui em Michigan? Ela não mora em Paris?"

Priscilla olhou para a sala de estar e viu a bela francesa cercada de mais admiradores que a própria Chloe. Depois eu soube que estava contando histórias interessantíssimas sobre as compras que fez com Derrida nas Galeries Lafayette, em Paris, e sobre a sua prática de esqui aquático com Hélène Cixous.

Priscilla se virou para mim, o ar muito calmo. "Não era segredo para ninguém que Chloe ia fazer uma leitura no campus."

"Tudo bem. Mas como ela soube onde era a festa?"

Priscilla corou.

"Foi você! Você disse a ela!"

"Psiu!" Priscilla olhou à nossa volta. "Escrevi um bilhete anônimo para ela."

"Mas como você conseguiu o endereço de Vivianne?" Ela deu de ombros.

Eu devo ter ficado boquiaberto, pois Priscilla pôs a mão sob o meu queixo e o empurrou para cima. Sorrindo com hesitação, disse: "Até que deu certo, não acha?".

Pouco depois, Vivianne veio agradecer a nossa hospitalidade. Eu estava tão encantado com a sua elegância que disse: "Nós estivemos em Paris no ano passado", feito um garotinho se gabando de um casaco novo para o vizinho.

"É mesmo? Onde ficaram hospedados?"

"No Hotel Vendôme."

"Oh, que delícia." Seus olhos brilharam como se eu acabasse de lhe dar de presente o obelisco do centro da Place Vendôme. "Vocês precisam me telefonar da próxima vez."

E se afastou sem dizer — eu percebi depois — se o seu número figurava na lista telefônica ou não.

Priscilla estava no banheiro durante esse diálogo. Quando todo mundo foi embora, ficou mais um pouco para ajudar na limpeza, e, terminada a segunda carga na lavadora, ela, Stefan e eu fomos para o meu escritório. Lá me senti isolado do caos da noite, como se as estantes de livros, as pesadas cortinas e o carpete macio fossem as grossas paredes blindadas de um abrigo antiaéreo.

Falei na minha conversa com Vivianne, que me segurara o braço para confidenciar que Chloe não tinha roubado somente a *ela*, mas também colhera muita coisa de *História secreta*, o livro de Procópio sobre Justiniano e Teodora, mas sem mencionar a fonte.

"Isso não é plágio?", perguntou Priscilla com deleite.

"Sei lá", respondi. "Procópio morreu há mil anos ou mais. Não sei se chega a ser plágio. Eu diria que é pura preguiça."

Stefan permaneceu calado.

Priscilla estava exultante. Repetia variações do mote "Chloe está liquidada". Mais ou menos como um russo religioso feliz com o miserável colapso da União Soviética.

Eu discordei. "Você não devia ter se envolvido."

"Por quê?"

"Porque não pode controlar o que vai acontecer daqui por diante."

Ela deu de ombros, indiferente agora, relaxada.

"Nick tem razão", disse Stefan, surpreendendo-nos aos dois, reanimando-se como um bêbado ancorado num bar. "Nick tem toda a razão. Isso não vai afetar Chloe. Gente como ela nunca está liquidada."

Indulgente, Priscilla disse: "Então me conte o futuro".

Com ar lúgubre, oracular, Stefan assentiu, os olhos fechados como se tudo lhe estivesse sendo revelado naquele momento. "O.k. O processo por plágio? Vai ser estampado em todos os jornais dos Estados Unidos, da Inglaterra e da França. No mundo editorial, chamará a atenção e emocionará mais do que "Julgamento na TV". A maioria das pessoas vai chamar Vivianne de tudo quanto é nome, de puta, de amante despeitada, de descontrolada — do que você quiser. Mas isso é o de menos. Chloe está fadada a triunfar. Provavelmente vai confessar a Barbara Walters que roubou o livro, *sim* — ou boa parte dele —, mas que não sabia o que estava fazendo porque era viciada em comprimidos de dieta. Depois disso, é só fazer um acordo de meio milhão de dólares com Vivianne, internar-se numa clínica de Zurique e, três meses depois, sair de lá com o manuscrito de um livro-confissão escrito em inglês, mas com título em francês como...", ele hesitou, "como *Je m'accuse*. Os críticos vão adorar. Classificarão o livro de um corajoso e devastador relato autoflagelante. Um ano depois, ele terá sido traduzido para vinte e sete idiomas e, com toda a certeza, vai ficar uns três meses na lista dos mais vendidos do *New York Times*, exatamente acima de *Homens atropelados e mordidos pelas mulheres que andavam com os lobos*."

Concluindo, ele se levantou e saiu tropegamente. Priscilla me endereçou um olhar sinistro, assustado.

Stefan se enganou redondamente, por estar bêbado. Nada do que ele previu aconteceu.

Foi muito pior, principalmente para mim.

SEGUNDA PARTE

"*É menos doloroso sentir-se detestado do que insignificante.*"
— Edith Wharton, *A casa da felicidade*

4

Eu devia ter percebido que o ciclo de conferências sobre Edith Wharton estava condenado na manhã em que li a manchete do jornal estudantil: "Caos no Hotel Central do campus".

O centro de conferências/hotel da UEM era um prédio sem graça de tijolo aparente e concreto que, de tanto ser ampliado a esmo, década após década, se havia transformado num pequeno labirinto de corredores e alas nas quais as pessoas viviam se perdendo. Lá o caos e os problemas com a planta física não eram novidade.

Dessa vez o transtorno eram os canos, que tinham se rompido durante a noite, inundando diversos corredores, e, dada a extensão do estrago, previam-se vários meses de conserto e reforma. Era lá que se realizaria a conferência — será que teríamos de transferi-la para um hotel local?

Eu não podia nem imaginar a reorganização necessária e, mesmo sabendo que Serena Fisch dificilmente se negaria a enfrentar a tarefa, confesso que entrei em pânico.

Quando telefonei para o Hotel Central para saber até que ponto o conserto afetaria as salas de seminário e tudo o mais, uma "secretária de eventos" disse alegremente que haveria apenas "um leve incômodo".

Foi tão reconfortante quanto ouvir um cirurgião falar num "procedimento simples", de modo que eu estava arrasado quando desliguei. Resolvi ir correndo ao Hotel Central para ver os danos com os meus próprios olhos, o que foi um erro. Descobri que muitos corredores tinham sido isolados, os pisos e as paredes manchados de marrom e, em alguns casos, as paredes tinham rachado e o piso formara protuberâncias. Os operários estavam ocupados em limpar a sujeira, coisa que, pelo que entendi, implicava fazer ainda mais sujeira: remover seções inteiras do piso de linóleo e boa parte do encharcado reboco das paredes.

E o cheiro era o de um esfregão imundo que tivesse ficado fermentando num balde de água suja...

Saí de lá ainda mais arrasado. Na noite anterior tinha ficado acordado até tarde, preocupado com as inscrições, que continuavam na ordem de algumas dezenas, muito embora as palestras estivessem marcadas para dali a um mês. Em parte, o problema era que os principais estudiosos de Wharton do país, Cynthia Griffin Wolff, do MIT, e R. W. B. Lewis, da Yale, não iam participar. Wolff estava dando aula na Austrália naquele semestre, e Lewis, aposentado, acabava de viajar à Toscana chefiando uma excursão de acadêmicos. Significava que nós havíamos perdido instantaneamente aquilo que Serena denominava o "contingente manteiga de cacau", ou seja, os acadêmicos que só apareciam para puxar o saco e ver se cavavam alguma vantagem.

Quanto aos que viriam com ou sem a presença de um famoso estudioso de Wharton, Serena insistia em lembrar que os acadêmicos sempre se inscreviam na última hora — era a vingança dos impotentes, dizia. E, aliás, eu mesmo já tinha perpetrado esse crime. Mas se ela estivesse enganada, um público reduzido não seria nada bom para o IAR, o que certamente significava que não seria nada bom para *mim*. A chefe me acusaria de envergonhar o departamento.

Poucos dias depois de saber dos problemas hidráulicos do Hotel Central e de lá ter ido ver o tamanho do estrago, eu estava na minha sala, à espera de mais uma crise, quando ouvi gritarem o meu nome no corredor.

Serena irrompeu no escritório brandindo dois jornais acadêmicos que reconheci de pronto, já que eu mesmo os havia emprestado a ela. "É uma loucura!", gritou. "Uma grande loucura!"

Com um vestido azul-real de alças e decote quadrado, o cabelo preso num coque na nuca e a pele corada sob a densa maquiagem, ela parecia uma ousada cantora de cabaré dos anos 40.

Batendo os dois jornais como se fossem címbalos, deixou-se cair pesadamente na cadeira mais próxima da minha, cruzou as pernas e se pôs a balançar nervosamente o pé. "Uma loucura", repetiu entre dentes. Como sempre, eu fiquei impressionado com seu modo antiquado de se vestir — por esquisito que fosse, não deixava de impressionar.

"Eu estava tão ocupada com os detalhes da conferência que só ontem à noite tive tempo de ler isto. Não tem lógica nenhuma. A gente lê os artigos e acaba acreditando que existem duas Edith Whartons completamente diferentes. Uma é café-com-leite, e a outra, uma vedete! Que diabo está acontecendo afinal?"

Brandiu os dois jornais Wharton diante do meu rosto como um interrogador truculento disposto a me arrancar a informação a qualquer preço.

De modo que eu dei o serviço.

"Eu não disse que há duas sociedades Wharton diferentes com dois jornais diferentes e que elas se detestam?"

Serena confirmou com um gesto.

"Pois bem, é como uma versão acadêmica do velho *Jornada nas estrelas* — você sabe, universos paralelos, e quando eles entram em contato é um desastre. Nas conferências da Associação de Língua Moderna, elas têm painéis diferentes, e, mesmo assim, já houve incidentes."

"Do tipo?"

"Gente expulsa por apupar os palestrantes, por fazer provocações — pacatos acadêmicos indo às raias da loucura! O que me surpreende é não ter havido violência *de fato* até agora."

"Você está brincando, né?"

"Olhe, esses caras da Wharton são como gangues de rua, a única diferença é que se vestem um pouco melhor e não chegam a usar armas de fogo. Eles procuram se destruir mutuamente com notas de rodapé sarcásticas."

Serena fez uma careta. "Notas de rodapé não machucam ninguém."

"Ah, se machucam! A humilhação é a morte para quem só se preocupa com a reputação. E quando a *intenção* é homicida..." Eu estremeci, tendo lido mais críticas peçonhentas do que me apetecia. "Eles são exatamente como Conan. Sabe aquela cena em que lhe pedem que defina a felicidade..."

Os olhos dela brilharam. "Ah, sei! Eu assisti a *Conan* três vezes." E então citou com sofrível sotaque australiano: "Esmagar os inimigos, colocá-los de joelhos e ouvir os lamentos de suas mulheres".

Vendo o olhar ligeiramente febril de Serena, eu achei que talvez fosse melhor jamais ofendê-la.

"Fale mais nessas duas sociedades."

Eu atendi ao pedido. "O grupo mais antigo é maior e ultraconservador: a Associação Edith Wharton. Eles publicam o *Edith Wharton Studies*."

Serena agitou no ar o periódico deles, que tinha uma capa bege e miolo da mesma cor.

"Antes se chamava *Journal of Edith Wharton Studies*, mas começaram a abreviá-lo pela sigla, JEWS, o que deixou o pessoal meio nervoso. Para esses caras", continuei explicando, "Edith Wharton é basicamente propriedade privada. Deles. Gostam de dizer que ela não tinha nada de feminista etc. etc. Procuram fazer dela uma escritora inócua e burra, e rejeitam veementemente a crítica feminista."

"Definitivamente, a burrice é o forte deles."

"O chefe da AEW é Van Deegan Jones. Eu não morro de amores por ele: um anti-semita moderado."

"Como assim?"

"Ele tem um tique esquisito. Já notei que, nas conferências, quando mencionam o nome de alguém de quem ele não gosta, Jones nunca deixa de perguntar: 'É judeu, não?'. Quase sempre erra, mas é a primeira coisa que imagina quando não vai com a cara de uma pessoa."

Serena franziu o cenho.

"Jones tem um parentesco remoto com Wharton. Acho que isso explica o senso de propriedade da sua sociedade. Simulam eleições de vez em quando, mas a verdade é que ele é presidente vitalício sem chance de ser deposto. Trata-se de uma turminha predominantemente masculina que dedica a Wharton uma espécie de reverência, mas também com uma pitada de desprezo. Consideram-na um Henry James menor, sabe? Uma mulher que resolveu escrever. É como se ela fosse um passarinho empalhado sob uma redoma vitoriana. Bonito, mas inútil."

"Isso eu vi! Alguns artigos a tratam por *senhora* Wharton. *Inacreditável!*" Serena fungou com desprezo.

"Exatamente. Mas lembre-se, eu não digo nada disso em público, portanto fica tudo entre nós. Eu sou um bibliógrafo. Meu trabalho implica ser humilde e solícito e ficar longe da política."

Ela deu de ombros, como que dizendo que sabia como funcionava o mundo acadêmico. "E o outro grupo?" Pegou o segundo jornal, o *Wharton Now!*. Na lustrosa capa cor de neon, a cabeça de Wharton escorria de uma estante feito o relógio de Salvador Dalí.

"É o Coletivo Wharton." E aqui eu não pude deixar de sorrir, pois se a Associação Wharton era um tédio, o agrupamento rival quase chegava a ser interessante.

"Essa turminha é feroz, vai muito além do feminismo, do desconstrucionismo e do pós-modernismo", expliquei. "Uns acadêmicos esquisitíssimos, bem mais jovens que o pessoal da AEW. A maior parte do que escrevem é altamente especulativo. São partidários da polêmica e fazem de tudo para dizer algo de novo, custe o que custar, não importa quão louco seja. Os trabalhos que apresentam nas conferências e os títulos que dão aos seus artigos, santo

Deus, são como as manchetes do *National Enquirer*: Edith Wharton era bipolar, anoréxica, lésbica, traumatizou sexualmente a Henry James, simpatizava com o nazismo e foi vítima de incesto. O que você quiser."

Franzindo a testa, Serena folheou a edição do *Wharton Now!*. "Este aqui é bem nojento", disse, detendo-se no título de um artigo. "'A mascotefilia de Edith Wharton.' Eca. É sobre os cachorros dela!"

"Isso vai ser um estudo completo no ano que vem."

"Minha nossa!"

"Só falta dizerem que Wharton teve um filho ilegítimo com Clemenceau, ou que foi vista comendo costeleta com Elvis, ou que apareceu no céu da Ucrânia e os camponeses choraram e caíram de joelhos."

"E quem é o responsável por esse manicômio?"

"A liderança é rotativa. No momento é Verity Gallup."

"Verity Gallup? Que nome esquisito!"

Preferi não dizer que muita gente considerava "Serena Fisch" um nome digno de comentário.

"Verity foi aluna de Jones, mas é completamente diferente dele. Você vai ver quando a conhecer. Um tem desprezo pelo outro. Anos atrás, quando estava começando a dar aula, ela tentou publicar um artigo no *Edith Wharton Studies*, e ele o rejeitou assim que o viu. Não se dignou a enviá-lo a nenhum leitor. Verity ficou furiosa e fundou seu próprio jornal."

Serena balançou a cabeça. "Você me contou que eles são óleo e água, mas não imaginei que as diferenças fossem tão grandes. Não se trata de um mero cisma, a coisa é pessoal."

"Exatamente."

"Mas e os grandes estudiosos de Wharton que você mencionou, Lewis e Wolff? De que lado estão?"

"Eles não precisam se meter nessa briga porque são grandes demais. Os dois lados os disputam nas conferências que promovem."

"E o resto são todos fanáticos de um tipo ou de outro. Fantástico. Estamos organizando uma conferência para os membros da milícia acadêmica." Ela sorriu. "Não é exatamente disso que a UEM está precisando? De mais dissensão, mais ofensa? Agora eu sei por que você não queria saber de um palestrante principal", disse, levantando-se bruscamente e deixando os dois jornais caírem no chão. "Não pode dar certo. Mesmo que você convide uma pessoa de cada sociedade, os diretores por exemplo, se um deles falar primeiro, o outro lado fica ofendido."

Uma súbita lufada sacudiu a enorme janela enferrujada às minhas costas, e eu pensei que, se estivéssemos num livro ou num filme, a vidraça se partiria e nós receberíamos a visita de um espírito maligno, mandando-nos retroceder.

Ficamos calados, Serena excepcionalmente quieta e pacificada. Tendo mapeado o território para ela, eu me senti curiosamente em paz, quase como se fosse um portador de más notícias e estivesse aliviado por ter cumprido a minha triste missão. Cabia-nos organizar um ciclo de conferências com dois clãs em guerra; era impossível escolher um palestrante principal — no entanto, senti-me momentaneamente livre.

Seria histeria?

Súbito, Serena se inclinou em minha direção. "Nick, eu estava pensando numa coisa. Na semana passada, Joanne Gillian se queixou dos 'pervertidos' inscritos na conferência Wharton. Só podia estar se referindo a uma dessas agremiações. Mas como ela sabe quem vem? Nós dois somos os únicos que temos as fichas de inscrição. Só se ela tiver conseguido um exemplar do *Wharton Now!*. Mas o que a teria levado a fazer isso?"

Os dois olhamos para a escrivaninha vazia de Bob Gillian, obviamente pensando a mesma coisa.

"Meu Deus!", exclamei. "Eu deixo todo o material da conferência na mesa quando saio para tomar café ou pegar a correspondência. Mesmo quando ele está aqui. Nunca vi problema nisso."

Ainda com os olhos pregados na escrivaninha de Bob Gillian, não tive a menor dificuldade de imaginá-lo espreitando o corredor pela porta entreaberta quando eu saía e, então, espionando as minhas coisas, lendo toda a papelada em busca do que servisse de munição a sua mulher.

"Você precisa tomar mais cuidado", recomendou Serena.

Sentindo-me um consumado idiota, comecei a corar.

Mas Serena não prestou atenção. De cabeça erguida, os olhos semicerrados, pôs-se a murmurar alguma coisa sobre o palestrante principal, como se estivesse numa sessão espírita tentando entrar em contato com uma alma do outro mundo.

"Quem a gente podia convidar... quem... quem há de ser?"

Achando que talvez valesse a pena, comecei a imitá-la, porém ela se deteve e me encarou. Eu encolhi os ombros, sem jeito.

"Talvez", disse, "talvez a gente ache alguém que não seja de nenhuma das duas sociedades — pelo menos para a noite de abertura." Mas os estudiosos de Wharton estavam claramente divididos, e eu sabia a que grupo cada um pertencia. Pensara em convidar um ator ou atriz que tivesse atuado num filme ou peça de Wharton, mas ficaria muito caro, e a verba da nossa conferência não era das mais polpudas.

"Espere aí, Nick. E aquela mulher horrorosa que saiu na revista *People* na semana passada? A que escreve romances de amor?"

"Oh, meu Deus. Você é um gênio. A gente pode convidar Grace-Dawn Vaughan!"

Conhecida autora de romances erótico-românticos de enorme sucesso, Vaughan estava escrevendo uma grande biografia, *Paixão e dor: os amores e a vida de Edith Wharton*, pela qual acabava de receber um adiantamento de seis dígitos de uma grande editora. Esperar que ela tivesse algo novo ou importante a dizer sobre Wharton era ridículo, de modo que eu não me dera ao trabalho de ler o artigo (conquanto soubesse que o livro teria de ser incluído numa edição revisada da minha bibliografia).

"Ótima idéia, Serena. Ela não vai melindrar ninguém", eu disse, alegrando-me pela primeira vez em muitos dias. "Além de não ser acadêmica, é podre de rica. Todos vão detestá-la, e isso acabará unindo-os."

Serena riu. "Eu me encarrego de convidá-la, se você quiser."

Agradecido, perguntei a ela qual seria a melhor maneira de entrar em contato com Vaughan. Mas antes mesmo de obter uma resposta, eu me levantei de um salto. "Priscilla dá aula de romances de amor no curso de gêneros literários. Inclusive é possível que conheça Vaughan."

Atravessei precipitadamente o corredor, bati na porta da sala em frente à minha e me senti como se tivesse ganhado na loteria quando Priscilla a abriu e me disse que, embora não conhecesse Grace-Dawn Vaughan pessoalmente, sabia quem era o seu editor — Devon Davenport — e tinha o número do telefone dele.

Eu expliquei a situação, anotei a informação que ela me deu num *post-it* e voltei correndo à minha sala para telefonar.

Serena me deteve. "Convide o editor também", aconselhou. "Assim a gente muda um pouco o foco no início da conferência. Vai ser editoria em geral, não só Wharton."

"Tomara que dê certo...!" Eu sacudi a cabeça, discando o número de Nova York, certo de que levaria dias para entrar em contato com o editor de Vaughan.

Demorou apenas alguns minutos, e eu não tardei a lamentar que fosse tão fácil.

Davenport era mais casca-grossa e gritalhão do que um caminhoneiro, e só faltou rosnar para mim quando eu me expliquei.

"Vamos ver se eu entendi", disse. "É para a gente viajar até o cafundó de Michigan e participar de uma bosta de conferência, sendo que nem eu nem a autora vamos receber honorários? É gozação? Nunca ouvi falar em você *nem* nessa escola."

Eu não fiquei na defensiva, não contrapus que se tratava de uma universidade, limitei-me a dizer: "Nós pagamos as passagens de avião, é claro, e nos encarregamos do hotel e das taxas de inscrição".

Olhei para Serena — que sabia de cor todas as cifras do orçamento —, esperando que o que eu acabava de oferecer fosse viável. Ela fez que sim, encorajando-me.

"Tem aeroporto aí?", perguntou Davenport com simulada surpresa.

"Seria muito bom para divulgar a biografia da senhora Vaughan", argumentei. Serena fez um gesto afirmativo e ergueu os dois polegares.

"Nós já temos toda a divulgação necessária", retrucou, mas eu sabia que nenhum editor dispensava publicidade gratuita. Davenport concordou, ou pelo menos se interessou; eu o ouvi ruminar durante algum tempo. "O.k. Mande algumas informações por fax e eu volto a entrar em contato." Passou o número do fax e desligou.

Gesticulando para que Serena ficasse calada, me apressei a anotar o número antes que o esquecesse, então contei o que Davenport havia dito. Tendo juntado o informe da conferência e os formulários de inscrição, nós descemos ao IAR para enviá-los por fax a Devon Davenport, os dois sentindo que agora o ciclo Wharton tinha uma chance de deslanchar.

Serena foi para a sua sala a fim de se preparar para dar aula.

Quando tornei a subir à minha, ouvi prantos na sala em frente. Era Priscilla Davidoff. A porta estava aberta, e eu entrei precipitadamente para saber o que tinha acontecido. Dei com ela tombada sobre o aparelho de fax. Cheguei a temer que tivesse sofrido um ataque do coração, pois eu não tinha a menor noção de primeiros socorros.

Desfigurada, esquálida, ela olhou para mim. Entregou-me umas folhas que tinham acabado de sair do aparelho, a mão trêmula como se fosse a sua sentença de morte.

Eu peguei os papéis e li uma carta de uma colega da Inglaterra. Era sobre Chloe DeVore e Vivianne Fresnel. Tinham feito as pazes e estavam juntas outra vez. O livro pelo qual haviam brigado na minha casa, no mês anterior, acabava de ser publicado com co-autoria de Fresnel e já estava na lista internacional dos mais vendidos. Pior ainda: Chloe agitara o mundo editorial ao anunciar que ia escrever umas memórias revelando todo o seu suposto passado bissexual. O livro era descrito como uma mistura de "Joan Didion e Joan Collins".

Priscilla me endereçou um olhar desesperado, como me pedindo para lhe dizer que ela havia lido tudo errado, mas não.

O tiro de misericórdia? Chloe e Vivianne iam participar da conferência Wharton.

Foi a minha vez de abrir o berreiro. "É impossível! As duas nunca publicaram nada sobre Wharton!"

"Não tem nada a ver com Wharton", lamentou Priscilla. "A coisa é comigo. Decerto elas descobriram que fui eu que enviei a carta a Vivianne contando da festa. Agora querem se vingar de mim por ter tentado separá-las. Vai ser pior do que *Atração fatal*."

"Calma, Priscilla. Ninguém vai cozinhar o seu coelhinho nem crivá-la de balas na banheira. Se Chloe e Vivianne vierem mesmo à conferência — e elas ainda não se inscreveram —, quem vai ficar numa bela enrascada sou eu. Eu sou o organizador da conferência, lembra? E a festa para Chloe foi na minha casa. É de mim que elas estão atrás."

Priscilla se animou um pouco. "Você acha mesmo?"

Naquela noite, Stefan não manifestou o menor interesse pelas minhas confidências, de modo que eu fiquei vendo televisão até as quatro da madrugada, zapeando sem parar. Reparei pela primeira vez num curioso cacoete lingüístico. Locutor após locutor — fosse nos comerciais, fosse nos noticiários —, todos enfatizavam estranhamente as preposições ao falar por exemplo "Ontem *de* manhã". No começo, achei que era o meu cansaço, mas logo percebi que acontecia em todos os canais. Uma coisa feia e inconveniente. Ou seria eu? Acaso estaria ficando incuravelmente rabugento?

Naquela madrugada, também aprendi tudo sobre *diamonique*, aparelhos para fazer abdominal e psique da vida *real*. Senti que as três coisas me poderiam ser úteis.

As inscrições aumentaram bastante alguns dias depois que Priscilla recebeu a notícia (ou o boato) a respeito de Chloe, mas, infelizmente, as duas iriam mesmo à UEM. Cortejada por diversos editores, Chloe anunciou que revelaria a sua opção no fim da conferência. Ia roubar a cena totalmente — mas não podíamos fazer nada para evitar.

No entanto, até mesmo um pessimista terminal teria ficado cheio de esperança na véspera da conferência marcada para o primeiro fim de semana de abril. A maior parte da reforma e dos consertos no Hotel Central estava concluída, com exceção de uma ala perto das salas de reuniões, mas isso não ia nos incomodar. Ao fazer mais uma visita de inspeção, fiquei satisfeitíssimo. A parte inferior de quase todas as paredes tinha sido refeita com lindas lajotas de granito azul-marinho salpicado de alaranjado. Era o granito usado na decoração da fachada ou no piso dos prédios comerciais, e as lajotas de trinta centímetros por trinta tinham pouco mais de um centímetro de espessura. Fiquei sabendo porque estavam empilhadas num corredor ainda em reforma e eu examinei uma delas. Era surpreendentemente leve.

Um operário ainda jovem, de cavanhaque, se aproximou. "Material de primeira", disse. "Granito sólido. Indestrutível. Caríssimo."

Cheio de culpa, tratei de recolocar a lajota no lugar. "Eu sou professor aqui", apressei-me a dizer, e ele balançou a cabeça, desconfiado, como se já tivessem pilhado mais de um professor surrupiando lajotas de granito.

A primavera tinha chegado precoce e gloriosamente, deixando o campus da UEM repleto de olaias e açafrão de todas as cores. Não tardou para que as ruas ficassem orladas de lilases das mais diferentes tonalidades de branco, chegando quase ao cinzento, e de roxo-profundo, como um pintor a exibir o primor da sua paleta.

Já reinava no campus aquele ar de festividade e indulto que a gente dos climas quentes nunca há de conhecer. Até mesmo Stefan parecia mais calmo com o meu carma Edith Wharton. "Tomara que tudo dê certo", disse no café-da-manhã do dia da conferência.

Quanto à conferência em si, havia inscritos suficientes para que chegássemos a ter lucro, nada de vôos cancelados, nenhum problema de reservas ou crachás, nenhum erro de impressão no programa. Fazia algumas semanas que Joanne Gillian tinha se fechado em copas. Eu procurava evitar seu marido, alternando os meus horários, e, se não chegava a cantar de alegria, pelo menos não estava com a cara amarrada de Buster Keaton.

E achava que o meu primeiro ato oficial, na qualidade de organizador do ciclo de conferências, seria provavelmente o mais difícil — perto dele, o resto do fim de semana pareceria um cruzeiro no mar Egeu. Tinha de ir buscar Van Deegan Jones e Verity Gallup no aeroporto: os dois ao mesmo tempo. Eram tão poucos os vôos a Michiganapolis (muito embora fosse uma capital estadual), todos eles com baldeação em Detroit, que aquilo não chegou a ser uma coincidência improvável.

Mas foi um inferno para mim.

Jones veio pelo corredor bege antes de Gallup, sexagenário, gorducho, muito bem vestido e manicurado como sempre. Calvo, de cara redonda e olhos azuis, tinha um quê vagamente hierático e sinistro, como um cardeal renascentista capaz de ordenar um assassinato com um mero movimento do indicador enfeitado de anéis.

Quando eu me acerquei em meio à multidão, ele balançou a cabeça e me entregou sua pesadíssima mala de couro preto, a qual por pouco não me deslocou o ombro. Conservando a pasta de documentos, seguiu rumo à escada rolante sem dar atenção a ninguém nem a nada ao seu redor.

"Nós temos de esperar", disse eu.

Jones se virou, uma sobrancelha erguida. "*Ela* não pode ir de táxi?"

Eu me perguntei se os dois tinham viajado em lugares muito próximos no avião.

Verity Gallup se aproximou de mim, olhos franzidos. Trazia apenas uma volumosa mochila por cima do blusão de couro cheio de fivelas, a qual manteve consigo ao ver o fardo que eu carregava, cautelosamente divertido.

Fez-se um grande silêncio entre nós, e Gallup sorriu com languidez, saboreando o papel de grande sensação do momento. Estava com um jeans bem justo, botas de caubói cheias de costuras e um suéter preto de gola alta que parecia de cashmere e mal conseguia lhe cobrir os avantajados seios. O blusão de couro de motoqueiro estava tão coberto de fivelas que, na Espanha, ela passaria por um santuário repleto de ex-votos. Com o cabelo platinado cortado mais rente que o habitual e uns óculos azuis redondos e enormes, Gallup parecia uma terrorista européia particularmente "cabeça".

Nenhum dos dois tomou conhecimento da presença do outro, e seguramente nós formávamos um trio esquisitíssimo a caminho do estacionamento, pois não havia quem não nos encarasse. Eu me pus a falar compulsivamente sobre a conferência, doido para quebrar o terrível silêncio entre eles.

Quando destravei meu Taurus vermelho do tipo nave espacial, Jones abriu a porta traseira e entrou feito um potentado. Verity Gallup se instalou na frente, colocando a mochila entre os pés, e eu prossegui no meu falatório sobre a conferência enquanto guardava a mala no porta-malas, satisfeito por ter lavado e aspirado o carro naquela manhã.

Quando partimos, Gallup disse com voz cáustica e pausada: "Sinceramente, eu estou que não agüento mais Edith Wharton". Suspirou como Alexandre, o Grande, a lamentar que já não houvesse mundo a ser conquistado. Devia ser por isso que se recusara a fazer palestra.

Van Deegan mordeu a isca. "O quê?"

Verity deu de ombros graciosamente, mas não se virou para ele. "Acho que atualmente nós damos atenção demais aos escritores mortos. Se quisermos viver, os nossos autores também devem estar vivos."

"Quem não tem nada a dizer se entedia facilmente", disparou o outro.

Verity riu. "Bom, de tédio você deve entender mais do que ninguém."

Eu não teria sabido o que fazer para impedir a eclosão da violência naquele desastroso trajeto de quinze minutos, mas por sorte os dois se calaram.

A tensão não terminou ali. Naquela noite de quinta-feira, o nosso coquetel inaugural foi tão tenso quanto a dança de *Amor, sublime amor*. Os membros das duas sociedades rivais formaram instantaneamente agrupamentos separados a se espreitarem com desconfiança.

Os da Associação Wharton trajavam ternos invariavelmente sóbrios, ao passo que os do Coletivo Wharton eram adeptos do preto Nova York. Alguns ostentavam piercings chiques na sobrancelha que me faziam estremecer, pois eu supunha que remetiam a orifícios mais privados e discricionários.

Van Deegan Jones escolheu um risca de giz; Verity Gallup apareceu com a mesma roupa, se bem que agora com um blazer azul bem largo que a deixava ainda mais sexy, se bem que de um modo intimidador e heróico. Como aquela mulher de Delacroix, a agitar de seio nu a bandeira francesa.

Acho que não adiantou muito a gente estar em um salão de conferência bastante neutro, com carpete e cortinas pretos e azuis. Tanto melhor, pensei. Se houver uma pancadaria, o roxo das contusões até que vai combinar com as cores da decoração.

Presumivelmente, nós todos éramos admiradores de Edith Wharton, e muitos dos sessenta e tantos presentes levavam consigo seus livros favoritos da escritora, ou cópias de estudos críticos e biografias. Pareciam padres com breviários.

Uma livraria local, a Ferguson's, montou uma mesa num canto com dezenas de livros da autora e de seus críticos. Serena fez questão de escolhê-la porque, não fazendo parte de uma grande rede, era a última livraria independente da região. Quem não estava bebendo nem conversando se distraía folheando os livros. Alguns chegaram até a fazer aquisições com o vendedor, que parecia atrapalhado com o leitor de cartão de crédito.

O vendedor era um ex-aluno meu, Cal Brendon, um garoto simpático e meigo de Michiganapolis, cujo pai dava aula de economia na UEM e cuja mãe era proprietária de uma das melhores joalherias perto do campus, a Beau Geste. Cal tinha se formado no ano anterior, mas não sabia o que queria fazer à parte conviver com livros. E, embora já formado, continuava com cara de estudante: adotara o que eu imaginava que fosse "o" corte de cabelo do momento, já que a metade dos meus alunos o usava: bem rente nos lados e na nuca, com densas ondas de escolar inglês penteadas para trás, mas oscilando livremente toda vez que ele se movia. Um penteado complicado, que exigia ajustes constantes. Mas sem o cavanhaque opcional.

"Está se divertindo?", perguntou quando passei por ele.

"Me pergunte quando terminar."

Notei que alguns acadêmicos ciumentos examinavam os livros na mesa para ver se achavam alguma obra do rival, e os *realmente* invejosos estudavam as informações da editora nas páginas iniciais, a fim de saber por quantas impressões o livro tinha passado.

Com muita freqüência, eu via Jones e Gallup se entreolhando como se fossem se engalfinhar. E lamentava que Stefan não estivesse por perto para me lembrar que nada ali era verdadeiramente sério.

Serena Fisch sempre tinha um comentário sarcástico para fazer, esplendorosa com um terninho de seda branca que me pareceu um tanto Jackie O. Estava até de óculos escuros, e eu me perguntei se era para experimentar uma nova imagem.

"Você devia ter posto um detector de metal na entrada", cochichou a certa altura, quando eu estava observando as pessoas se locomoverem cautelosamente no salão. "Esse pessoal pode se enfezar."

Eu respondi: "Eles *são* enfezados".

Atrás de mim, as múmias bolorentas da Associação Wharton começaram a atacar *Os bucaneiros*, um recém-publicado romance inacabado da autora, agora reescrito e completado por um pouco conhecido estudioso que não estava presente. Prodigalizando hostilidade e irritação, os homens citaram um trecho do Clube do Livro do Mês dizendo que o livro estava "acabado no estilo de Wharton". Para mim, a frase era digna de uma conversa de garçom: "O ganso grelhado é completado com uma redução do vinho do Porto e puxado na manteiga".

Súbito, todos se puseram a falar nos *Bucaneiros*, embora com nítidas fronteiras a separarem os dois grupos.

Um crítico classificou a obra de "necrofilia literária", se bem que o livro tivesse sido filmado para a televisão e, com toda a certeza, o "autor" ganhara mais dinheiro do que qualquer um dos presentes ganharia com seus escritos sobre Wharton.

"Eles estão se mordendo de inveja", eu disse baixinho a Serena. "Por trás dos insultos, todos queriam ter tido essa idéia cretina e arranjado um editor mais cretino ainda que a compasse."

Serena rosnou: "Por que parar aí? Por que não reescrever os romances *acabados* de Wharton? Isso, sim, é um desafio. Alguns livros dela são tão deprimentes, como *Ethan Frome*. Será que nós queremos que os nossos filhos leiam essa porcaria — no colégio?".

Eu a calei porque não podia me dar ao luxo de bancar o amador, mas perto de nós alguns homens e mulheres se mostraram intrigados com a sarabanda de Serena. Até mesmo Verity Gallup e Van Deegan Jones pareciam ter achado graça, embora voltassem a vestir suas carrancas ao surpreender o riso um do outro.

Onde andava Priscilla? Tinha prometido vir para que eu me sentisse menos isolado e desesperado, e eu estava precisando de todo apoio possível.

Bem naquele momento, eis que Grace-Dawn Vaughan chegou, e a atmosfera tornou a se anuviar no ruidoso salão. Vaughan era a única escritora realmente popular e bem-sucedida na conferência. O "*boom* de Wharton" em livros e filmes nada havia rendido para a legião de críticos que se ocupavam da escritora, embora todos eles fossem capazes de matar para receber a atenção e o dinheiro que Vaughan recebera pela biografia ainda por ser escrita.

Num contraste cruel com o seu nome hifenizado, ela nada tinha de gracioso ou que inspirasse um *aubade*. Aliás, parecia um gnomo: baixinha, mal-encarada, de olhinhos redondos. Vestida como Cher na sua fase de ciganos, mendigos e ladrões, vinha acompanhada de Devon Davenport. Serena tinha ido buscá-los no aeroporto e, antes da recepção, quando eu lhe perguntei como eles eram, limitou-se a citar Joseph Conrad insidiosa e melodramaticamente: "O horror, o horror".

Stefan me havia explicado quem era Davenport: um dos editores mais conhecidos do país, tanto por ser um criador de estrelas quanto pela crueldade das suas cartas de rejeição. Alto e magro, tinha a pele curtida e enrugada como um homem que houvesse passado a vida no sertão australiano, não num escritório atulhado de manuscritos.

Eu me aproximei. "Seja bem-vindo! Eu sou Nick Hoffman."

"Eu sei", disparou ele, já conduzindo Vaughan até o bar pilotado por um estudante de hotelaria. Quase todo o pessoal do Hotel Central era constituído daqueles garotos geralmente ambiciosos, mas de aparência irremediavelmente juvenil. Não consegui ouvir o que se passou entre Davenport e o barman estudante, mas não deve ter sido nada agradável, pois o rapaz ficou boquiaberto quando ele lhe arrebatou um copo de vinho.

Divertidos, Serena e eu ficamos observando seus modos abrutalhados. Com um sorriso que lhe contorcia o rosto velho e macerado, Davenport se encostou no balcão do minibar. Vários professores se acercaram, aparentemente com a intenção de bajulá-lo, mas todos foram brutalmente repelidos como se ele fosse um chefão do crime organizado que não fazia favor nem mesmo para o mais obsequioso suplicante. Tenho certeza de que no salão havia alguns homens e mulheres cujas propostas de livro haviam sido devolvidas por ele com uma boa esculhambação. Em geral, os acadêmicos se julgavam, equivocadamente, capazes de escrever um livro popular com a maior facilidade e ingressar na lista dos mais vendidos — afinal de contas, que dificuldade podia haver?

Em voz alta o suficiente para que todos ouvissem, Davenport disse a Grace-Dawn: "Autores! Todos eles são a escória! Você é a única exceção, meu amor".

Eu tratei de percorrer o salão na tentativa de minimizar os danos, entretanto, ainda que todos os meus interlocutores se mostrassem bastante corteses, não consegui acompanhar nenhuma conversa até o fim. Talvez a culpa fosse minha. Estava nervoso, sem saber quando Chloe e Vivianne iam aparecer, cultivando a vã esperança de que não aparecessem. E por que Stefan não tinha topado cancelar a aula noturna para ficar comigo e me ajudar?

Voltando-me para me servir de mais rum com Coca-Cola, fiquei estarrecido ao dar com Joanne Gillian entrando no salão com cara de militante da União Feminina Antialcoolista Cristã pronta para destruir um saloon a golpes de machado. Ao seu lado, Bob Gillian contrastava com ela na aprimorada elegância, coisa que, aliás, não era difícil, considerando o horroroso tailleur azul-marinho de Joanne. Que casal mais esquisito: não pareciam ter nada em comum. Ele pilotava aquele vistoso Jaguar e ela não passava de uma troglodita.

Joanne se aproximou de mim, mostrando-se grandiosa como a vida — na expressão de Oscar Wilde —, se bem que muito menos natural. Bob veio na sua esteira, batendo as luvas de motorista na coxa como se fosse um chicotinho de equitação.

"Fique sabendo", anunciou ela com voz de maloqueira, "que eu protestei contra a escolha de Chloe DeVore como palestrante. Ela é sórdida e degenerada, e a sua obra é um veneno. O meu marido nem sequer conseguiu lê-la."

Bob assentiu com seriedade, e eu tive vontade de espancá-lo. Então Chloe DeVore era o marquês de Sade da literatura moderna? Ridículo!

"Fiz o possível e o impossível para que essa emissária da imundície fosse desconvidada, mas não consegui." Ela estreitou as pálpebras. "Vocês são muito poderosos... às vezes. Mas o mal nunca há de triunfar." E dando por concluído o sermão afastou-se com passos largos. Bob a seguiu sem fazer comentários.

O que tinha sido feito daquela tradição de ser polido com seu anfitrião, perguntei a mim mesmo, de tentar dialogar com seus confrades? E a quem ela queria se referir ao dizer "vocês"? Aos bibliógrafos? Isso mesmo, tive vontade de gritar para ela, os bibliógrafos estão conspirando para dominar o planeta — e matar todo o mundo de *tédio*.

Continuei olhando para a porta enquanto as pessoas circulavam no corredor fortemente iluminado, na esperança de avistar Priscilla. Do lugar onde estava, eu podia ver uma gigantesca transparência fotográfica do mapa de Michigan. O saguão principal do Hotel Central tinha várias dessas, além de plantas do campus para os visitantes, fotografias ampliadas de suas partes mais pitorescas e pôsteres com paisagens do estado (a nossa indústria turística rendia bem mais de um bilhão de dólares por ano).

De repente, ouviu-se um berro lá fora, "Vaca!", e duas mulheres se puseram a trocar insultos, só que agora em francês. Percebi que uma das vozes era de uma francesa nata, ao passo que a outra tropeçava num inconfundível sotaque norte-americano. Oh, meu Deus, pensei, eram Chloe e Vivianne, só podiam ser elas, e já estavam armando um barraco!

Todos os presentes se calaram e olharam para a porta, tão cheios de expectativa quanto um grupo de terráqueos de filme de ficção científica presenciando a aterrissagem de um disco voador.

Eu distingui algumas palavras na feroz discussão: "*salope*", que significava puta, e "*espèce de con*", que significava "sua biscate".

Uma ou duas pessoas deixaram escapar um suspiro de surpresa ou desaprovação, se bem que outras acharam graça.

A gritaria cessou tão inesperadamente quanto havia começado. E então a deslumbrante Vivianne Fresnel irrompeu no salão, cabeça erguida, as bochechas coradas e contrastando intensamente com seu bem-feitíssimo traje verde-limão. Endereçando-me um breve aceno, ela gritou, "Oi, Nicholas", e sorriu com malícia como se fôssemos velhos amigos.

Eu não me chamo Nicholas, mas soou bem — pareceu *apropriado* — em sua boca.

Fresnel foi diretamente para o bar e eu a ouvi pedir champanhe, coisa que com toda a certeza não havia, nem mesmo a intragável Freixenet.

Pouco depois, juntou-se a ela a malvestida Chloe DeVore, com a mesma roupa molambenta que havia usado no dia da leitura, alguns meses antes. A maioria dos estudiosos de Wharton não conhecia Chloe nem Vivianne, mas todos ficaram fascinados com as duas atrizes daquele dramazinho de corredor.

111

Algumas pessoas, contudo, pareciam não só conhecê-las como conhecê-las bem. Crane Taylor, da Associação Wharton, ficou algum tempo olhando, embasbacado, pálido, suado, e então saiu precipitadamente do salão como se fosse vomitar.

Gustaf Carmichael, membro do Coletivo Wharton, ergueu o copo num irônico brinde a Chloe, mas ela não lhe deu a mínima.

Mais estranho ainda, Grace-Dawn Vaughan mostrou-se contrariadíssima ao ver as duas. Engolindo rapidamente a bebida, virou-lhes as costas. Devon Davenport pôs a mão em seu ombro, procurando acalmá-la, e a seguir foi ter rapidamente com Chloe, chamando-a de lado e cochichando alguma coisa urgente ao seu ouvido.

As memórias, pensei. Ele quer publicar as memórias. Chloe se desvencilhou dele.

"O cara vai infartar", disse Serena às minhas costas, instantaneamente fixada, como eu, no rosto contorcido, abalado, de Davenport. Os dois o ouvimos resmungar: "Você nunca vai se livrar de mim".

Que diabo estava acontecendo?

Eu me virei para Serena e a pilhei espreitando Chloe por cima dos óculos escuros, a raiva estampada no olhar. Não era a indignação de uma anfitriã às voltas com uma convidada inconveniente; Serena parecia disposta a ajustar contas antigas. Ao ver que eu a estava observando, desviou o olhar.

Como se isso tudo não bastasse, Verity Gallup e Van Deegan Jones, em extremidades opostas do salão, estavam encarando Chloe como se ela fosse uma coisa repugnante que o cachorro acabava de depositar no tapete. Os Gillian lhe deram as costas ostensivamente, mas eu duvido que ela tenha notado ou se importado com isso.

Não tive tempo de pensar nas peculiares reações a Chloe e Vivianne nem na sua pública e constrangedora altercação. Eram quase nove horas, e Serena e eu precisávamos levar todos os presentes para o evento seguinte: os

112

discursos de abertura de Grace-Dawn Vaughan e Devon Davenport.

"Depressa, por favor, está na hora", disse eu, citando T. S. Eliot, porque essa antiga e surrada frase sempre fazia sorrir os acadêmicos que a reconheciam. "O auditório fica no fim do corredor, à esquerda", gritei, agitando as mãos de um modo que eu esperava que fosse engraçado.

Pouco a pouco, as pessoas foram saindo, mais devagar do que o habitual numa conferência porque, feito garotinhos com medo de pegar piolho, os membros das duas facções Wharton evitavam esbarrar uns nos outros.

Eu me coloquei atrás de todos e, lá fora, no corredor, Priscilla veio precipitadamente ao meu encontro, ofegante como se tivesse corrido. Porém, mesmo vermelha, estava vibrante e glamorosa com o vestido preto de tricô, as botas pretas e a densa cabeleira presa num desleixado rabo-de-cavalo.

"Oh, Nick! Desculpe! Eu estava tão..."

Do outro lado do corredor, Serena acenou para mim. "Venha, Nick."

Chloe e Vivianne, que iam de braços dados à frente dela, voltaram-se ao ouvir esse grito e avistaram Priscilla, que emudeceu.

Com um sorriso soberbo, Chloe veio ter conosco. Aliás, veio ter com Priscilla. E, mesmo sendo uns trinta centímetros mais baixa, conseguiu se dirigir a ela de cima — delicadamente.

"Eu sei que foi você que contou a Vivianne que eu ia fazer uma leitura aqui em fevereiro. Mas, veja só, não adiantou. Acha que uma bostinha insignificante como você pode romper um vínculo como o nosso? Você não é capaz de escrever uma linha que preste, por que achou que podia conspirar contra mim? Nem chegou a ser um plano original, querida. Saiu diretamente dos seus livrinhos policiais de merda. Brincando com a morte?"

Confesso que não entendi o que Chloe DeVore quis dizer com esse último comentário, mas Priscilla ficou abaladíssima, à beira das lágrimas.

113

Evidentemente, não foi capaz de dar uma resposta, não conseguia nem pensar, e Chloe se afastou tranqüilamente. Bob e Joanne Gillian estavam discutindo em voz baixa ali perto, e, fugindo espavorida como se Chloe tivesse uma doença contagiosa, Joanne se dirigiu sozinha ao auditório.

Impaciente, Serena tornou a acenar para mim e se foi. Mas eu me afastei da multidão para segurar e acariciar a mão de Priscilla. "Tudo bem com você?" Ela sacudiu a cabeça e avançou pelo corredor feito um zumbi, evidentemente incapaz de receber ajuda naquele momento.

Chloe e Vivianne estavam sentadas num dos muitos sofás espalhados no saguão principal do Hotel Central, mostrando-se perfeitamente relaxadas juntas, como se apenas momentos antes não tivessem trocado insultos aos berros. Talvez não pretendessem ouvir os discursos de abertura — e isso não seria ótimo? Vivianne sorriu e acho que foi à toalete.

Subitamente com sede, eu procurei um bebedouro, mas o jorro gelado me fez mudar de idéia e ir ao banheiro masculino, onde tratei de lavar o rosto com água fria para me acalmar. Respirei fundo, desejando que tudo corresse bem.

Depois de tanto drama, entrar no fresco auditório foi um choque para mim, embora eu já tivesse estado lá. Uma sala tão linda, com cento e cinqüenta poltronas de veludo dourado, um bonito carpete azul, bordô e dourado, paredes revestidas de carvalho aconchegantemente manchado, e o palco tão íntimo quanto um auditório para representações teatrais privadas numa casa de campo inglesa. Eu parei à porta, absorvendo tudo aquilo.

A sala estava muito silenciosa, ameaçadoramente silenciosa. Tal como no coquetel de recepção, a Associação Wharton e o Coletivo Wharton escolheram lugares separados nos dois lados da ala central, tão distantes quanto possível. Na terceira fila, em extremidades opostas, Verity Gallup e Van Deegan Jones estavam com o corpo empinado na poltrona, como se fossem porta-bandeiras de exércitos inimigos.

Os Gillian se instalaram na última fila, e eu vi Priscilla não muito longe deles, os braços cruzados e a cabeça baixa, como que tentando se aquecer ou consolar-se.

Fui para a primeira fila e me sentei ao lado de Serena, sorrindo para Grace-Dawn Vaughan a algumas poltronas de nós. Ela retribuiu o sorriso. "Onde está Davenport?", perguntei. Ela deu de ombros.

Falando baixinho, pedi desculpas a Serena por ter demorado tanto, mas ela fingiu examinar umas fichas para apresentar Grace-Dawn Vaughan. "Nós estamos atrasados", murmurou. "É o tipo da coisa que eu detesto." Havia tirado os óculos escuros, e quando ela perguntou, um pouco irritada, se podia começar, eu fiz que sim.

Serena merecia o nome que tinha. Sem dar o menor sinal de aborrecimento, subiu a escada lateral e foi para a tribuna instalada no centro do palco, agraciando-nos a todos com um sorriso benevolente.

Apresentou Grace-Dawn Vaughan com tanto carinho que ninguém seria capaz de imaginar que, poucas semanas antes, a havia chamado de "aquela mulher horrorosa".

O aplauso foi mais caloroso do que eu esperava, mas talvez as pessoas só estivessem querendo bater em alguma coisa, ainda que fosse nas próprias mãos. Com muitos lenços esvoaçantes e um tilintar de brincos e pulseiras new age, Vaughan levitou até o palco. A graciosa e muito mais silenciosa retirada de Serena pelo outro lado foi quase um comentário irônico sobre todo aquele barulho.

Vaughan aproximou o microfone da boca. "Edith Wharton", anunciou com voz exortativa, evangelizadora, "Edith Wharton nunca foi verdadeiramente compreendida."

A maior parte da platéia se retesou um pouco, já que não havia praticamente ninguém que não tivesse escrito um livro ou artigo sobre Wharton e não estivesse firmemente persuadido de ser o único a saber o que realmente se passava com ela e em condições de interpretar corretamente a sua obra. Eu era um desses: tinha lido absolutamente tudo que se escrevera a respeito de Edith Wharton.

"Ela não era nada complexa. Não passava de uma simples mulher enamorada, uma mulher de muitos amores, uma mulher de paixão e dor", disse Vaughan rapsodicamente, e ondas de hostilidade arremeteram contra o palco. "É só uma mulher que já amou com a mesma paixão, com o mesmo desespero, pode conhecer o íntimo de Wharton."

Com o canto da boca, Serena murmurou: "Taí um bom tema musical para Marlene Dietrich em *Falling in love again*".

Tentei examinar o público atrás de mim o mais subrepticiamente possível. Davenport continuava ausente. Os homens se retorciam nas poltronas, e algumas mulheres trocavam cáusticos sorrisos. Mas isso não durou muito, pois Vaughan começou a falar na sua própria "vida passional" (que parecia predominantemente imaginária) como se fosse o gabarito da leitura da de Wharton.

Eu me distraí. Estava totalmente convencido de que Vaughan não tinha nada de novo ou interessante a dizer sobre Edith Wharton. Simplesmente a estava transformando numa caricatura de romance de banca de jornal.

"Maravilhoso", disse Serena a meia-voz.

Vaughan tagarelou só mais dez minutos, e eu me alegrei por não termos verba para lhe pagar honorários de palestrante. Ela concluiu com uma referência a seu livro e então inclinou a cabeça para receber o aplauso. As pessoas bateram palmas, mas só por tensa polidez. Tenho certeza de que se alguém tivesse proposto um linchamento imediato não faltariam voluntários.

Então Vaughan apresentou Davenport como "um dos editores mais influentes do mundo editorial" e seu "amigo íntimo". Eu me virei e o vi saltitando no corredor, vindo do fundo do auditório. Graças a Deus ele finalmente conseguiu, pensei ao vê-lo se aproximar do palco. Vaughan sorriu quando Davenport subiu a escada como um ardente orador de festa de formatura. Enquanto a tribuna mudava de dono, por assim dizer, não foram poucos os que abandonaram o auditório, alguns resmungando audivelmente.

Vaughan voltou flutuando ao seu lugar, parecendo satisfeitíssima consigo. Imagino que achava delicioso insultar os acadêmicos que ela sabia a consideravam uma fraude.

Uma fraude com um adiantamento de seis dígitos.

Davenport esquadrinhou a platéia com cara de nojo. "Quase todos vocês são acadêmicos", disse. "E não sabem escrever porra nenhuma."

Ouviram-se gritos indignados em toda parte.

Ele falou mais alto. "Vocês têm tanto tesão pela sua própria retórica que nenhum leitor inteligente consegue entendê-los. E o resto de vocês não passa de um bando de chatos ingênuos e antiquados."

Eu procurei não sorrir e me recusei a olhar para Serena, que só podia estar adorando. Se fosse para unir os dois grupos Wharton, nada melhor do que aquele par de oradores ultrajantes. Mas eu podia imaginar Stefan me perguntando: a que preço? Por mais que Serena dissesse que se responsabilizava inteiramente pela escolha dos palestrantes, estava claro que quem ia pagar o pato era eu.

Acaso eu tinha sido arrogante a ponto de desencadear tanta revolta num lugar público? O dano era reparável ou a conferência estava fadada a acabar num incêndio arrasador?

"E que diabos *você* sabe?", gritaram no fundo do auditório, e eu cheguei a pensar que era comigo, não com Davenport.

Portanto, a sessão de perguntas e respostas estava começando mais cedo — e com franca hostilidade no lugar da hipocrisia habitual. Antes que eu pudesse me levantar e pedir calma, e antes que Davenport tivesse tempo de atacar o adversário, ouviu-se um lancinante grito de mulher à porta.

Joanne Gillian entrou cambaleando no auditório, aos prantos, pálida feito um lençol, agitando as mãos. "Há uma mulher caída lá fora! Acho que está morta!"

5

Ao correr com Serena até o vão da porta em que Joanne Gillian havia aparecido, notei com preocupação que as últimas filas do pequeno auditório estavam completamente desertas. Sem dúvida alguma, Grace-Dawn Vaughan e Davenport tinham feito um trabalho e tanto.

Serena alcançou Joanne antes de mim e, agarrando-lhe os braços, perguntou tranqüilamente: "O que aconteceu?". Parecia uma enfermeira experimentada, inabalável, e a firmeza da pergunta — ou talvez a força de suas mãos — acalmou Joanne Gillian instantaneamente. Esta saiu ao saguão e apontou para um dos corredores escuros ainda em reforma.

Eu fui para lá, sentindo a multidão de participantes às minhas costas.

Com voz entrecortada, Joanne Gillian disse: "Ali". E, afastando-se, atirou-se nos braços do marido.

Eu apenas distingui um corpo estendido na outra extremidade do corredor escuro, a cabeça tombada junto a uma pilha das tais lajotas de granito com que estavam revestindo a parte inferior das paredes.

Perplexos, Serena e eu nos entreolhamos, e então, sem pensar, enveredei pela escuridão do corredor.

Logo vi que era Chloe DeVore.

Estava com um braço estendido, como se tivesse tentado agarrar alguma coisa, e eu fui me aproximando como que puxado por um trator. Nada teria me impedido de avançar.

"Não!", exclamou Serena. "Não toque nela! Não mexa em nada." Alguém se pôs a gritar que chamassem um médico, e eu ouvi vozes confusas que foram ficando cada vez mais fortes, no corredor, atrás de Serena.

Agachei-me para tomar o pulso de Chloe. Ainda estava quente, mas sem vida, e eu recoloquei a sua mão no chão com a máxima delicadeza. Foi bem nesse momento que avistei uma lajota ensangüentada não muito longe de onde ela jazia. Olhando mais detidamente para o cadáver, notei que estava com o rosto arroxeado e a pele cerosa.

Fechando os olhos, retrocedi, rogando que tivesse sido um acidente. Ela escorregou, pensei, ou teve um ataque do coração e bateu a cabeça numa lajota. Que não fosse homicídio. Eu não podia ficar às voltas com *mais um* homicídio — como era possível?

"Não precisa chamar médico nenhum", disse a Serena ao sair do corredor. "É Chloe DeVore e está morta."

"Não fui eu!", gritou Priscilla em meio ao aglomerado de participantes. "Não fui!"

Eu a encarei, e todos fizeram o mesmo quando ela prorrompeu em lágrimas. A multidão assombrada se entregou a uma avalanche de indagações, palpites e exclamações.

Ouvi muita gente perguntar com indignação: "Quem é essa Chloe DeVore, afinal?".

Senti-me ao mesmo tempo atordoado e espantosamente lúcido. Vivianne não estava por perto, e imaginei o quanto ficaria chocada ao saber que Chloe estava morta. Várias outras pessoas haviam desaparecido: Grace-Dawn Vaughan e Devon Davenport tinham decerto batido em retirada para não ser atacados. Van Deegan Jones e Verity Gallup também não estavam presentes. Era estranho que os chefes das duas sociedades não tivessem ficado para reunir suas tropas depois dos sediciosos discursos inaugurais, ou pelo menos para me chamar de lado e dizer que estavam muito contrariados com o tom estabelecido logo no início da conferência.

Bob Gillian amparava a agora lacrimosa esposa com surpreendente meiguice. Serena estava conversando calmamente com o gerente do Hotel Central, um sujeito magro, de cabelo ralo, que parecia aturdido. Alisando nervosamente o queixo escanhoado, disse que a polícia do campus — que tinha jurisdição sobre todos os delitos perpetrados na UEM — já estava a caminho.

"Para trás!", gritou uma voz com sotaque caipira, e, ato contínuo, um policial grandalhão de cara feroz e vermelha de beberrão e musculatura de leão-de-chácara afastou-me da entrada do corredor com um safanão. Vários outros se espalharam nas imediações, isolando toda a área e apartando a multidão de participantes da conferência e os demais curiosos que lá se juntaram para espiar: estudantes, hóspedes, empregados do hotel.

No ano anterior, eu tinha descoberto que a polícia do campus, com seu pessoal quase sexagenário, não era a escória que eu imaginava. Muitos deles tinham diploma universitário, e o emprego era considerado um filé-mignon para quem trabalhava nos outros órgãos de segurança pública, como a polícia estadual.

Alguém atrás de mim disse: "Doutor Hoffman". Uma voz que eu estava longe de querer ouvir.

Virei-me e dei de cara com o detetive Valley. "Surpreso?", perguntou ele, interpretando corretamente a minha expressão.

Nós nos havíamos conhecido no ano anterior, em circunstâncias desagradáveis que acabaram por se agravar. O contingente policial do campus contava com dezenas de investigadores — por que eu tinha de topar justamente com *ele* outra vez?

"E *o senhor* não está surpreso?", retruquei. Mas logo me arrependi de não ter me limitado a dizer olá.

"Nem tanto." O detetive Valley não tinha cara de policial do campus, ou melhor, não tinha cara de policial. Mais parecia um daqueles vendedores que a gente encontra em lojas de móveis usados, não do tipo sociável, empenhado em vender, mas dos mais sutis e maldosos, que pareciam zombar silenciosamente de você por não ter dinheiro ou gosto suficiente para fazer compras numa loja mais decente.

Alto, magro, sardento, de cabelo crespo e ruivo, ele devia ter sido o garotinho cáustico no colégio, capaz de imitar todos os professores com devastadora precisão — mas só quando lhe dava na telha. Muito mal dissimulado no adulto, esse sarcasmo parecia sempre prestes a aflorar.

"Alguém mexeu no local do crime?", perguntou, e eu contei que havia tentado tomar o pulso da vítima.

Valley entrou cautelosamente no corredor a fim de examinar o corpo de Chloe DeVore e as imediações e, acocorando-se, tomou notas num bloquinho de papel. Fez uma chamada pelo telefone celular antes de retornar, então mandou a excitada e confusa multidão calar a boca. "Alguém sabe quem é essa mulher? Quem foi que a encontrou?"

Muito submissa, Joanne Gillian ergueu a mão, e Valley fez sinal para que um policial a afastasse dos circunstantes. Bob Gillian a acompanhou, e eu vi os três se dirigindo a um conjunto de poltronas, onde imaginei que o policial lhe podia tomar o depoimento sem interferência.

Contei a Valley que a morta era Chloe DeVore, uma conhecida escritora que morava em Paris. Ele não deu mostra de ter ouvido falar nela.

Uma vez mais, dirigiu-se à multidão que aparentava o atordoado interesse de um grupo de transeuntes que tivesse topado com uma filmagem em pleno centro da cidade. "Alguém notou alguma coisa suspeita? Alguém viu essa mulher entrar no corredor, ou uma pessoa que a estivesse seguindo ou saindo de lá?"

Alguns participantes ficaram frustrados, como se desejassem *ter* presenciado alguma coisa e agora poder chamar a atenção. Mas ninguém se apresentou nem disse nada.

Valley sacudiu a cabeça. "Ninguém sai daqui", determinou, "enquanto nós não tivermos colhido o depoimento ou o nome e o número do telefone de um por um." Ouviram-se manifestações de contrariedade mescladas com murmúrios cheios de expectativa de gente se preparando para dar uma volta numa montanha-russa particularmente assustadora.

O detetive mandou chamar o gerente, que parecia ser conhecido seu, e lhe pediu que providenciasse algumas salas em que ele e os outros policiais pudessem entrevistar as testemunhas.

Afastou-me da aglomeração para que não nos ouvissem. Eu perguntei se não teria sido um derrame ou um infarto — ou um acidente qualquer. Ele hesitou, mas não tardou a relaxar como se não tivesse o menor sentido ocultar o que observara. Disse que tinha visto um ferimento na cabeça da vítima que lhe parecia suspeito.

"Suicídio?", perguntei, já próximo do desespero.

"Duvido. Agora conte o que isso tem a ver com o senhor. O que está fazendo aqui? Também a convidou a jantar?"

Preferi não fazer caso da maldosa referência ao homicídio em que eu estive envolvido no ano anterior.

"Isto aqui é uma conferência, e eu sou o coordenador", respondi, apontando para as dezenas de pessoas no saguão. "Um ciclo de conferências sobre Wharton."

"O que é isso?"

"Isso não: ela. Edith Wharton."

Valley me encarou com ar apalermado.

"Edith Wharton, uma escritora", expliquei. "Uma famosa escritora americana."

Silêncio.

"Sabe, *Ethan Frome*, *A casa da felicidade*, *A era da inocência*?"

Nenhuma reação.

Exasperado, eu disse: "Michelle Pfeiffer! Ela trabalhou no filme *A era da inocência*. Há poucos anos".

"O.k. E foi a tal Edith Wharton que escreveu o roteiro?"

"Wharton morreu há muito tempo. Em 1937. Era uma importante escritora norte-americana."

Nem mesmo a referência a Michelle Pfeiffer serviu para convencer o policial da estatura de Wharton. Por que acreditar em mim? Eu acabava de afirmar que Chloe era uma escritora conhecida, mas ninguém tinha registro do seu nome, por que haviam de saber quem era Wharton? Será que ele conhecia ao menos os autores que figuravam nas listas dos mais vendidos ou só lhe chamavam a atenção quando seus livros viravam filmes de orçamento milionário?

Serena se acercou e se apresentou como co-organizadora da conferência. Sem dizer uma palavra, Valley a mediu de ponta a ponta e balançou a cabeça, como para confirmar a idéia negativa que tinha do tipo de mulher que trabalhava comigo.

Serena mal pôde conter a raiva ao ouvi-lo dizer que só falaria com ela depois, primeiro queria me fazer mais algumas perguntas.

"Como foi que o senhor se envolveu nessa história?"

"Eu sou um estudioso de Wharton. Bibliógrafo, aliás. Publiquei um livro, uma bibliografia secundária, relatando o que os outros estudiosos escreveram sobre ela."

Valley arregalou um pouco os olhos como se lhe custasse acreditar que alguém se dispusesse a comprar uma coisa dessas. E não estava longe da verdade: pouquíssima gente a havia comprado, e boa parte dela se achava na conferência. Os ensaios acadêmicos eram como poesia; lidos quase exclusivamente por quem os escrevia. E não havia nada mais especializado do que a bibliografia secundária de um escritor.

"Pode-se dizer que eu sei onde os corpos estão enterrados", eu disse. E me arrependi no mesmo instante.

"O quê?"

A minha frase infeliz me fez corar. "Desculpe. É só uma piada que eu costumo fazer..."

"O que significa?"

Como explicar isso a quem não era acadêmico? "Bom, eu sou especialista em Edith Wharton. Li o trabalho de todo mundo sobre ela, de *todo mundo* vivo ou morto. Todos os livros, folhetos, artigos, introduções, prefácios e referências em outros livros, folhetos, artigos... Está entendendo? De modo que sei quem tomou idéias emprestadas sem mencionar o verdadeiro autor. O senhor ficaria surpreso com o que acontece por aí."

"Isso é roubo, não?"

"Plágio", corrigi.

Valley me perguntou se isso podia ter relação com o crime — ou seja, caso Chloe DeVore tivesse sido assassinada mesmo.

Mas a única coisa que lhe pude oferecer foi a minha confusão. "Chloe DeVore não era uma estudiosa de Wharton."

"Então o que ela veio fazer aqui?"

Eu não queria dizer nada acerca de Chloe, Vivianne e Priscilla. Era tudo muito vago, obscuro, e deixaria Priscilla numa situação difícil. Sobretudo porque ela já tinha chamado a atenção mais do que devia.

"Se fosse para alguém morrer assassinado", disse, pensativo, "tinha de ser um dos presidentes das duas sociedades Wharton. Elas se detestam."

"Por quê?"

"Cada uma vê Wharton de um modo diferente."

"E isso é motivo para matar?" Valley sacudiu a cabeça, já que eu lhe havia fornecido novas provas da estupidez dos acadêmicos.

Nesse momento, o gerente do Hotel Central retornou para avisar que várias salas num corredor próximo estavam à disposição da polícia, com jarras de água e garrafas térmicas de café. Fiquei surpreso quando o policial agradeceu, e mais surpreso ainda quando me convidou a acompanhar os depoimentos das possíveis testemunhas, já que eu conhecia bem os estudiosos de Wharton. Imaginei que os outros tiras estavam selecionando as pessoas que eventualmente tivessem algo a dizer.

"Mas o senhor é o primeiro", acrescentou depois de confabular com um dos seus homens. Nós entramos na sala mais próxima que o gerente reservara. Era como milhares de cômodos desse tipo nas universidades de todo o país: luz de neon excessivamente forte e carpete de cores tristes que combinavam com as cortinas desbotadas e de aspecto ordinário. As mesas e cadeiras eram funcionais, mas só isso. O mais triste: tudo novinho em folha.

Eu desejei que Stefan estivesse lá para me emprestar um pouco da sua serena percepção do acontecido. Mas talvez ele não conseguisse enfeixar tanta força naquele momento — pelo menos para mim.

Valley se sentou na beira da mesa de reuniões, na frente da sala, e me ofereceu uma cadeira a meio metro de distância.

"O.k. Como foi que acharam o corpo?"

"Nós ouvimos um grito: era Joanne Gillian. Foi durante o segundo discurso inaugural. Deviam ser mais ou menos dez e quinze, acho." Tentei recordar a que horas havíamos começado e lhe disse que era melhor confirmar com Serena para ter certeza. Mas achava que tinha sido por volta das nove e meia. O que significava que Chloe morrera entre as nove e as dez da noite. Eu lera muito sobre a morte para saber, com base no que havia observado, que provavelmente tinha sido encontrada cerca de meia hora depois de morta.

Contei isso ao detetive, que disse: "O senhor também é médico-legista?", e desconsiderou o meu raciocínio.

Depois de anotar o nome de Serena, perguntou com quem mais eu achava que ele devia conversar, à parte Joanne Gillian e Serena. Mencionei Vivianne Fresnel, mas tive de soletrar o nome.

"E ela...?"

"Era amante de Chloe DeVore. Atavam e desatavam. As duas brigaram hoje, antes da recepção."

Ao notar um brilho ávido nos seus olhos, eu me precipitei a retificar o que acabava de deixar escapar. "Mas parece que fizeram as pazes logo depois."

Valley esboçou um sorriso sardônico, e eu tive certeza de que sua mente já abrira um compartimento pré-fabricado com o rótulo "Lésbicas assassinas".

"Por que brigaram?", perguntou.

"Não sei, a discussão foi em francês e elas estavam falando muito depressa."

"O senhor entende francês?"

"Quando falam baixo e devagar."

"Então elas estavam gritando?"

Eu dei de ombros. "Era uma briga."

Valley foi até a porta, chamou um dos policiais de farda azul-marinho e mandou localizarem Vivianne e levarem-na à sua presença. Também quis saber do paradeiro de Joanne Gillian. Eu me levantei e posicionei a cadeira num lugar que me permitia observar o detetive e a pessoa interrogada.

Joanne apareceu pouco depois, pálida, os olhos baixos. Bob Gillian também entrou e pediu com insistência para ficar com ela, "por causa do choque". Ajudou-a a se sentar e se instalou a seu lado.

Talvez eu fosse superficial, mas confesso que ficava intrigado toda vez que via um bonitão como Bob casado com uma mulher limitada e até mesmo tosca. Joanne Gillian era tão contida e desagradável. O tipo da megera insípida e rancorosa que, com certeza, passara a adolescência sendo ridicularizada toda vez que prendia o feio cabelo com uma presilha espalhafatosa. Quem ela pensava que era, zombavam as colegas, e Joanne devia ter vivido cada dia da vida perseguida pelo anfiteatro do ridículo.

Bob estava sendo tão solícito, só faltava arrulhar ao ouvido da esposa e cobri-la de afagos. Aquela intimidade contrastava muito com sua postura na recepção, quando os dois se mostraram tão distantes entre si. Imaginei Stefan me dizendo que o choque de topar com um cadáver talvez os tivesse unido. Ele é menos rápido que eu para julgar as pessoas.

Joanne Gillian não estava tão abalada assim, pois não tardou a olhar para mim e ordenar que Valley me expulsasse da sala. "Que diabo ele está fazendo aqui?"

Confesso que senti admiração pelo desdém com que o policial reagiu àquele surto.

"Senhora Gillian, o que a senhora foi fazer naquele corredor?", perguntou, imperturbável. "Um corredor escuro e em reforma."

"Eu já contei ao outro policial."

"Pois conte para mim."

"Eu sou presidente do colegiado da UEM. Sou eu que pago o seu salário."

"Quem paga o meu salário são os cidadãos de Michigan."

Joanne endireitou os ombros, estampando na cara redonda uma expressão de soberba que resultou meio ridícula naquelas circunstâncias. Quem ela pensava que era, Maria Antonieta enfrentando um tribunal revolucionário?

"Eu estava procurando a toalete feminina. Fiquei confusa."

"Ela se perdeu", traduziu o marido.

Valley o calou com um gesto. Gillian recuou na cadeira como se tivesse levado uma bofetada, mas não parou de falar. "Joanne às vezes tem dificuldade para distinguir os sinais... é disléxica."

O detetive olhou para mim como a pedir confirmação, e eu fiz que sim; um conhecido que trabalhava no gabinete do administrador tinha me falado da dislexia de Joanne.

"Por que o senhor pergunta *a ele*?", protestou Joanne, o rosto contorcido de ódio. "Pergunte ao meu médico!" Deu a Valley um nome e um número de telefone, o qual ele anotou, sempre impassível.

"Eu não admito ser entrevistada na presença desse sodomita!" Ela acabava de assumir sua postura pública: a ca-

128

beça erguida, a voz impostada e clara como se Deus a tivesse encarregado da missão de salvar o mundo de si próprio. Tive certeza de que a ouviram no corredor. "Esse assassinato é o tipo da coisa que se podia esperar aqui na UEM, com tanta gente promovendo descaradamente a perversão! O que falta agora? O bestialismo? O satanismo?" Estava com o ar odioso daqueles pregadores de televisão que apontam o dedo para o espectador nas manhãs de domingo.

Eu procurei manter a calma.

"Nós ainda não sabemos se foi um homicídio, senhora Gillian. Isso quem vai dizer é o legista." E Valley partiu tranqüilamente para a ofensiva. "A senhora está me dizendo que aqui praticam culto satânico?"

"Claro que não! Mas em vez de importunar pessoas decentes o senhor devia descobrir por que aquela mulher, aquela alta de rabo-de-cavalo que está lá fora, começou a chorar quando soube da morte de DeVore..., e por que disse que não tinha sido *ela*?"

"Que mulher?"

Joanne Gillian moveu a cabeça com impaciência — por que era obrigada a lembrar o nome das pessoas?

"Priscilla Davidoff", disse eu com relutância.

O policial me encarou, evidentemente irritado porque eu não havia mencionado Priscilla. Tentei parecer arrependido, mas inocente, como se apenas tivesse esquecido. Não sei se consegui.

"O que vocês sabem de Chloe DeVore?", perguntou-lhes.

"Bem feito que morreu!", disparou Joanne. "Era uma libertina, uma pornógrafa."

"Libertina", repetiu Bob feito um eco abobalhado.

Notoriamente incomodado com a veemência dos dois, Valley pensou um pouco. "Vocês já leram os livros dela?"

"Eu tentei", admitiu Bob. "Joanne leu um até o fim."

"E não a conheciam pessoalmente?"

Joanne riu com descaso. "E a gente ia se misturar com uma devassa dessa laia?"

"Nem todos nascem com religião", filosofou o policial, porém Joanne se limitou a cravar nele um olhar arrogante. "O que a senhora fez quando viu o cadáver?"

"Eu a chamei. Perguntei se ela estava... passando bem."

"E ela não respondeu?"

"Claro que não!" Joanne estava cada vez mais indignada. Era óbvio que ser contestada, fosse como fosse, a fazia perder as estribeiras.

"Mas como a senhora soube que estava morta?"

Joanne olhou de relance para Bob e tornou a encarar o detetive.

"Como soube que não estava apenas desmaiada?", insistiu ele.

"Ela parecia morta", retorquiu Joanne. "Sem se mexer."

Valley balançou a cabeça, e eu me perguntei se estava realmente investigando ou apenas tentando irritá-la. Continuou perguntando a ela e depois a Bob o que sabiam acerca de Chloe DeVore, mas pelo que pude ver não extraiu nada relevante. Acabou dispensando-os.

Quando eles saíram, o detetive comentou comigo que Joanne Gillian e Chloe DeVore eram meio parecidas de costas.

"Hein?"

"Pense bem. Mais ou menos a mesma altura, cabelo da mesma cor, as duas de tailleur azul-marinho e sapatos pretos."

Eu fiquei assombrado: "Está querendo dizer que o alvo pode ter sido *ela*? Joanne Gillian? Que foi um engano?".

"Se Joanne Gillian for mesmo disléxica", Valley raciocinou, "e muita gente souber, é possível que alguém na conferência tenha se aproveitado disso de algum modo. É uma possibilidade que eu preciso levar em consideração."

Comecei a me sentir mal. Se ficasse provado que haviam tentado matar Joanne Gillian, ela teria mais uma arma para usar contra a comunidade gay da UEM. Mesmo que não fosse verdade, faria o possível para levar isso às últimas conseqüências. Evidentemente, não era uma mulher alicerçada na razão e nos fatos.

"Agora, eu quero que você me diga a verdade", disse Valley, e eu tive certeza de que estava se referindo à estranha declaração de Priscilla. "O que essa dona Gillian tem contra o senhor?"

Eu relaxei um pouco. "Ela é a presidente do colegiado."

"Foi o que ela disse. E daí?"

"O senhor não sabe o que ela anda fazendo na UEM?"

"Eu não acompanho a política. Muito menos a política do campus."

Muito a contragosto, expliquei o que estava acontecendo no campus no tocante aos benefícios da união estável e aos direitos dos homossexuais em geral, frisando que nada disso tinha a menor relação com a morte de Chloe.

Impassível, o policial se limitou a ouvir. "Quer dizer que vocês querem ser tratados como se fossem casados?", indagou por fim.

"É claro!"

"Mas não são casados, como isso pode ter sentido? É injusto com as pessoas que *são* casadas."

"Injusto é nós *não podermos* ser casados."

Ele balançou a cabeça algumas vezes, sem se deixar convencer, e eu achei que aquele não era o melhor momento para pegar um megafone.

Valley foi até a porta e pediu ao guarda que chamasse Serena Fisch. O burburinho estava diminuindo no corredor. Imaginei que a maioria das pessoas sem envolvimento direto já se havia dispersado, os nomes e os números de telefone anotados por via das dúvidas.

Serena entrou sorrindo com graça, como se fosse uma celebridade pronta para dar uma descontraída entrevista em casa. Talvez se julgasse mesmo a própria Jackie O. com aquele terninho branco, embora tivesse tirado os enormes óculos escuros. Mas, sem dúvida, era uma atitude muito esquisita para quem ia ser interrogada acerca de uma morte. Ou será que eu estava sendo exageradamente intuitivo? E, dada a costumeira aura de "trompetista de jazz" de Serena, como saber qual das suas atitudes *não era* esquisita?

Valley não fez nenhum preâmbulo. "O que a senhora sabe dessa tal Chloe DeVore?"

"Ela esteve aqui em fevereiro, participando de um evento do reitor, e depois foi recebida numa festa na casa de Nick e Stefan."

O policial olhou de esguelha para mim. "Mais uma convidada para jantar?", perguntou.

Serena prosseguiu. "Eu já a conhecia de antes, de anos atrás, quando fui professora visitante na Universidade Emory. Na Geórgia. Chloe era escritora residente, mas a verdade é que quase não tivemos contato."

Era a primeira vez que Serena dizia que conhecia Chloe. Por que não me havia contado? Somando isso ao modo como ela a fulminara com o olhar na recepção, eu me senti muito mal. Não olhei para Serena, pois tinha certeza de que estava mentindo — em alguma coisa.

"O que a senhora está fazendo nesta conferência?", quis saber o detetive.

"Dirigindo-a", respondeu Serena e, olhando na minha direção, corou.

"Eu pensei que o especialista em Wharton aqui fosse o professor Hoffman, e que fosse ele quem a estivesse dirigindo."

"Oh, sim, é ele mesmo. Mas para organizar uma conferência como esta é preciso... é preciso trabalho de equipe, colaboração." Ela balançou a cabeça, satisfeita com a própria resposta, e sorriu para mim, como que a dizer: "Está vendo, eu lhe dei o crédito".

"E a senhora não estava interessada nesse reencontro com Chloe DeVore?"

Serena se indignou. "Como assim? O que significa isso?"

"Prefiro que a senhora mesma diga", retrucou Valley com doçura na voz.

"Eu não sei o que o senhor está querendo dizer. Conheci Chloe há anos, voltei a vê-la na festa, só isso. Não há nenhuma ligação entre nós."

Falou com tanta veemência que eu tive certeza de que a verdade era exatamente o contrário.

O investigador também pareceu pensar a mesma coisa, mas, mesmo quando ele reformulou a pergunta, Serena continuou a negar.

"Onde a senhora estava entre a recepção e os discursos?"

Ela fechou os olhos brevemente para recordar. "Nós todos saímos ao corredor. Eu pedi a Nick que se apressasse, mas ele estava conversando com Priscilla Davidoff. Depois, fui para o auditório. Todo o mundo me viu. É o único álibi que tenho."

"Ninguém lhe pediu um álibi."

"Não? Então por que o senhor está me interrogando?"

"Porque nós temos uma morte sem causa determinada."

Serena lhe endereçou um sorriso amarelo. "Bom, se for um assassinato, saiba que eu não costumo matar convidados aqui no campus. Tenho muito espírito acadêmico para isso."

Valley não conseguiu reprimir um sorriso.

"Posso ir embora?", perguntou Serena.

Ele fez uma careta aborrecida, mas consentiu, e ela se foi, com ar irritadíssimo.

A entrada de Vivianne foi mais tranqüila do que a saída de Serena, se bem que muito mais dramática. Valley ficou surpreendentemente perturbado com sua beleza e elegância. Sempre com o belíssimo traje Chanel verde-limão, ela exalava autoconfiança, e até mesmo a feia cadeira em que se sentou ganhou um pouco de charme com sua presença. Tenho certeza de que Vivianne estava longe de corresponder à idéia que ele fazia de como eram as lésbicas. Imagino que se encaixasse vagamente no compartimento *Instinto selvagem*, se bem que sem nenhuma ferocidade.

E naquele momento pareceu-me estranhamente fria.

O detetive primeiro perguntou qual era a sua relação

com Chloe, e eu percebi que não esperava uma resposta tão descarada: "Ela era a minha mulher".

Será que Chloe encarava o relacionamento daquele modo? Eu tive minhas dúvidas.

Com ar inescrutável, Valley perguntou: "Onde a senhora estava quando encontraram o corpo?".

"Acho que lá em cima. Fui tomar uma aspirina no quarto." Sacudiu os ombros de modo muito gaulês. "Dor de cabeça, tédio."

Mas na última vez em que eu a vira no saguão, antes dos discursos inaugurais, ela era só sorriso, não dava o menor sinal de dor de cabeça. Estava sentada no sofá com Chloe, depois saiu — provavelmente para ir à toalete, pensei.

"Por que a falecida não foi com a senhora?"

Vivianne ergueu uma sobrancelha. "Para me ajudar a tomar uma aspirina?"

Vacilando, o investigador consultou o bloco de anotações.

"A senhora foi vista indo para o quarto? Lembra-se de ter conversado com alguém no elevador?"

Vivianne sacudiu a cabeça graciosamente.

"Por que a senhora estava participando da conferência? O professor Hoffman diz que a sua... que Chloe DeVore não tinha interesse em Edith Wharton."

"É verdade, mas este campus é tão bonito que nós simplesmente aproveitamos a oportunidade de voltar para cá. Também queríamos visitar o resto deste estado tão lindo."

Valley ficou desarmado, como costumava acontecer com os naturais de Michigan quando um estrangeiro (gente de Nova York, por exemplo) elogiava o estado. Era tão inesperado. E eu, por minha vez, fiquei simplesmente encantado com o inglês de Vivianne. O bonito sotaque enfeitava o seu falar tanto quanto um sachê perfumava o conteúdo de uma gaveta.

"Fale na sua viagem anterior para cá."

"Chloe chegou primeiro para fazer uma leitura, eu vim

depois." Ela encolheu os ombros, como a dizer que não tinha mais nada a acrescentar.

Mas eu sabia que o charme de Vivianne escondia muita coisa. Não podia acreditar que ela tivesse a coragem de omitir a briga na minha casa por causa do livro, nem o papel de Priscilla em toda aquela confusão. Vivianne me endereçou um sorriso, como que a me pedir que não tocasse no assunto. Eu desviei a vista.

"Ela tinha inimigos?", perguntou o policial.

"Claro que não! Ela era muito amada."

Eu percebi que Valley não acreditou.

"Mas a senhora teve uma briga com ela, uma discussão meio violenta, não? Antes do coquetel."

Vivianne encolheu os ombros. "Quando a gente ama, é fácil odiar."

Valley ficou calado, aguardando que ela acrescentasse alguma coisa, mas Vivianne, evidentemente, não tinha mais nada a dizer.

"Neste caso, se Chloe DeVore era amada, também era odiada, certo?"

Imperturbável, Vivianne o encarou, mas o detetive não capitulou. "Por que vocês brigaram?"

"Sei lá."

"Eu soube que foi uma discussão acalorada."

"Claro que sim." Ela sorriu. "Foi uma briga, como o senhor mesmo diz. A gente ergue a voz para se fazer ouvir." Parecia se divertir desconcertando-o, e não fazia a menor questão de esconder o quanto achava aquilo engraçado.

"A senhora não se lembra do que disse?"

"Lamento, mas não tive tempo para fazer anotações."

Eu mordi a língua para não rir, e desviei o olhar quando ela se voltou para mim e resmungou em francês, "*Quelle barbe!*". Que saco!

Com ar frustrado, Valley a dispensou.

Quando Vivianne saiu, ele se virou para mim. "Nenhum inimigo? Nenhum mesmo?"

"Conversa. Chloe era detestada."

"O senhor a detestava?"

"Eu não a conhecia. Mas outras pessoas sim."

"Quem, por exemplo? E como o senhor sabe?"

Sentindo-me encurralado, eu tratei de me safar. "Chloe tinha a péssima reputação de atropelar as pessoas para subir na vida. É o tipo de coisa que todo mundo comenta, e a gente fica sabendo, mesmo sem conhecer os detalhes."

"Sei."

Priscilla foi a seguinte e estava mais acabada que nunca, os olhos vermelhos e desfocados, entrelaçando nervosamente as mãos. O vestido e as botas pretas acentuavam ainda mais sua palidez.

"Por que a senhora disse 'Não fui eu' quando acharam o cadáver de Chloe DeVore? Não foi a senhora o quê?"

"Que a matei."

"Que a matou? O que a levou a pensar que era um homicídio?"

Priscilla sacudiu os ombros, desamparada. "Ela tinha morrido. Eu só..."

"Por que as pessoas iam achar que a senhora tinha motivos para matá-la?"

Eu fiquei assombrado com o que se seguiu.

"Porque eu a odiava", disse Priscilla com firmeza, mas seu olhar vagueou. "Odiava-a como nunca odiei ninguém. Eu a execrava."

Valley ficou interessadíssimo.

"Ela era a minha nêmesis", prosseguiu Priscilla sem que a instigassem. "Tinha o sucesso que eu queria ter, mas não o merecia. E me atacou na imprensa."

"A senhora é escritora?"

Ela confirmou com um gesto. "Romances policiais."

Ao ouvir essas palavras, o detetive pareceu duvidar de que devia levá-la a sério. Ou foi impressão minha?

"Quer dizer que a senhora tinha inveja de Chloe DeVore?"

Ela disse: "Exatamente. Como no clichê: morria de inveja. Mas não a matei. Não podia matá-la".

"Como não? A senhora era bem maior do que ela. Não seria tão difícil assim."

Priscilla pousou nele os belos olhos pretos. "Não podia tê-la matado porque nem cheguei perto daquele corredor. Fui para o auditório como todo mundo. Fora isso, como eu ia matar uma pessoa com tanta gente por perto?"

"Boa pergunta", reconheceu Valley. A seguir inclinou-se, aproximando muito o rosto do dela. "Mas já que ela foi assassinada, *alguém* a matou mesmo com toda aquela gente por perto."

Priscilla desmoronou, parecendo afundar em si própria ao perceber que ele tinha razão. Eu pensei nos romances policiais que tinha lido, nos quais os assassinos se arriscavam muito. Era perigoso, mas não impossível, considerada a hostilidade entre os dois grupos Wharton. Com certeza, os participantes estavam prestando mais atenção ao seu rancor mútuo do que ao que se passava num corredor escuro e em reforma num prédio que nenhum deles conhecia.

"A menos que alguém tenha ficado o tempo todo com a senhora e possa jurar sobre isso..." Deixando a frase no ar, o policial endireitou o corpo. Então lhe perguntou quem mais tinha ódio de Chloe.

"Todo mundo, creio eu. Não conheço ninguém que gostasse dela."

"E a francesa?" Imaginei que o policial não conseguisse pronunciar o nome de Vivianne.

Priscilla se reanimou. "Vivianne tinha pena dela, só isso. Não era amor, era dó."

"Como a senhora sabe disso?"

"É óbvio." Ela esfregou os olhos. "Quer dizer, *era* óbvio."

Valley ficou algum tempo pensativo e então lhe disse que queria voltar a conversar com ela no dia seguinte, quando tivesse recebido o laudo da necropsia, e Priscilla saiu da sala como uma aluna expulsa da classe por colar na prova.

O detetive se levantou, bateu palmas e esfregou as mãos como se estivesse diante de uma lareira acesa, dando sinais de que ia encerrar as entrevistas.

"Espere", disse eu. "Outras pessoas no coquetel também tiveram um comportamento esquisito quando Chloe chegou. Os oradores, Davon Davenport e Grace-Dawn Vaughan. E Davenport demorou muito para ir do coquetel ao auditório." Também descrevi o comportamento de Crane Taylor e de Gustaf Carmichael, um saindo da sala, o outro erguendo o copo num irônico arremedo de brinde.

Valley mandou chamar todos eles.

Devon Davenport foi o primeiro a chegar, de braços dados com Grace-Dawn Vaughan, muito senhor de si. Os dois formavam um casal estranhíssimo, ele grisalho, arrogante e muito conservador no vestir, ela parecendo uma hippie já meio velhusca. Davenport se mostrou incontrolavelmente confuso. Talvez tivesse bebido demais naquele meio-tempo.

"Por que você não manda esses urubus para casa de uma vez?", perguntou, apontando para o corredor. "Vampiros de merda. Isso aí é um zoológico."

Davenport também tinha ficado esperando lá fora, pensei.

Tal como ao tratar com Joanne Gillian, Valley não deu a mínima para o protesto e foi diretamente ao que interessava. "O senhor tinha motivos para não gostar de Chloe DeVore?"

"Eu detesto todos os autores — ou a maioria deles. São um lixo!"

"Ela era melhor do que a maioria? Ou pior?"

"Ela morreu", disse Davenport com voz pedregosa. "Que importância tem isso agora?"

Valley estalou os dedos bem na frente do nariz do editor. Foi tão inesperado que este recuou, deixando escapar um gritinho.

"Para mim, tem importância", disse com toda a calma.

138

"E é bom que tenha para o senhor também, porque isto aqui é uma investigação, e uma investigação muito séria. O senhor não está em Nova York. Está no meu território, e eu não vou tolerar a sua babaquice."

Davenport engoliu em seco, mas não disse nada.

"Muito bem. O que o senhor sabe de Chloe DeVore?"

"A mesma coisa que todo mundo na indústria editorial. Nada de especial."

Grace-Dawn baixou os olhos, e eu tive certeza de que ela sabia que Davenport estava mentindo.

"As memórias", eu disse.

Davenport me encarou.

O policial perguntou: "Que memórias?".

Expliquei que Chloe estava trabalhando num livro de memórias sensacional e que muitos editores estavam interessados em publicá-lo.

Valley se virou para Davenport, que me fuzilou com o olhar. "É verdade? E onde o senhor entra nessa história?"

"É verdade, mas eu estava cagando e andando para as memórias dela."

O policial ainda insistiu com Davenport, mas só obteve outras calúnias enlatadas a respeito das iniqüidades dos escritores. Ao ser interrogada, Grace-Dawn Vaughan foi bem mais franca quanto aos seus sentimentos.

"DeVore era uma víbora. Satirizou-me em seu romance *Brevidade*, há muitos anos, e eu nunca a perdoei."

"Então era você?", eu perguntei, recordando a desagradável descrição de uma escritora pernóstica e burra chamada Ann-Marie Tyree.

Grace-Dawn ficou meio inchada, saboreando a atenção.

"Como eram os seus contatos com ela?", quis saber Valley.

"Nós não tínhamos contato nenhum. Não até a conferência de hoje."

"Ela sabia que a senhora ficou ofendida por ter sido satirizada?"

A escritora vacilou. "Disso eu nunca fiz segredo. É provável que ela tenha sabido por alguma outra escritora."

"Onde a senhora estava entre o coquetel e o momento em que encontraram o cadáver?"

"No auditório, suponho. Fazendo o meu discurso."

"E o senhor?", perguntou ele a Davenport.

"Eu também fiz um discurso", foi a resposta esquiva.

"Mas ele chegou bem depois", intervim eu, coisa que me valeu um olhar maligno.

Valley ficou aguardando a explicação do editor, mas este se limitou a dizer: "Não lembro onde estive em cada minuto".

O policial se irritou. "É melhor lembrar", e então, depois de mais algumas perguntas inúteis, dispensou os dois.

Crane Taylor foi o seguinte a enfrentá-lo. Com quarenta e tantos anos, frágil e de olhinhos redondos, desagradou instantaneamente ao detetive. Era o tipo do acadêmico de nariz empinado que desmerecia o magistério: arrogante e negligente.

Cruzando as pernas finas numa paródia de postura cavalheiresca, mostrou-se à sua maneira tão hostil quanto Devon Davenport. Tudo nele, desde a barba bem aparada até os sapatos lustrosos, era histriônico e agressivo: Veja bem a sumidade que eu sou.

"Qual era o seu problema com a morta?"

"Eu detesto escritores que agem como se fossem celebridades. Sou acadêmico. Por isso não quis ficar no mesmo recinto que Chloe DeVore. Ela fede."

Valley sacudiu a cabeça.

Taylor disse: "É verdade".

"O senhor sempre vai embora quando topa com uma pessoa que não se ajusta aos seus padrões?"

Taylor afetou um sorriso. "Nem sempre. Às vezes fico por curiosidade mórbida. Mas Chloe ultrapassava os limites."

"Por quê?"

"Ia publicar umas memórias que eram um lixo."

"O senhor as leu?"

Taylor franziu a testa: "Não, mas...".

"Então como sabe que eram tão ruins assim?"

"Eu conheço Chloe. Quer dizer, a sua obra. Que outra coisa podiam ser?"

Eu achei aquilo um exagero. Grace-Dawn Vaughan escrevia puro lixo; a obra de Chloe carecia de sinceridade para ser verdadeiramente horrível.

"Então para o senhor era só uma questão de gosto", arriscou o detetive.

"Não só. Gosto e discriminação não são coisas sem importância." O pernóstico parecia estar dando aula a um acólito meio burro.

Valley atacou. "O senhor tinha muito ódio dela, não?"

"Não!" A negativa de Taylor não teve nada de autêntico, e isso ficou tão óbvio que ele empalideceu.

"Se o senhor estiver mentindo, se tiver algum envolvimento com a morte dela..."

Taylor atalhou com voz lamentosa: "Eu não fiz nada!".

Eu não consegui entender aquela mudança tão súbita da arrogância para a vulnerabilidade choramingas.

Enojado, ou talvez satisfeito por ter arrasado Taylor tão depressa, Valley o dispensou. "Que sujeitinho asqueroso", resmungou quando ele saiu.

"Ponha asqueroso nisso", disse eu, tentando entender por que as memórias de Chloe incomodavam tanto Crane Taylor e por que ele a considerava uma escritora tão medíocre quanto Grace-Dawn.

Gustaf Carmichael foi o entrevistado seguinte. Ele me dava arrepios. Era o acadêmico de novo tipo: o professor punk com enormes brincos de ouro nas duas orelhas, cavanhaque ralo e cabeça raspada. Imaginei que fosse fazer uma preleção sobre Derrida e Foucault quando Valley lhe perguntou por que havia erguido um brinde a Chloe.

Sua resposta foi tranqüila: "Para homenagear o triunfo da futilidade".

"Como assim?"

"As suas memórias. Iam aparecer na televisão, na *People*, em todo canto."

"Como sabe disso?"

"Hoje em dia é inevitável."

"E o senhor leu o livro dela?"

"Acho que ninguém o leu ainda."

"E já tem opinião formada sobre um livro que não leu."

"Detetive", Carmichael sorriu. "Detetive, acontece que eu tenho opinião formada." Estava tão satisfeito consigo que me deu vontade de esbofeteá-lo. Olhei para Valley e tive a impressão de que ele estava sentindo a mesma coisa.

Um policial fardado interrompeu a entrevista para informar que haviam concluído o trabalho no local do crime, o corpo estava sendo retirado, e o médico-legista ia se encontrar com eles no necrotério.

Valley agradeceu e, cansado, encerrou a entrevista com Gustaf Carmichael, que ficou muito contrariado. "Então é só isso que o senhor vai me perguntar? Todos os outros ficaram mais tempo aqui."

O detetive mediu-o da cabeça aos pés. "Se estiver achando pouco, eu posso prendê-lo e deixá-lo a noite inteira no xadrez. É isso o que o senhor quer?"

Carmichael corou e tratou de ir embora. Então Valley perguntou se eu tinha mais alguma coisa a dizer. Refletindo um momento, lembrei-me de que Verity Gallup e Van Deegan Jones eram os únicos que não tinham ido ao local do crime quando o cadáver foi encontrado. Expliquei ao policial quem eles eram. Aquela ausência não era suspeita?

"Eles tiveram contato com Chloe DeVore em algum momento? Conversaram com ela ou algo assim?"

"Não. Mas ficaram bem irritados com a sua presença." Recordando a expressão deles no coquetel, eu me perguntei se *irritados* era a palavra certa. Pareciam mais escandalizados e constrangidos.

Embora já passasse da meia-noite, Valley concordou com um gesto e mandou chamar os presidentes das duas organizações Wharton.

Eles entraram com a alegria de dois foragidos de uma colônia penal que ainda estivessem acorrentados um à perna do outro. Tanto Gallup quanto Jones pareciam fingir que o outro não existia e, ao se sentarem, fizeram questão de deixar uma cadeira vazia entre eles.

O detetive ficou impressionado com Gallup. Era uma mulher tão linda que faltou pouco para que ele lhe perguntasse que diabo estava fazendo naquele aterro sanitário. Mas se limitou a perguntar onde os dois estavam quando o corpo de Chloe foi encontrado.

Mais empertigado que nunca, Jones olhou para a rival, obviamente na expectativa de que ela fosse a primeira a responder. Mas Gallup permaneceu em silêncio, como que empenhada em mortificá-lo em sua tentativa de ser educado. Imagino que quisesse mostrar o despropósito de semelhante gesto, já que ambos não estavam nem remotamente interessados em se tratarem com civilidade.

"Não me lembro", disse Jones com brusquidão.

"Eu também não", declarou Gallup com exagerada calma, alisando com as duas mãos o cabelo rente acima das orelhas. O gesto meneou-lhe os seios volumosos, e Valley arregalou os olhos. Verity se apressou a fechar o blusão de couro. Seguiu olhando para a frente, tal como Jones. Observando-os, achei que pareciam dois garotos petulantes que tinham sido separados depois de um arranca-rabo no tanquinho de areia. Era tão constrangedor que me deu vontade de rir, mas eu não podia.

Valley prosseguiu. "Ouvi dizer que nenhum de vocês dois gostava da falecida."

"Eu não a conhecia", disparou Jones. Então apontou para Verity com o polegar. "Ela provavelmente gostava da mulher."

Gallup o encarou, faiscando. "O quê?"

"Chloe DeVore", disse ele com malícia, como se o nome fosse um palavrão, "era o tipo da escritora inexpressiva e supervalorizada que vocês, feministas, adoram promover, não era? Vocês são loucas para criar o tal mito do

143

talento não reconhecido. Agora que ela morreu, podem lançar um grande *revival*." Foi tão brutal e frio que até mesmo Valley pareceu chocado. Eu, em todo caso, fiquei.

Por outro lado, Jones também estava completamente equivocado quanto a Chloe, a quem nunca faltou reconhecimento na vida.

"Eu a detestava!", gritou Verity. Profundamente envergonhada, olhou para os nossos rostos sobressaltados. "A *ela* não. Detestava o tipo de coisa que escrevia. Um texto vazio e pretensioso. Sem estilo, sem noção de ironia, sem visão."

Coisas que sobravam em Edith Wharton, pensei, sem sombra de dúvida.

Van Deegan Jones enrugou a testa como se não pudesse acreditar que sua rival estivesse dizendo a verdade. Mas o que me surpreendeu foi que os dois tivessem opinião sobre a obra de Chloe DeVore. A maioria dos acadêmicos se encerrava em sua especialidade e não lia muito mais do que isso. No entanto, Jones e Gallup conheciam o trabalho de Chloe — mais um sinal do quanto ela se afirmara como escritora.

"Eu acho horrível ver autoras como ela receberem tanto apoio do mundo editorial", continuou Gallup. "É pura demagogia com as minorias."

Valley se sentiu meio deslocado. "Ei", disse, "vamos nos ater ao assunto em pauta? Há uma mulher morta lá fora. Agora, o que vocês sabem dela?"

Os dois declararam que aquela tinha sido a primeira vez que a viram.

"Então por que ficaram tão fulos da vida com a presença dela?"

Jones baixou a vista, Gallup ergueu a cabeça num gesto algo desafiador.

"Se um de vocês estiver escondendo alguma coisa e ficar constatado que se trata de homicídio..." Valley não concluiu a frase.

Jones bufou, sem se deixar intimidar pela ameaça. Verity Gallup fitou em Valley um olhar indiferente, igualmente calmo.

Então, de súbito, os dois me encararam como que a cobrar uma explicação para a presença de Chloe na conferência.

Eu afinei. "Não fui eu que a convidei. Ela se inscreveu por conta própria."

"Esqueça Chloe", disse Jones. "E Grace-Dawn Vaughan? Quem teve a idéia de trazê-la para cá?"

"Como você pôde permitir uma coisas dessas?", disparou Verity.

Jones concordou com um gesto, mas logo se conteve.

Verity continuou me atacando. "Grace-Dawn Vaughan foi patética. O tipo da escritora sentimentalóide, exagerada, que tranqüiliza as mulheres e as cega para a realidade brutal da sua vida. Um ópio que as conserva escravas alienadas e impotentes."

"Ela mandou bem", disse eu.

"Ora, poupe-me dessa ladainha pseudomarxista", rosnou Jones para Verity, e eu cheguei a pensar que ela ia pular no pescoço dele, mas Valley os interrompeu.

"Por hoje chega." Impaciente, dispensou os dois e, quando eles se foram, disse que, dependendo do andamento do caso, talvez precisasse de mim para informá-lo sobre todos aqueles "malucos". "Se *houver* um caso. Mas não se intrometa na investigação! Vou designar dois outros detetives para me ajudarem. Não quero *nenhuma* interferência."

Naturalmente, eu prometi que só iria me ocupar das minhas coisas.

Quando saímos da sala, Valley acrescentou: "Uma curiosidade: será que vale mesmo a pena uma pessoa como o senhor dirigir esse tipo de seminário?".

"Essa", respondi, "foi a pergunta mais inteligente que o senhor fez hoje."

6

Fora da sala, senti um calafrio ao ver a faixa amarela da polícia isolando a entrada do corredor, muito embora o corpo de Chloe já tivesse sido retirado. Quase todo mundo fora embora, e o prédio fortemente iluminado me pareceu fantasmagórico.

Respirei fundo algumas vezes, pensando no que fazer a seguir.

"Oi, doutor Hoffman! Tudo bem?"

Era Angie Sandoval, com o seu ar descontraído de sempre. "Eu fui visitar uma amiga no dormitório em frente", chilreou. "Mas, quando vi as radiopatrulhas lá fora, não pude deixar de vir. Quer dizer que houve um assassinato? Uau!"

Angie estava se especializando em jurisprudência criminal, e no ano anterior me havia explicado o papel da polícia do campus, assim como me pusera em contato com a médica-legista do distrito para que eu fizesse algumas perguntas sobre o meu companheiro de sala assassinado.

"E então? Posso ajudar?"

"Ajudar em quê?"

"Na investigação, ora! Puxa, que vida movimentada a sua!"

"Angie, eu estou morrendo de cansaço. Vamos deixar para falar nisso outra hora?"

"Legal! Então nos vemos amanhã", disse ela. E se foi, saltitante.

Estava tão exausto quando cheguei em casa que nem alívio senti. A noite parecia um delírio que me envolvia, embaralhando-me o pensamento, fazendo pesar como chumbo meus braços e pernas. Mesmo assim, ainda consegui achar um pouco de prazer na nossa rua arborizada, no nosso belo sobrado.

Ao entrar, vi luz acesa em toda parte. Stefan tinha adormecido no sofá azul e dourado da sala de estar, o rádio sintonizado numa estação local de jazz. Ella cantava "They can't take that away from me". Na sala inundada com sua voz cristalina, fiquei comovido ao ver que Stefan ficara à minha espera. Ele tinha a beleza rústica de Ben Cross, o ator que representava o atleta judeu em *Carruagens de fogo*. Fiquei contemplando seu rosto, maravilhado com a sorte que tive, doze anos antes, de encontrar não só um amante ou parceiro como também uma alma gêmea.

Sentei-me na beira do sofá e ele se mexeu um pouco, murmurando: "Que...".

Eu segurei sua mão, mas logo a soltei, lembrando que havia tomado o pulso de Chloe DeVore. Será que um dia ia esquecer o contato daquele braço?

"Stefan."

Ele abriu os olhos e sorriu com ternura, como se eu tivesse passado muito tempo ausente.

"Houve uma morte no colóquio", contei.

Stefan se levantou, alarmado. "Quem?"

"Chloe DeVore."

"Sério mesmo? Não brinque com uma coisa dessas, Nick."

Eu sacudi a cabeça. "É verdade. O detetive Valley esteve lá com um bando de tiras e me interrogou e..."

"É mesmo? Você está bem?"

"A conferência foi um desastre."

Contei tudo que tinha acontecido a partir do coquetel, inclusive as estranhas reações à chegada de Chloe depois da discussão com Vivianne, e terminei com as extravagantes intervenções inaugurais. Agora aquilo tudo parecia tão sinistro, o próprio prelúdio de uma morte inevitável.

"E o pior foi ter de ficar com Valley. Que sujeito desagradável. Não sei se eu já havia reparado, mas ele parece um extraterrestre."

Stefan franziu a testa. "Que história é essa?"

"São os olhos dele. Quer dizer, sua pele é branca como leite, apesar das sardas, e isso faz seus olhos ficar mais escuros, pretos, como se não fossem de verdade, e sim uma coisa morta, inumana. Não diga que você não notou."

"Você precisa parar de assistir a *Arquivo X*."

"Acha que eu estou bancando o bobo?"

"Muito mais do que bobo, Nick. Não tenho palavras para descrevê-lo."

Eu sorri. Havia qualquer coisa estranhamente reconfortante naquela afirmação. Mas o sorriso não durou muito, pois Stefan me pediu que explicasse como eu sabia que perguntas Valley tinha feito a Vivianne e aos demais.

"Eu presenciei as entrevistas."

"Isso é normal?"

Percebi subitamente que ele tinha razão. "Valley disse que queria a minha presença porque eu era co-responsável pelo colóquio. Não, isso não — foi por causa da bibliografia e do fato de eu saber tudo sobre os especialistas em Wharton."

"Nick. Priscilla nunca escreveu uma linha sobre Wharton. Nem Serena, nem os Gillian..."

"Eu sou uma besta mesmo! O que ele queria era ficar de olho em mim." Soltei um gemido. "Aposto que ele acha que fui *eu* que a matei! Claro, só pode ser isso. Ele suspeita de mim!"

Stefan sacudiu a cabeça, não sei se por causa da minha ingenuidade ou das minhas especulações tresloucadas. "Você devia ter perguntado", disse com doçura. "Perguntado o que ele pretendia." E, quase consigo mesmo, acrescentou: "Com certeza Valley não contaria".

"Como eu sou burro! Fiquei tão lisonjeado e entusiasmado com a perspectiva de assistir a Valley bancar o Perry Mason que não percebi que era uma arapuca."

"Talvez sim", ponderou Stefan. "Talvez não." Ele foi

148

até a sala de jantar para nos servir uma dose do Mandarin Napoléon que trouxemos na nossa última viagem a Paris. Misturado com água tônica, o licor com forte gosto de tangerina nos manteve acesos e ficamos até tarde da noite sentados lado a lado, refletindo sobre a morte de Chloe.

"Por que elas brigaram afinal?", perguntou Stefan, enrugando a testa. "Chloe e Vivianne."

Contei que a discussão foi em francês, e eu não consegui acompanhá-la em alta velocidade e alto volume. Esse era um dos meus pontos vulneráveis, já que tinha sido criado ouvindo francês, mas recusando-me a falar. Stefan, com seu domínio perfeito do idioma, encantava meus pais, e, quando os três se punham a dar elegantes rodopios no salão de baile da conversação, eu era o eterno proscrito.

"Mas por que iam querer matar Chloe?", perguntei. "O que ela tinha a ver com a rivalidade das duas sociedades Wharton?"

"Você acha que é isso que está rolando?"

"Stefan, os dois grupos se odeiam, estão reunidos no mesmo campus, e uma pessoa aparece morta. É *lógico* que há uma relação entre isso e o que aconteceu."

Ele sacudiu a cabeça. "Os acadêmicos são covardes, a maior parte deles."

"E por acaso os covardes não matam?"

"Se Chloe foi mesmo assassinada, só pode ter sido por Vivianne. Com certeza foi ela que decidiu que as duas iam participar da conferência. Que outro motivo podia haver? Nenhuma delas escreve sobre Wharton, como você mesmo disse."

"Quer dizer que ela levou Chloe à UEM para matá-la? Por quê?"

"Para pôr a culpa em Priscilla, porque toda aquela confusão com Priscilla, Chloe e Vivianne vai acabar vazando."

Eu não concordei. "É uma explicação muito forçada. Vivianne não é boba. Podia muito bem ter dado um jeito de matar Chloe na França, não podia? E, além disso, eu já disse, Vivianne praticamente *protegeu* Priscilla! Eu estava lá — ouvi tudo."

"Por que Vivianne ia se preocupar com Priscilla? Isso é absurdo."

Ele não deixava de ter razão.

Stefan quis saber de quem *eu* suspeitava.

Eu preferia não dizê-lo, mas, como era com ele que estava conversando, decidi abrir o jogo. "Para mim, o mais provável é que tenha sido Priscilla. Não esqueça que ela ficou totalmente transtornada quando encontraram o cadáver. E, como você sabe, sentia que Chloe era uma espécie de maldição da qual ela não conseguia se desembaraçar. Quantas e quantas vezes Priscilla se queixou do fato de Chloe ser tão famosa sem merecê-lo. Eu só não sei..."

"O quê?"

"Bom, o que fazer quando Valley começar a investigar o que Priscilla sentia por Chloe e o porquê disso. O que eu faço se ele começar a me pressionar?"

"Diga a verdade", recomendou Stefan.

Acordei antes que o despertador tocasse e antes de Stefan. Tomei o meu café no solário, parte da casa que devia o nome ao nosso excesso de otimismo, já que Michiganapolis era uma das cidades mais nubladas do país. Acho que isso resultava da sua localização com relação ao lago Michigan e ao lago Huron. Mas, em todo caso, ao aterrissar no aeroporto de Michiganapolis, a gente atravessava invariavelmente densas camadas de nuvens. Aquela manhã era típica, embora tudo indicasse que o sol ia dissipálas um pouco para que o dia fosse apenas *parcialmente* nublado.

Ocupando todo o fundo da casa, o largo e comprido solário era o meu cômodo predileto. Quando nos mudamos para lá, não passava de uma varanda telada em péssimo estado, mas com um belo piso de ardósia. Nós fechamos e pintamos a varanda, substituímos as telas por grandes vidraças panorâmicas e duas portas corrediças que possibilitavam o acesso à calefação e ao ar-condicionado central, de modo que podíamos usá-la comodamente o ano inteiro. Agora estava repleta de vasos de hera pendurados em suportes de estilo inglês. Mobiliada com sofá e poltronas de vime firme, confortável, e mesas com tampo de vidro, tinha tapete, persianas e almofadas nos mesmos tons azuis e dourados da sala de estar contígua.

O que mais me agradava era a vista do nosso quintal enorme com o lindo canteiro dividido por um caminho de tijolo que levava ao pequeno gazebo, e a horta era orlada de minirrosas. Não era meu o crédito da horta — tinha sido plantada e projetada pelos proprietários anteriores, um bônus maravilhoso quando adquirimos a casa. No entanto, aquela manhã estava ainda muito fria para abrir a porta e deixar entrar o ar da primavera; porém, mesmo com ela fechada eu podia ouvir o despreocupado arrulhar dos pombos.

Na primeira vez em que viram a casa, meus pais ficaram impressionados com o tamanho, mas acharam o valorizado bairro de professores, ao norte do campus, excessivamente sossegado. "Tantas árvores", minha mãe cochichou ao meu pai, evidentemente já com saudade de Nova York, onde as árvores pareciam conhecer o seu lugar e ser menos conspícuas.

Stefan e eu demos uma volta com eles em Michiganapolis, mostrando-lhes o capitólio com cúpula dourada e tudo quanto era considerado pitoresco, procurando inutilmente fazê-los apreciar a nossa despretensiosa mas bonita cidadezinha universitária, com suas casas atraentes em ruas limpas e agradáveis.

Tampouco tive sucesso ao tentar demonstrar que em Michiganapolis era quase tão fácil se orientar quanto no quadriculado de Manhattan. A avenida Michigan ia para o leste, do capitólio aos subúrbios, sendo que a universidade se estendia ao sul dela, e as residências dos professores, funcionários e estudantes, ao norte. A oeste, norte e sul do capitólio e do que se considerava o centro da cidade, ficavam as fábricas, os bairros operários e de classe média, com shoppings à beira das principais estradas norte—sul e o gigantesco Capital City Mall em frente ao limite ocidental da cidade, como uma sinistra fortaleza medieval. O rio Michigan corria mais ou menos ao sul da avenida Michigan, paralelamente a ela, e do ar aquilo tudo parecia muito bem distribuído.

Meus pais ouviam e aprovavam com um movimento da cabeça os nossos comentários de guias de turistas, mas era como se nós estivéssemos falando uma língua desconhecida e eles apenas procurando ser agradáveis. Seu distanciamento aumentou ainda mais quando atravessamos o enorme e verdejante campus da UEM. Nós recorremos às estatísticas que nos pareciam impressionantes: o campus de mais de 240 mil hectares era cortado por oitenta quilômetros de ruas e 240 quilômetros de passeios. Mas eles se limitaram a ouvir. Nem os prédios de arenito com torres, que remontavam à década de 1850, nem os vastíssimos campos de plantações experimentais que se estendiam na extremidade sul do campus, rememorando o passado inteiramente agrícola da UEM, nada os afetou. Os seus murmúrios educados eram quase um modo de evitar dizer: "Só isso?".

Evidentemente, eles julgavam minha vida e minha casa em Michiganapolis bonitas, mas chatíssimas, assim como achavam minha carreira de professor tão maçante que era preferível não fazer comentários. Anos antes, quando eu contei que pretendia dar aula de redação, minha mãe torceu o nariz. "Para que ensinar as massas a escrever melhor? O que elas vão escrever depois da faculdade? Listas de compras? Cartões de aniversário?"

Ter me tornado bibliógrafo não melhorou em nada a minha imagem para eles. Obviamente, achavam que uma bibliografia não passava de uma espécie de contabilidade intelectual. Sei que preferiam que eu tivesse abraçado uma carreira mais vistosa. Como diabos um bibliógrafo podia brilhar ou despertar interesse?

A única coisa a meu favor era o fato de Edith Wharton ter morado na França e lá possuído três residências, de modo que se tratava de uma escritora sofisticada o bastante para ser estudada, mas isso não salvava a bibliografia em si. Nunca vou esquecer a ocasião em que minha mãe folheou aquelas páginas sérias e enfadonhas, carregadas de números e referências cruzadas, e então, pensativa, tamborilou na capa marrom. "Nenhuma fotografia", observou.

"Não é uma biografia", expliquei.

Ela concordou. "Não, claro que não."

Minha mãe me ajudou na acentuação francesa e em algumas traduções difíceis, mas não ficou nada satisfeita quando eu lhe mostrei seu nome na página de agradecimentos. Olhou para o livro como uma diva segurando o buquê de um amante cujas flores tivessem murchado antes de chegar ao seu camarim.

Meu pai era diretor e sócio de uma pequena, antiga e sofisticada editora de Nova York, e eu presumo que minha mãe estava habituada aos livros de arte primorosamente projetados e produzidos que embelezavam seu catálogo. Em comparação, a minha bibliografia parecia um texto edificante impresso por missionários. Duvido que mesmo saber que o seu fastidioso filho acabava de organizar um ciclo de conferências que se iniciara com uma morte suspeita chegasse a alterar o julgamento deles sobre a minha pessoa. Quando eu relatei o caos em que me envolvi no campus no ano anterior, meu pai disse com desdém: "Parece um programa idiota de televisão, *Rescue 711*".

"É *Rescue 911*", riu-se minha mãe.

"Por que você está sorrindo?", perguntou Stefan à porta. "Há quanto tempo você está aí?"

"Há um ou dois minutos."

Eu dilatei o sorriso ao sentir a ternura do seu olhar. Era comum me deparar com ele olhando para mim, devorando-me com os olhos. O olhar de Stefan tinha um quê de melancólica surpresa, como se ele não pudesse acreditar que arriscara destruir o nosso relacionamento. Era gratificante sentir-me admirado e querido novamente, mas às vezes a sua estima tinha o efeito contrário, lembrava o quanto ele me havia magoado. Por sorte, não foi o caso naquela manhã.

Com o robe preto de seda que eu lhe dei de aniversário, Stefan estava despenteado e sexy. Eu lhe disse que tinha feito café, e ele agradeceu. "Vou tomar depois do banho."

Aproximou-se e se sentou ao meu lado.

"Você não precisa tomar banho — está cheiroso", disse eu. E era verdade. O seu cheiro natural era fresco e juvenil como o da grama recém-cortada. Ele cruzou as pernas nuas, apoiando o tornozelo no joelho, os pés bem torneados, como os de um anjo de afresco renascentista.

"Não conseguiu dormir?", perguntou.

"Não me lembro de nada específico nos meus sonhos, só sei que foram épicos. Cheios de gente e de desastre. Mais ou menos uma mistura de *Guerra e paz* com *Inferno na torre.*"

Stefan sorriu com doçura.

"Nenhum símbolo para interpretar", prossegui. "Estava tudo ali, bem na minha frente."

Ele acenou a cabeça. "Lembra o que diz a sua prima Sharon? Que aquilo que a gente teme nunca acontece — é sempre uma coisa diferente e, na maioria das vezes, muito pior."

"Queria que ela estivesse aqui." Sharon era praticamente minha irmã, sempre solidária numa crise. Mas agora eu não podia nem lhe telefonar, pois ela tinha tirado quinze dias de férias e estava em excursão no rio Yang-tse. "Ela é tão sensível."

"E eu não sou?"

Eu o fitei nos olhos e ele evitou os meus, constrangido com a referência velada ao seu comportamento desvairado do ano anterior. Eu tinha passado tanto tempo considerando-o uma pessoa calma e estável que, quando soube que ele se sentia atraído por um ex-amante e inclusive o ajudara a arranjar emprego na UEM, fui traído não só por ele como também pela minha própria confiança na sua estabilidade. Quando tudo terminou, eu gritei: "Pouco importa a idade que você e Perry tinham. Dois palhaços cinqüentões e barrigudos querendo dar uma trepada porque estão ficando velhos. Ora, você pode ter tesão por quem quiser, isso não o impede de morrer".

Foi uma coisa *realmente* infame.

Quebrei o silêncio. "É inacreditável. Eu morrendo de medo de que o seminário virasse um encontro de Montéquios e Capuletos, e o que aconteceu? Uma pessoa acabou morrendo sem nenhuma batalha campal..."

"Nick, Chloe foi assassinada", disse Stefan com muita calma. "Agora mesmo eu ouvi no rádio que a polícia já não tem dúvida: foi homicídio." Falou com relutância e então acrescentou, "Chloe DeVore", como se eu tivesse esquecido quem morrera na véspera. "Falam num objeto contundente e em ferimentos na cabeça."

No momento em que eu vi o corpo dela e a lajota ensangüentada ao seu lado, tive certeza de que não tinha sido acidente. Sem querer, imaginei alguém lhe dando uma pancada na cabeça com a peça de granito. Uma vez, duas vezes. Mesmo sem ser muito pesada, a lajota era de pedra. E mortal.

Na manhã daquela sexta-feira, eu voltei ao Hotel Central com um sentimento de apreensão digno de um professor substituto a caminho de um colégio povoado de alunos rebeldes, hostis e violentos.

Fazer o quê? Cancelar a conferência? Mas eu não podia tomar essa iniciativa sozinho, podia? Tinha de falar com Serena, e principalmente com Coral Greathouse. Qual era o procedimento correto quando um participante de uma conferência era assassinado? Fiquei apavorado com a saraivada de complicações que nos crivaria, a mim e a Serena, se a conferência fosse cancelada: as reservas no Hotel Central, a mudança dos vôos, a devolução das taxas de inscrição.

Sem contar a avalanche de reclamações que iria desabar na nossa cabeça.

Eu não estava disposto a enfrentar nada disso, e duvidava que a própria Serena tivesse condições de administrar um angu-de-caroço dessas dimensões.

Ao me dirigir ao refeitório particular reservado para as refeições dos participantes, fiquei surpreso com o agradável vozerio que chegava até o corredor. Mais do que agradável, aliás. Foi o que vi quando entrei. Um ar estranhamente festivo reinava nas dez mesas redondas forradas com toalhas brancas de aparência simples. Estudantes bancando garçons e garçonetes, todos eles muito jovens e cheios de espinhas, passavam entre as mesas com bules de café, murmurando: "Descafeinado ou normal?". Lá se encontrava cerca da metade dos participantes, e todos pareciam estar lendo o *Michiganapolis Tribune* com seu cruel cabeçalho: LÉSBICA ASSASSINADA NA UEM.

Serena me avistou e acenou com muita familiaridade, como se fôssemos velhos amigos tomando o café-da-manhã no seu terraço. Estava sozinha, toda de vermelho.

"É impressionante", sussurrou quando eu me sentei, apontando com o queixo para todas as direções a fim de ser educada. "Olhe só essa gente!"

Eu olhei. Em vez de amortalhar a conferência, a morte de Chloe havia dado uma injeção de alegria em todo mundo.

"Eles adoram más notícias", disse ela.

Um garçom me serviu suco de laranja e apontou para o bufê montado no fundo do salão.

"Mas o que é que nós vamos fazer?", perguntei. "Não podemos dar prosseguimento ao colóquio."

"O quê? Cancelar? De jeito nenhum! A não ser que Coral ou um superior dela mande a gente fazer isso. O jeito é seguir em frente. Vai ser um grande sucesso. Você não sente? Eu sinto."

156

Observei as mesas e compreendi a afirmação de Serena: notava-se uma tímida aproximação dos dois grupos Wharton, como se o confronto da noite anterior não tivesse existido, como se a morte de Chloe ensejasse a construção de pontes.

A caminho do bufê para me servir de uns *waffles* cheirosos, eu me perguntei se aquela atmosfera alegre não se devia simplesmente ao fato de as pessoas terem percebido o quanto era bom estar vivo. Quanto mais participantes chegavam para comer, mais animado ficava o café-da-manhã. Eram como um grupo de turistas no Havaí tendo a inesperada oportunidade de ver um vulcão em atividade a uma distância segura — e sem precisar pagar pelo espetáculo. Serena tinha razão. O homicídio havia tornado o fim de semana muito mais interessante e colorido.

"Estes *waffles* estão uma delícia", comentei, admirado com a minha fome.

Serena confirmou com um gesto gracioso, como se ela mesma os tivesse preparado. "Trigo-sarraceno", disse. Então me lembrei de que ela havia provado toda a comida antecipadamente e garantido que seria mais do que aceitável.

Eu devorei os *waffles* e fui buscar mais. Quando estava atacando a minha segunda pilha, Serena me mostrou o jornal estudantil da UEM. Alguém naquele bando de analfabetos esculhambados tinha conseguido escrever uma matéria sobre a morte de Chloe, grafando erradamente os seus dois nomes. Mas eu fiquei atônito ao ler que o nosso reitor, Webb Littleterry, tinha feito uma declaração condenando "o clima de violência na UEM".

Cheguei a me engasgar, e Serena bateu em minhas costas.

"É ridículo! Por que diabos esse idiota resolveu culpar os gays e as lésbicas pela morte de Chloe? Você sabe o que ele quer: vinculá-la à manifestação na reunião do colegiado. Que merda! Só pode ser coisa de Joanne Gillian, porque foi exatamente isso que ela fez ontem, quando estava conversando com Valley."

"Claro", disse Serena tranqüilamente. "Littleterry não tem cérebro para isso. É incapaz de dirigir uma universidade. Mas o que você queria? Basta dar uma olhada em seu currículo de treinador. Foi muita sorte nossa a Estadual de Ohio e a de Michigan estarem fracas naquele ano, com tantos jogadores machucados. Do contrário, não chegaríamos nem perto do Rose Bowl — não que tenhamos ganhado lá." Serena continuou desancando Littleterry pelos seus fracassos como treinador.

Era um lado dela que eu não conhecia: fanática por futebol americano. Tenho certeza de que tinha ingressos do campeonato, vestia a camisa da universidade em todos os jogos e berrava como louca na arquibancada para estimular o nosso time. A UEM contava com torcedores dedicados — e, diziam alguns, malucos. Ano após ano, eles voltavam àquela provação, pois nossa equipe de futebol era famosa por começar bem todos os campeonatos e acabar morrendo na praia ou num jogo decisivo em casa. Eu conhecia o nosso time e sabia por que as pessoas gemiam toda vez que os Tribunes da UEM entravam na linha de dez metros: sempre se arrebentavam. E era impossível os Tribunes transformarem uma interceptação em pontos — nem mesmo num gol de campo.

Eu "desliguei" e, alheio ao discurso de Serena, comecei a prestar atenção ao que se passava entre Grace-Dawn Vaughan e Devon Davenport, sentados à mesa atrás de mim. Estavam cochichando a respeito de Chloe. Vaughan disse: "Ela o enrolou o tempo todo, Didi".

Didi! Que apelidinho carinhoso para um monstro daqueles.

Curioso, arrastei a cadeira um pouco para trás, mas eles devem ter percebido que eu estava tentando escutar, pois Vaughan mudou de assunto bruscamente.

Serena sacudiu a cabeça, concluindo sua jeremiada futebolística, e eu concordei com um vigoroso gesto solidário. Vai, time, vai.

"Pelo menos aquela vaca não deu as caras", disse ela,

olhando à sua volta. "Joanne Gillian", acrescentou, ao ver que eu não tinha entendido.

Tinha razão. Nem Joanne nem Bob estavam lá.

"Vai ver que eles são supersticiosos", eu disse. E, sussurrando como um locutor de *trailer* de filme, continuei: "Pensam que a morte ronda o seminário".

"Seria ótimo."

Continuei examinando o refeitório. Verity Gallup à sua mesa e Van Deegan Jones à dele, ambos se mostravam curiosamente melancólicos, apesar da conversa animada dos seus companheiros. Não pude deixar de imaginar, cinicamente, que talvez estivessem chateados porque a morte de Chloe chamava mais a atenção do que suas sociedades e suas agendas. Mas o motivo não seria bem diferente?

Por que tanto um quanto outro tinham se irritado de tal modo com a presença de Chloe na conferência? Acaso a discussão que tiveram acerca de Grace-Dawn Vaughan era uma tentativa de desviar a atenção de Valley e a minha?

Eu estava quase terminando a terceira xícara de café quando o silêncio invadiu o refeitório, dando-me a estranha impressão de que todos estavam olhando para alguém — talvez para mim. Erguendo a vista, dei com o detetive Valley dirigindo-se diretamente à nossa mesa, calado, implacável. Senti-me como um banhista em *Tubarão*.

Serena segurou a minha mão como que prevendo que eu ia enfrentar uma provação. Tinha razão. Valley pediu para conversar comigo lá fora.

Eu me levantei e o segui, sorrindo com benevolência para as mesas pelas quais passava. Alguns participantes desviaram a vista, sem jeito; outros pareciam esperar ansiosamente que ele me desse voz de prisão. Obviamente, os sentimentos eram os piores depois dos discursos malcriados da noite anterior.

No corredor, o policial tirou do bolso uma pequena brochura da Penguin. Parecia um exemplar novo em folha do romance *A casa da felicidade* de Edith Wharton.

"Nós achamos isto no local do crime." Ele se corrigiu: "No local do homicídio. Perto do cadáver".

"Como foi que aconteceu?"

Valley olhou para o lado, decidido a não me contar nada além do que lhe interessava.

"Mas eu não vi esse livro lá."

"Desculpe. Não estou querendo dizer que o senhor..." Ele me interrompeu. "Tudo bem."

Fiz menção de pegar o livro, mas interrompi o gesto. "Não faz mal eu tocar nisso?"

Se Valley fosse estudante, com certeza teria dito "*Panaca!*". Mas, como era investigador de polícia, explicou com certa impaciência que, obviamente, já tinham colhido as impressões digitais do livro, de modo que podia pegá-lo à vontade. Eu o examinei.

"O que vocês descobriram?" Ele não respondeu, portanto eu perguntei: "Era de Chloe?".

"Nós não sabemos. Não tem o nome dela escrito."

"Se não era dela, então..."

Valley encolheu os ombros. "Pode ser do assassino ou de qualquer outra pessoa. Talvez da senhora Gillian. Foi ela que achou o corpo. Vai ver que o deixou cair."

"Oh, duvido que Joanne Gillian leia Wharton. Aliás, duvido que leia o que quer que seja — não esqueça que seu marido disse que ela é disléxica. Mesmo que não seja verdade, esse não é o seu tipo de livro." Virei a lustrosa brochura nas mãos como se fosse a chave de uma porta.

"Também pode ter sido plantado", disse ele, muito atento à minha reação.

"Plantado? Como uma espécie de indício deliberado? Meu Deus, isso é o que os assassinos seriais fazem para despistar a polícia!"

Ele me calou com um gesto e me afastou mais da porta do refeitório. As pessoas que passavam pelo amplo corredor olhavam para nós com curiosidade.

"Pode ser que seja exatamente isso que está acontecendo aqui."

Como era possível que o detetive Valley falasse com tanta calma sobre a possibilidade de haver um maníaco no colóquio? Mesmo baixando a voz, eu não consegui dissimular o pavor. "O senhor está dizendo que há um assassino serial à solta por aqui? Isso é loucura. Só uma pessoa morreu."

"Por enquanto", disse ele ominosamente. "Ontem foi o primeiro dia do encontro."

Fui até o saguão e me deixei cair numa poltrona de respaldo alto, arrependido de ter lido Patricia Cornwell, um romance que fosse. Valley se sentou diante de mim, inclinando-se, cravando os olhos nos meus como que a me pedir que não despirocasse de vez. Acho que eu estava à beira disso.

"Quer me explicar o significado deste livro?"

Eu mergulhei o rosto nas mãos. "Como eu vou saber?"

"O senhor é especialista."

Bem, não deixava de ser verdade, já que eu me orgulhava de ter lido mais sobre Wharton do que qualquer habitante desta galáxia. Baixei as mãos, endireitei o corpo, cruzei as pernas e respirei fundo algumas vezes. "O.k. *A casa da felicidade* é ambientado na Nova York da virada do século XIX e conta a história de uma mulher da sociedade, lindíssima, que, mesmo sem dinheiro, envelhecendo e precisando se casar para ter segurança financeira, vive jogando fora as oportunidades de fisgar um bom partido." Parei para tomar fôlego.

"Com certeza está apaixonada por um pobretão como ela, hein?"

Eu achei graça. "De onde o senhor tirou essa idéia?"

Valley deu de ombros. "Parece os livros que a minha mulher lê — essas coleções de banca de jornal. Ela sempre me conta as tramas, é tudo mais ou menos a mesma coisa."

"Mas este não tem final feliz."

"Não?"

"De jeito nenhum. Lily Bart — a mulher — continua descendo a escada social, despencando, aliás, até que..."

161

"Até que acaba girando a bolsinha na sarjeta?"

"Não, puxa vida! Esse livro foi publicado em 1905. Até que ela se suicida."

Valley enrugou a testa. "Ela se suicida? Chloe DeVore não se suicidou."

"Eu sei."

"Como essa mulher se suicida no livro?"

"Com cloral. Um produto que as pessoas diluíam em água, para dormir. Ela toma uma overdose — e inclusive pode ser que seja acidental."

"Cloral", repetiu Valley. "Cloral."

"Será que foi vingança? Será que o assassino estava querendo dizer que Chloe era responsável pelo suicídio de alguém?"

O detetive coçou a orelha.

"Espere!", disse eu. "Eu sei que é esquisito, mas escute: Chloe — cloral. São duas palavras parecidas. Talvez seja uma espécie de trocadilho."

Influenciado pelo meu entusiasmo, Valley me encarou como que aguardando a solução da charada, mas eu fui obrigado a reconhecer que não a tinha. Se o assassino tivesse mesmo feito um trocadilho perverso, era sutil demais para o meu entendimento.

Passado um momento, o detetive me pediu que lhe entregasse a lista dos inscritos para que a polícia do campus tirasse as impressões digitais de todos os participantes a fim de compará-las.

Quer dizer que *havia* impressões digitais no livro, pensei, mas achei melhor não dizer nada.

Eu estava com uma cópia da lista final de inscrições no bolso do paletó, e a entreguei. Justo nesse momento Priscilla Davidoff chegou para os painéis da manhã. Parecia perturbada. Valley se foi, e eu lhe fiz sinal para que viesse conversar comigo.

"Primeiro eu vou tomar um café", disse ela de mau humor, e minutos depois voltou com uma xícara e se atirou no lugar antes ocupado pelo detetive. Estava um lixo.

"Nick, Nick, eu juro que não matei Chloe DeVore."

Eu examinei seu rosto. Não a conhecia tão bem para saber se estava mentindo ou não. Só pude ver os prováveis estragos de uma noite de insônia. Apesar da maquiagem, sua palidez era evidente, e seus olhos estavam vermelhos e exaustos.

"Mesmo assim, eu me sinto culpada." Baixou a cabeça. "Incrivelmente culpada."

"Por quê?"

"Não vê o que aconteceu aqui? Tudo por causa do meu ódio por Chloe! Ele se cristalizou. Eu passei anos odiando-a, e agora a coisa explodiu em cima de mim."

A aparência de Priscilla era tão deplorável e aflita que eu fiquei dividido entre o desejo de aliviá-la da culpa e a suspeita de que ela estava tentando me enganar.

"Você não tem idéia do que eu fiz", disse ela. "É terrível. Houve ocasiões, quando eu entrava numa livraria e via um livro dela com a capa para cima, em que o virava de modo que só a lombada ficasse visível. E mais. Escondia os livros dela atrás dos outros, nas prateleiras, para que ninguém os achasse, a não ser que procurasse muito."

"Isso não é tão grave", respondi, sem saber ao certo se acreditava no que estava dizendo.

"Uma vez", prosseguiu ela, respirando fundo para alimentar o fogo da confissão, "uma vez, logo depois que publicaram uma resenha positiva de Chloe na *New York Book Review*, eu comprei um exemplar do livro, arranquei a página de rosto, joguei-a na privada e dei a descarga. Estava tentando rogar uma praga nela e no livro."

Nesse momento, Vivianne Fresnel passou lentamente rumo ao refeitório, vestindo um elegante costume preto. Cumprimentou-me com um gesto, mas não viu Priscilla, que estava encoberta pelo respaldo da poltrona.

Mas Priscilla a viu. "Foi ela que a matou!", sussurrou. "Mas a culpa é minha."

"Escute. Ontem Vivianne protegeu você ao ser interrogada. Sei lá por quê — ou se ela tem alguma suspeita, mas o fato é que não fez nada para incriminá-la."

Priscilla terminou o café sem olhar para mim.

"E por que ela mataria Chloe? As duas tinham reatado. O livro delas era um best-seller. Por que justo agora?"

"Pode ser que isso não tenha lógica. E eu sei que você interpretou mal o que aconteceu. Ela é francesa, não? É fácil não conseguir entender uma pessoa quando a gente não conhece a sua cultura."

"Que besteira", disse eu. "Ela salvou a sua pele."

"Duvido." Priscilla pôs a xícara no chão.

"Tudo bem, talvez eu esteja enganado. Talvez não tenha entendido o que ela disse, embora seja improvável, já que os meus pais são belgas. Mas por que Vivianne não disse uma palavra a seu respeito? Sobre o fato de você lhe ter contado onde Chloe ia fazer a leitura quando elas estavam separadas? De você ter promovido aquele escândalo, pois sabia muito bem que Vivianne e Chloe tinham brigado por causa daquele livro idiota sobre o império bizantino e que, se uma topasse com a outra, a briga ia se repetir em estéreo."

Priscilla estremeceu, e eu tive certeza de que havia acertado na mosca. Fazer as duas se encontrarem na minha festa não foi uma experiência científica de misturar elementos incompatíveis para ver como eles interagiam. Não, era evidente que ela obtivera informações seguras, na rede que espionava Chloe DeVore, sobre a querela das duas por causa do plágio.

Eu insisti. "Explique isso para mim, sim? Por que ela guardou tudo para si?"

Priscilla disse com voz sumida: "Porque pretende me torpedear quando puder tirar o máximo proveito disso. Está esperando a melhor ocasião, Nick. É francesa, é latina... vai se vingar, sim, mas só quando for para valer".

Ela parecia prestes a chorar.

Súbito, recordei uma coisa que Chloe lhe havia dito no coquetel e que a deixara boquiaberta.

"Ontem você ficou arrasada quando Chloe a atacou. O que ela quis dizer com aquela história de que o seu 'plano' não era original, estava num dos seus livros?"

Com um sorriso atormentado, Priscilla disse: "Não sei do que você está falando". Levantou-se rapidamente e, enveredando pelo corredor, refugiou-se na toalete feminina.

Como podia eu acreditar nela?

Antes que se iniciassem as sessões matutinas, dois policiais munidos de cópias da lista de inscrições entraram no refeitório para anunciar que iam tirar impressões digitais de todos. Alguns participantes reclamaram, outros ficaram encantados e só faltaram erguer a mão feito um bando de cê-dê-efes ansiosos por responder à pergunta da professora.

Depois disso, eu acompanhei uma parte de cada sessão, e as três do período da manhã foram muito boas. Os comentários e perguntas eram surpreendentemente corteses e pacíficos, considerando-se a heterogeneidade dos participantes. Quer dizer, em cada sala havia membros da Associação Wharton e do Coletivo Wharton, embora Serena e eu tivéssemos feito o possível para separar os painéis de modo a evitar maiores conflitos. Era como se todos estivessem procurando se comportar da melhor maneira após o assassinato. Mas eu sabia por experiência própria que os acadêmicos eram mestres em tratar bem as pessoas para, na primeira oportunidade, apunhalá-las pelas costas.

Uma das sessões se intitulava "Wharton está morta?", e tinha o objetivo de desconstruir a própria crítica de Wharton. Pelo menos eu acreditava que era esse o objetivo, pois, afinal de contas, todos sabíamos que a famosa escritora estava morta e enterrada fazia muito tempo.

Tive vontade de rir ao ouvir a exposição de Gustaf Carmichael. Deixando Wharton totalmente de lado, ele optou por discutir a obscura romancista suíça Greta Inderbitzen, uma contemporânea que talvez tivesse conhecido Wharton em Paris. Naquele cômodo acanhado, eu vi como a platéia ficou frustrada e incomodada. Carmichael aplicou um portentoso golpe baixo acadêmico nos colegas ao discorrer sobre uma escritora de quem ninguém nunca tinha ouvido falar e cuja obra ninguém lera.

Ele podia afirmar o que bem entendesse sobre os romances de Inderbitzen (nada menos que trinta e oito!), e não havia quem pudesse contestá-lo. Foi tão sofisticado quanto uma criança pondo a língua para os amiguinhos e desafiando-os com o versinho "Batatinha quando nasce!".

O próprio vigarista de calça de couro e camiseta com estampa do Vaticano.

Mas imagino que a sua exposição poderia ter sido muito pior. Afinal, se a conhecidíssima e ilegível escritora acadêmica Eve Kosofsky Sedgwick tinha tido a coragem de dizer que os romances de Henry James na verdade eram sobre *fisting*, não era de admirar que alguém resolvesse afirmar que *A era da inocência* era sobre *piercing*. Ou tatuagem.

Cheguei a desejar que Joanne Gillian *estivesse* presente naquela manhã. Seria divertidíssimo ver a sua frustração, pois eu tinha certeza de que não ia entender uma palavra do jargão crítico que empregavam a torto e a direito, principalmente nas exposições mais abstrusas, e decerto presumiria que se tratava de pornografia — ou satanismo.

Em dado momento, saí para tomar mais um café. Ao me servir, imaginei a voz de Stefan me dizendo que eu já podia dar aquela manhã por encerrada. Em todo caso, sorvi saboreando cada gole. Coisa que me deu certa lucidez. Fui até a pequena fileira de cabines telefônicas, entrei numa delas e liguei para a dra. Margaret Case, a médica-legista.

Não conseguindo transpor a barreira da enérgica e alegre secretária, deixei recado, e o modo cauteloso como ela repetiu o meu nome me convenceu de que a médica não retornaria tão cedo. Depois de ler a notícia da morte de Chloe e o artigo sobre a conferência no *Tribune* daquele dia, no qual o meu nome era citado como o coordenador, tive certeza de que a dra. Case mandara a secretária se livrar de mim caso eu telefonasse.

Consultei o relógio. Ainda não eram onze e quinze, e

o almoço seria ao meio-dia, após um intervalo de meia hora para os conferencistas. Achei boa idéia sair de fininho e ver se conseguia descobrir qual dos romances policiais de Priscilla Chloe havia ridicularizado na noite anterior, e por quê.

Mas aquilo não tinha sido apenas uma chacota, pensei: alguma coisa num dos livros de Priscilla estava ligada ao seu envolvimento com Vivianne e Chloe. Do contrário, por que ela ficara tão perturbada quando Chloe tocou no assunto, e depois, quando eu perguntei, por que fingiu não ter entendido o que eu dizia?

Foi um alívio sair do Hotel Central e fugir da UEM, ainda que isso se resumisse a atravessar a avenida Michigan. Eu estava indo para a "Milha", como diziam os estudantes. A nossa não era tão magnífica quanto a de Chicago, apenas um trecho de vinte quarteirões de lojas e restaurantes predominantemente voltados para os estudantes, em frente ao lado norte do enorme campus. Era um centro comercial atrás do qual a área residencial de professores e alunos se estendia para o norte.

Outro centro comercial, mais substancial e luxuoso, brotava ao redor do capitólio estadual, a oeste, juntamente com um punhado de pequenos prédios comerciais. Shoppings e minishoppings nadavam num oceano de concreto a leste e sul, em meio a subúrbios já próximos de cidadezinhas interioranas e da zona rural.

Caminhei algumas quadras na Milha. A verdade é que não fui tão longe quanto queria. Na rua principal, os postes de aparência antiga eram pintados de cinzento e bordô, as cores da UEM, e a alvenaria ornamental de todas as esquinas reproduzia as iniciais da universidade. Às vezes aquilo me parecia um incentivo encantador. Naquele dia, nem tanto.

Mas pelo menos o sol estava se esforçando para sair.

A Milha era um prolífico conjunto de lojas de camisetas e roupa esportiva, todas repletas de artigos relacionados à UEM e ostentando as suas cores, mas lá também ficava a única livraria cujo proprietário era da cidade (além da pequenina Border's). E para lá eu fui.

Certa vez, Priscilla me contou que a Ferguson's, que vendia livros novos e usados, oferecia todos os que ela havia escrito porque o proprietário era seu fã; mas em compensação lamentou que a Border's quase nunca tivesse mais do que um de seus títulos no estoque.

A Ferguson's era uma loja vistosa, grande, de aparência extravagante, com carpete grosso e pesadas estantes escuras. O dono tinha sensibilidade de antiquário (posto que não trabalhasse muito com livros raros ou primeiras edições), de modo que o aveludado papel de parede era enfeitado com quilômetros de impressos antigos e em toda parte havia bustos, bronzes, estatuetas, instrumentos musicais vetustos, velhos pôsteres de propaganda. Uma paródia: como aquelas antigas estações de trem transformadas em restaurante, nas quais o decorador acumulava todas as cabeças de alce que conseguia encontrar.

Naquele dia, encontrei a Ferguson's vazia, a não ser por Cal, que estava lendo *Details* atrás do caixa.

"Minha mãe disse que não o tem visto na academia ultimamente", sorriu ele.

"Ninguém me tem visto por lá, não dá. Eu ando muito ocupado. Como foi ontem? Faturou bastante?"

"Não muito. Eles só gostam de olhar. E Stefan, como vai?"

"Contente por não ter ido ao coquetel. Eles podem ser mortais."

A julgar por sua expressão, Cal ficou chocado com a palavra escolhida. Obviamente, não tinha intenção de falar na morte de Chloe, e a minha gafe não o fez mudar de idéia. Ele se limitou a sorrir para não me deixar sem jeito.

Eu mergulhei nas profundezas da Ferguson's. A seção de romances policiais era razoavelmente grande e bem variada, porém mal iluminada e num canto distante. Imagino que isso fosse intencional, para criar um ambiente mais soturno.

Achei cinco livros de Priscilla, meio apagados entre

os de Amanda Cross e os de Peter Dickinson. Seria tudo? Eu não acompanhava o seu trabalho, de modo que os tirei todos da prateleira, puxei uma cadeira e, em cada um deles, examinei as páginas "Do mesmo autor". Sim, pelo jeito estava com todos os romances de Priscilla.

O que havia dito Chloe? Que Priscilla conspirara contra ela e que o plano não tinha originalidade. Só isso? Não, havia algo mais. Alguma coisa sobre a morte.

Li todos os títulos, e o último me chamou a atenção: *Dançando com a morte*. Na noite anterior, Chloe mencionara algo como "brincando com a morte", e eu não entendi o que ela quis dizer com isso. Talvez estivesse enganada quanto ao título — a menos que fosse um insulto deliberado.

Mas seria assim tão óbvio? Ao ler rapidamente o enredo na contracapa, comecei a corar. Perturbado, recoloquei os outros livros na prateleira.

"Pesquisando?", perguntou uma voz às minhas costas, sobressaltando-me, mas eu continuei olhando para a brochura.

Era o detetive Valley.

"Por acaso o senhor está me seguindo?", perguntei, sabendo que se eu fosse gago teria tropeçado em todas as sílabas naquele momento. Tratei de segurar o livro com a capa voltada para o meu corpo, para que ele não lesse o nome de Priscilla.

"Eu devia segui-lo? O que o senhor está fazendo?"

Resmunguei que estava descansando um pouco do colóquio.

"E vem descansar aqui?" Valley sacudiu a cabeça, olhando à sua volta como se tivesse encontrado um alcoólatra num bar. "Parece que o senhor não consegue se separar dos livros."

"É verdade." Fui para o balcão, perto da porta. Então parei e me virei. "E o que *o senhor* está fazendo aqui?"

Valley sorriu, mas não respondeu, como um terapeuta empenhado em manter o foco no cliente. Acompanhou-me até o balcão e me esperou terminar de fazer a compra. Eu mantive a capa do livro virada para baixo, e por sorte Cal tinha vista boa e não precisou erguê-lo para ler o preço na etiqueta colada na quarta capa. Nesse caso, o policial teria visto o título e o nome da autora.

Quando eu saí, Valley se despediu de mim com um aceno, e já na rua vi-o debruçado no balcão, conversando com Cal. Estaria perguntando alguma coisa a meu respeito?

O tráfego do horário de almoço — carros, pedestres — estava bem ruim, de modo que, no caminho de volta ao Hotel Central, tive tempo de sobra para pensar no que levara o detetive à livraria.

Ao atravessar a avenida Michigan, agora toda orlada de sempre-vivas, cheguei à conclusão de que Valley tinha ido verificar quem havia comprado exemplares de *A casa da felicidade*, de Wharton, no coquetel. Talvez isso lhe bastasse para identificar o assassino — isso e as impressões digitais. Era possível que o prendessem naquele dia, talvez naquela mesma tarde, e o resto da conferência transcorreria sem problemas.

Mas e se a assassina fosse Priscilla? A idéia me deu um frio na espinha. Não que eu tivesse um afeto profundo por ela; estávamos apenas começando a fazer amizade. Mas Priscilla parecia tão normal. Uma autora frustrada, sem dúvida, não uma homicida.

Então me lembrei de Stefan num de seus piores momentos naquele inverno, durante os "meses da inveja", saindo-se com uma tirada cruel certa noite junto à lareira. Tínhamos escutado as *polonaises* de Chopin tocadas por Shura Cherkassky. Eu estava lendo um romance hipnoticamente triste de Anita Brookner; Stefan, apenas ruminando.

"Por que", disse, "por que são sempre os funcionários do correio que enlouquecem e saem matando um monte de gente por aí? O que a vida deles tem de tão ruim? Do que eles se queixam? Eu vivo esperando que um escritor fique descontrolado. Imagino-o invadindo uma editora, uma que não tenha publicado Salman Rushdie, de modo que a segurança não seja das melhores e ninguém o impeça de entrar, e logo de cara ele fuzila o editor, metralha todo o departamento de divulgação, toca fogo no departamento de marketing e então mata o próprio editor executivo. Como nesses filmes em que traficantes de droga ou terroristas invadem um prédio. E começam a jogar os reféns pela janela, um a um..."

Stefan estava com um ar tão transtornado que eu fiquei com medo. Ele podia ser um canal para o inconsciente coletivo de todos os escritores maltratados. E prosseguiu.

"Sabe o filme *Louca obsessão,* de Stephen King? Pois está tudo errado. Nenhuma fã seqüestra um escritor nem lhe quebra as pernas. Tinha de ser um escritor que seqüestrasse o editor ou o revisor. Aí, sim, seria um filme para a gente adorar. Para a gente *ter.*"

Tudo isso da boca de um escritor muito bem-sucedido em comparação com Priscilla.

De volta ao Hotel Central, estremeci ao pensar que o ódio era capaz de se esgueirar nos lugares mais inesperados. E me perguntei onde me esconder para ler o livro de Priscilla. Não vendo nenhum participante no corredor de acesso ao refeitório, entrei na primeira toalete masculina e, ao constatar que não havia ninguém, enfiei-me no último gabinete.

Droga, a luz estava péssima lá dentro. Havia muito mais claridade do outro lado, onde ficavam as pias, mas eu não podia examinar o romance dela lá fora. Antes mesmo de me sentar na tampa do vaso, ouvi vozes conhecidas comentando Edith Wharton. Reconheci imediatamente Gustaf Carmichael e Crane Taylor, o que provava que os grupos Wharton estavam se misturando, já que os dois eram completamente diferentes. Carmichael, pedantemente pseudomodernoso; Taylor, arrogante e antiquado.

Pelo barulho, percebi que estavam lavando as mãos nas pias. Eu esperava ouvir um elogio à organização do seminário e temia a mais branda crítica.

O que ouvi me chocou.

Gustaf Carmichael gracejou: "A maioria dos seminários não inclui assassinato para entreter os participantes".

171

Que sujeito nojento.

Mas Crane foi pior ainda: "Eu fiquei contente com a morte de Chloe DeVore".

Gustaf Carmichael riu. "Você também?" Os dois caíram na gargalhada, como numa piada particular, e eu os ouvi fechar a porta.

Como, diabos, eles conheciam Chloe DeVore — e por que a detestavam a ponto de se alegrarem com sua morte? O que ela lhes tinha feito?

7

Fiquei mais um ou dois minutos no gabinete sanitário. Era como se as vozes zombeteiras de Crane Taylor e Gustaf Carmichael continuassem ecoando ao meu redor. Havia errado em julgá-los tão diferentes, já que ambos odiavam Chloe DeVore. Mas por quê?

Assustado e confuso, guardei o livro de Priscilla no bolso do paletó, mas foi como se a minha mão estivesse agindo por conta própria. Que diabo estava acontecendo neste seminário?

Consultei o relógio, levantei rapidamente a trava da porta do cubículo, abri a porta com decisão e saí. A porta bateu na divisória e tornou a se fechar com um baque. O banheiro fresco e limpo estava vazio, exceto pelo ruído de vozes que chegavam do corredor e pelo murmúrio da água em movimento nas caixas e nos canos. A reforma acrescentara iluminação indireta, lajotas de mármore perto das pias e aquela combinação improvável de verde-amarelo e roxo que se vê nos consultórios médicos.

Eu precisava ir para o refeitório, almoçar, e não tinha tempo a perder. Serena tinha repetido várias vezes que a pior parte de um ciclo de conferências era o inevitável atraso que ia se introduzindo de manhã e então se estendia, paulatinamente, ao resto do dia, e se transferia ao dia seguinte, causando irritação e cansaço. Fez a coisa parecer horrível, e não sorriu quando eu brinquei: "Então foi por isso que o Império Romano caiu! Por falta de pontualidade. Eu devia saber".

Na qualidade de organizador oficial do evento, eu tinha de dar bom exemplo, mostrando-me o mais disponível possível. Ela havia imprimido em mim a imagem de um dique a conter o mar caótico. Não era uma imagem (ou palavra!) que me parecesse adequada. E talvez fosse tarde demais para restaurar a ordem naquele colóquio. Eu não via possibilidade de encerrarmos as atividades com harmonia, paz e alegria como no fim de uma comédia de Shakespeare.

Ao sair da toalete para o corredor agora repleto de gente, recebi um aceno de Angie Sandoval.

"Professor Hoffman. Espere!"

Angie tinha qualquer coisa de deliciosamente normal, e eu a cumprimentei com um sorriso largo e nela concentrei toda a atenção. Agora pouco me importava chegar atrasado. Não era só a sua juventude, era o tipo de juventude que ela representava: ardente, entusiástica, solidária. Angie não era mal-humorada nem cínica, e eu podia conversar com ela à vontade, ao contrário de muitos colegas seus na UEM, porque ela não se deformava com feios e aparentemente dolorosos piercings na língua, nas sobrancelhas, nos lábios. Com esses estudantes eu tinha de me esforçar para não ficar olhando e dissimular a repugnância — ou para não perguntar por que eles não iam às últimas conseqüências e punham logo um disco no beiço como certas tribos africanas que eu vira no canal Discovery.

Assim, acolhi a interrupção de Angie como uma dose de normalidade naquele momento.

"Sabe de uma coisa? Eu me inscrevi no seminário!"

Foi quando eu notei que ela estava com o crachá plástico de Wharton. "O quê? Por quê?"

Angie baixou a voz e se aproximou um pouco mais enquanto a multidão passava por nós.

"Para observar o pessoal. E tomar nota! Quando contei a meus professores de jurisprudência criminal que ia ser sua assistente na investigação, eles me dispensaram das aulas para fazer um trabalho na vida real."

174

Ótimo: só me restava torcer para que Valley não ficasse sabendo.

"Não é legal?"

Eu sorri e disse que sim, era superlegal. E então *baixei* a voz. "É verdade mesmo que você vai ficar espreitando por aí?"

Angie inclinou a cabeça para o lado como se fosse imitar uma loira burra, dizendo "ó", mas ela disse apenas "Claro que sim".

"O.k. Então, será que você poderia ficar de olho em Priscilla Davidoff? Ela é alta, de cabelo castanho..."

"Aquela parecida com Geena Davis?"

"Exatamente. Se eu fizer isso, vai dar na vista."

"Combinado! Eu não chamo a atenção, sou apenas uma aluna. Ei, ela é suspeita?"

Eu murmurei vagamente que Priscilla "talvez tivesse algum envolvimento".

Achei horrível mandar espionar Priscilla, principalmente porque Valley me proibira de me intrometer na investigação. Mas ele não me havia proibido de instigar outra pessoa, havia?

"Uau! É como um estudo independente!"

Eu lhe recomendei o máximo cuidado. "Olhe, nós estamos às voltas com um homicídio de verdade. Não é uma representação."

"Oh, claro que sim", concordou Angie. E foi para o refeitório com a intrepidez somada de Sherlock Holmes e dr. Watson.

Eu a segui a uma distância discreta, pensando repentinamente nos muitos secundaristas que vinham visitar o campus na primavera, sempre conduzidos por guias enérgicos e mandões que não perdiam uma oportunidade de troçar da Universidade de Michigan lá em Ann Arbor. Esses garotos em excursão não só se mostravam tímidos e perplexos, já que muitos eram de cidadezinhas do interior menores do que a UEM, como também pareciam assombrosamente frescos e impolutos. Isso porque a gente os via perto dos pais, geralmente de ar acabadíssimo, e sabia que, dentro de apenas duas décadas, aquelas carinhas lisas e aqueles corpos vigorosos estariam arruinados e decaídos.

Ao entrar no refeitório, avistei Vivianne a caminho de uma mesa e corri para alcançá-la.

"Posso conversar com você?"

Ela se voltou e falou com a graça de uma dama medieval a favorecer um pretendente. "Claro. Vamos nos sentar?"

"É rápido."

"*Ah, bon.*" Ela assentiu, e abrindo caminho por entre alguns participantes levou-me a uma janela que dava para uma parte muito arborizada do campus. Era um ótimo lugar para um *tête-à-tête*, mas eu só queria saber uma coisa.

"Por que você foi tão reticente acerca de Priscilla ontem, quando o detetive a entrevistou?"

Vivianne deu de ombros como se a resposta fosse óbvia. "Para que criar mais confusão?" E o seu sorriso franco e gentil pareceu me perguntar se já estávamos conversados.

"Eu não consigo entender."

Ela suspirou. "Priscilla é uma mulher problemática. A vida a maltrata muito." Vivianne tornou a encolher os ombros. "Para que jogar mais um fardo nas costas dela?"

"Então você acha que ela...?"

Vivianne moveu-se para a frente pressionando dois dedos sobre meus lábios. "O que eu acho não importa." E, afastando-se, foi se sentar.

Vi Angie instalando-se à mesa em que Priscilla estava, os braços cruzados, o ar muito sério. Serena acenou para mim, apontando dramaticamente para a cadeira vazia ao seu lado como se estivesse agitando uma semáfora. Ao me aproximar dela, eu estava mais convencido ainda de que Vivianne não tinha matado Chloe. Uma assassina não faria o possível para transferir a suspeita a outrem?

Sorri para todos à mesa. Mais um sinal de progresso

no seminário: a mesa estava igualmente dividida entre a Associação Wharton e o Coletivo Wharton. Havia três engravatados e três pseudopunks, as riscas de giz contrabalançadas pelos brincos (em orelhas de homens). Infelizmente, Gustaf Carmichael e Crane Taylor não figuravam entre eles. Eu gostaria muito de estudá-los para ver o que deixavam escapar sobre Chloe na presença de outras pessoas.

Quando cumprimentei os acadêmicos, trocando algumas palavras com cada um deles, recordei mentalmente suas variadas contribuições para a matéria. Era fácil, pois todos estavam de crachá, e Serena tomara o cuidado de mandar imprimir os nomes em letras bem grandes. "Detesto gente bafejando no meu peito enquanto tentam ler essa porcaria."

Tratava-se de um grupo quase desconhecido, cujo trabalho era banal — o tipo de gente que gostava de falar na sátira social de Wharton (os de terno) ou de disfarçar comentários fúteis sobre sua ficção com o jargão crítico da moda (os punks).

Não esqueço que, ao ler um ensaio vaporoso e frustrante de um dos caras à mesa, Pete Levinsky, sobre *A casa da felicidade*, eu me pus a urrar ao chegar à metade: "Já entendi! Ele está dizendo que as heroínas de Wharton têm um conflito com a sociedade machista em que vivem! Fantástico!".

Stefan foi obrigado a conviver com esse tipo de explosão nos cinco anos em que trabalhei na bibliografia de Wharton, entre fichas de arquivo e surtos. Normalmente, as erupções vinham acompanhadas de explicações detalhadíssimas do que eu estava lendo e de um ou outro tipo de filípica. Não admirava que ele não agüentasse mais ouvir falar em Wharton.

Ali, à mesa do almoço, senti o que sempre sentia quando na companhia de um grupo de estudiosos de Wharton. Eles se punham a recordar os curtos parágrafos da minha bibliografia que descreviam seus artigos ou livros e, caso eu tivesse sido cauteloso ou exageradamente judicioso, provavelmente se perguntavam qual era de fato a minha opinião. Ou então se zangavam porque eu não havia usado — como quando avaliava um trabalho verdadeiramente relevante — nenhum adjetivo do tipo "indispensável", "único", "importante", já que cada um deles estava convencido de que tinha escrito a obra definitiva sobre Wharton.

Naquele momento, todos se apressaram a elogiar o evento, e eu procurei me mostrar agradecido. O constrangimento passou quando as conversas de verdade se iniciaram e as pessoas começaram a atacar as saladas que estavam à nossa espera. Eram pequenas, mas atraentes, temperadas com algo que parecia vinagrete de lima.

Serena cochichou: "Ninguém falou mal de você. Tudo está indo muito bem. Eu estive pescando pedaços de conversa, e todos foram positivos".

Eu assenti, mas não consegui me sentir satisfeito.

Enquanto um garçom tirava os pratos de salada, outro servia a sopa de creme de brócolis, que estava apimentada e deliciosa. Eu a tomei com um prazer surpreendente, enquanto ao meu redor a discussão passava do tema de um trabalho apresentado aquela manhã a outro. Havia certa disputa delicada, mas nada mais sério do que os primeiros estágios de um conflito em reunião de família.

À medida que o murmúrio do refeitório aumentava à minha volta, isolando-me, a única coisa em que eu conseguia pensar era no assassinato de Chloe. Com tanta gente lá na noite anterior, mas aparentemente sem nenhuma testemunha, como encontrar o assassino? E se Valley tivesse razão e o alvo fosse Joanne Gillian? Acaso o criminoso tentaria novamente?

Olhei para o refeitório, indagando quem quereria matar Joanne. Vi-a a uma mesa não muito distante, fazendo cara feia para o que o marido lhe estava dizendo. Caramba — e se fosse o próprio Bob Gillian? O que o impedia de querer matar Joanne? Ela era mais do que odiosa em público — talvez fosse um monstro pior ainda dentro de casa. Talvez, ao se casar, ela não fosse aquela megera estúpida, e agora ele estava horrorizado com a mulher que arranjou. Talvez tivesse aproveitado aquela ótima oportunidade de recuperar a liberdade.

Mas, um momento, será que Bob não teria reconhecido a esposa mesmo num corredor escuro? O corredor era muito escuro, sem dúvida, e ele devia estar morrendo de pressa, mas mesmo assim...

Que loucura!

Serena disse: "O quê? O que é loucura?".

Todos à mesa olharam para mim. Eu corei, percebendo que devia ter falado alto. Precisei me acalmar.

"Eu estava pensando naquela expressão dos beatniks. Vocês sabem: Que loucura, rapaz."

Se eu não fosse o bibliógrafo de Wharton e tão essencial para os estudos de Wharton, duvido que os acadêmicos à mesa tivessem sorrido e balançado a cabeça.

Mas eles continuaram me encarando, e Serena, como para despistá-los, se dirigiu a todos. "Algum de vocês já notou que o amante de Wharton sempre era fotografado sentado com as pernas cruzadas ou atrás de uma escrivaninha?"

Os presentes lhe endereçaram um olhar atônito, intrigado, mas não tardaram a concordar. Serena tinha razão. Eu nunca tinha visto uma fotografia do chique e bigodudo Morton Fullerton — o amante que Wharton arranjou nos anos 40 — de pé.

"Por que será?", perguntou Serena com um brilho estranho nos olhos. Parecia saber a resposta e deixou o silêncio se prolongar.

Alguns acadêmicos mais intrigados disseram: "Por quê?".

"É que o pinto dele era tão grande que seria constrangedor. Também pode ser que fosse uma *lei* parisiense." Pronunciou a palavra lei mais ou menos como o inspetor Clouseau de Peter Sellers, mas acho que ninguém percebeu a referência ou que ela estava sendo sacana só para criar confusão. Eu fui o único que riu.

Mas Serena não havia terminado. "Eu ando pensando em escrever um ensaio", anunciou. "Sobre como a sexualidade de Fullerton afetou Wharton quando eles tiveram um caso. Acho que o título vai ser 'O pênis como protagonista da ficção tardia de Wharton'."

O que era isso? Uma gozação?

Serena riu alegremente. "É brincadeira", disse, muito embora um ou dois intelectuais à mesa parecessem estar considerando as possibilidades do tema.

"Gostou?", perguntou-me ela quando todos mudaram de assunto.

Eu sacudi a cabeça. Tinha voltado a pensar no assassinato de Chloe. "Do quê?"

"Do frango."

Olhei para o meu prato. Estava comendo peito de frango recheado de espinafre e queijo *fontina*, e só naquele momento me dei conta de que estava muito gostoso. Foi como se as minhas papilas gustativas tivessem parado completamente de funcionar enquanto eu cogitava sobre Joanne e Chloe.

Levei mais uma garfada à boca, mas no mesmo instante ocorreu-me uma pergunta que Valley não tinha feito a ninguém na noite anterior. O que Chloe tinha ido fazer no corredor escuro? Que Joanne Gillian se extraviasse por aí devido à dislexia era uma coisa, mas Chloe sabia perfeitamente onde estava, não sabia? Mesmo que tivesse se perdido, o que era fácil no Hotel Central, aquele corredor estava escuro e com uma pilha de lajotas no fundo. Quem iria achar que aquele era o caminho certo a seguir?

Alguém devia tê-la atraído — mas como? Com um bilhete? Com um telefonema?

Quando o café chegou, Serena aproximou o rosto do meu e disse: "Eu gosto disso, sabe?".

"Do quê?"

"De ser uma eminência parda, ora. Ninguém sabe qual é a minha função aqui nem que estou envolvida com este evento tanto quanto você."

"Mais", eu disse.

Ela repeliu essa idéia com um gesto. "E, quando me perguntam qual é a minha área e eu digo que é estudos canadenses, todo mundo fica boquiaberto. Eu gosto de desconcertar os meus colegas — eles estão tão convencidos de que sabem tudo."

"Você andou lendo sobre Wharton?" Com certeza sim, para conhecer tão bem as fotografias de Morton Fullerton.

"Uma ou duas biografias, e também dei uma olhada no seu livro." Seu tom de voz tornou a minha bibliografia árdua e cansativa. Eu não podia reclamar. As bibliografias costumavam ser bem assustadoras quando não eram o tipo de trabalho que você fazia ou de que gostava. "Me diga uma coisa, Nick. Lembra do programa *Laugh-In*?", ela perguntou. "Lembra do muro da piada e de Goldie Hawn? Bom, sendo mandona como era, se Edith Wharton tivesse se casado com Morton Fullerton, será que ele passaria a se chamar Morton Wharton?"

Eu caí na gargalhada. A piada podia ser idiota, mas estava precisando dar risada, mesmo por uma tolice. E Serena tinha percebido.

"A gente devia ter marcado um show de calouros para hoje à noite", eu disse. "Um prêmio para o melhor imitador de Wharton."

Ela comprimiu os lábios. "Muito comportadinho. Que tal um prêmio para quem fizer malabarismo com o maior número de exemplares em chamas de *A era da inocência*?"

Antes que eu pudesse responder, ela bateu no meu pulso, apontando para o relógio, e eu compreendi que estava na hora de começar a exposição da hora do almoço, a de Van Deegan Jones. Sempre detestei ouvir palestras durante uma refeição; preferia fazer a digestão em paz. Sei lá se era realmente respeitoso as pessoas mastigarem e engolirem enquanto outra tentava tecer um argumento ou construir uma teoria. Mas agora que estava do outro lado, como organizador, eu compreendia a pressão para fazer caber o máximo possível em poucos dias.

Fui para a tribuna de carvalho instalada perto da janela junto à qual eu conversara com Vivianne. Não impus a mim nem a ninguém o constrangimento de bater na tribuna ou fazer algum outro tipo de anúncio professoral. Iniciei imediatamente a minha introdução.

E deu certo. Todos se calaram, viraram-se ou deslocaram as cadeiras. Foi fácil apresentar Van Deegan Jones, já que ele era um pilar dos estudos de Wharton. Aliás, foi assim mesmo que o qualifiquei. Ele balançou solenemente a cabeça em seu lugar, reconhecendo a justiça do meu elogio, com ar muito professoral, terno azul-marinho, camisa azul com colarinho e punhos brancos, e uma sóbria gravata vermelha e azul. Os aplausos foram calorosos, se bem que mais altos na sua coorte do que entre os adeptos de Verity Gallup.

Levantou-se com a devida circunspecção quando eu agradeci sua presença e voltei para o meu lugar.

"Você não quis dizer pilantra em vez de pilar?", perguntou Serena com o canto da boca, feito uma intrigante mulher de malandro.

"Senhoras e senhores", disse Jones em tom magistral, brandindo uma pequena folha de papel que, evidentemente, era o seu discurso. "Nós acabamos de viver uma tragédia. Uma tragédia horrível, muito embora a vítima fosse uma desconhecida para a maioria dos presentes. Mesmo assim, sinceramente, acho que este seminário devia ser cancelado. Eu lhes pergunto: de que outro modo nós podemos mostrar respeito pela falecida?" Passou os olhos pelo público como para ver se algum tosco teria a coragem de discordar. "Tenho certeza de que a senhora Wharton preferiria assim."

Abriu-se um silêncio confuso enquanto as pessoas registravam as implicações do que Jones acabava de propor. Então veio um clamor geral.

Verity Gallup rosnou em seu lugar a uma mesa perto da porta. "Estupidez patriarcal! Como um cara como você pode saber o que Wharton preferiria — a não ser que seja porque vocês *dois* já estejam mortos!" Levantou-se de um salto, parecendo uma estranha amazona com aquele cabelo loiro e o blusão preto. "Como se atreve a dizer o que Wharton ia preferir? Você não liga para isso quando se trata da ficção dela! A única coisa que quer é subverter a sua voz. Não está propondo que a gente vá embora por causa do assassinato. É porque quer fugir da evidência indiscutível da sua esterilidade intelectual. Agora que está frente a frente com especialistas *realmente* originais, quer se escafeder."

Parecendo disposto a estrangular Gallup, Van Deegan Jones devolveu aos berros: "Você é uma fraude, uma impostora, uma charlatona. Tomou o bonde Wharton porque estava na moda. E desde então não faz outra coisa senão tentar disfarçar a sua falta de conhecimento sobre Wharton com uma linguagem crítica abstrusa. Você é a última pessoa no mundo que pode falar em originalidade! Não tem nada a dizer, por isso se esconde atrás de Derrida e Lacan. Derrida é um embuste, e Lacan, um vigarista!".

Fiquei assombrado com aquela manifestação de maucaratismo, mesmo porque o bibliógrafo em mim detectou certos equívocos. Na verdade, o livro de Verity Gallup se apoiava no chatíssimo Bakhtin, não em Derrida ou Lacan, para mascarar a trivialidade de sua análise dos contos de Wharton. Mas era injusto dizer que ela começara a estudar a escritora tardiamente; fazia anos que escrevia sobre Wharton. O bibliógrafo era eu, portanto sabia perfeitamente.

"Você quer esconder tudo quanto há de negativo em Wharton!", gritou Verity Gallup para Jones. "Quer que ela seja uma santa de merda!"

"Vocês são uns urubus oportunistas! Remexem o lixo — as insinuações — os boatos — as fofocas — a fantasia! Isso não é crítica literária, é terrorismo literário!"

Agora a hostilidade entre os dois grupos estava escancarada, e a linha sangrenta profundamente traçada na areia da arena. As pessoas ao meu redor pareciam atônitas ou empolgadas, e eu quase acreditei que iam formar um círculo em torno de Jones e Gallup, incentivando: "Pega! Mata!".

Joanne Gillian, à sua mesa, estava com os olhos brilhantes, absorvendo o bate-boca com a avidez de um piromaníaco a saborear o incêndio de outrem. Bob Gillian parecia perplexo, mas, afinal, não era estudioso de Wharton, de modo que não sabia o porquê da briga. Eu achei abominável ele ir ajudar Joanne a colher provas do colapso moral da UEM.

Não sei bem o que deu em mim, só sei que me senti impelido por uma estranha euforia. Antes que Gallup ou Jones tivessem tempo de dizer mais uma palavra ou pedir ajuda aos seus asseclas, eu me levantei e gritei: "A pesquisa sobre Wharton continua viva!".

Não creio que seja exagero dizer que, nesse momento, todos os olhos se voltaram para mim. "Ela é vital! É arrebatadora! Penetra o coração da academia, desafiando-nos a todos..."

Pois é, foi isso. Banquei a versão acadêmica de um pregador, só que o meu evangelho era mais sinuoso, acho. Não conclamei as pessoas a mudarem seu modo de ser, apelei para a exaltação e a grandiloqüência, asseverando, desvairadamente, que a intensidade presente era um sinal de vigor intelectual.

Ninguém se opôs. Na verdade, todos aplaudiram.

Sei que Stefan teria ficado desconcertado com o meu desaire — pelo menos no começo —, mas ele não estava lá para me obrigar a sentar, de modo que eu subi na cadeira. E feito o presidente Clinton com Yasser Arafat e Yitzhak Rabin, abri os braços, acenando para que Jones e Gallup se aproximassem da minha mesa.

Ainda que com relutância, eles se deixaram levar pela minha manifestação de camaradagem, e trocaram um aperto de mão. A multidão ficou extática. Aplaudiu-nos de pé. Alguns chegaram a gritar vivas, o que me levou a pensar que estavam definitivamente carentes de drama real em suas vidas.

Priscilla, porém, não se levantou. Eu a vi sentada, cabisbaixa, as mãos unidas na mesa como que numa oração silenciosa.

Verity Gallup e Van Deegan Jones murmuraram um possível agradecimento e se separaram, indo ter com os respectivos sequazes. Quando as pessoas começaram a sair para as sessões vespertinas, eu tornei a me sentar. Que bom que Serena era a única pessoa ainda à mesa.

Ouvi alguém, à porta, dizer em voz alta: "Eu vim de San Diego para apresentar o meu trabalho e vou apresentá-lo mesmo que ponham um carro-bomba aqui!".

Serena Fisch sorriu para mim. "Não dá para a gente providenciar isso?" Sacudiu a cabeça. "Que dedicação!"

"A dele? A minha?"

"A sua. Eu não conseguiria esse tempero *à la* Elmer Gantry. Acho que toda conferência precisa de um pregador entusiástico." E então, quando eu estava pegando o guardanapo para enxugar o rosto suado, ela mudou bruscamente de assunto. "Você acha que foi Jones? Que ele matou Chloe? Por que outro motivo ia querer levantar acampamento? Veja que ele fez questão de se referir a Chloe como se fosse uma ilustre desconhecida. E você reparou como anda esquisito desde que encontraram o cadáver?"

Eu peguei o meu copo de água e bebi com avidez, se bem que achava preferível jogá-la na cabeça para me refrescar. Recoloquei-o na mesa, afrouxei a gravata e desabotoei o colarinho. Se Jones tivesse matado Chloe, qual seria o vínculo com as sociedades Wharton?

"Serena, do que é que você está falando?"

"Nada mais simples. Chloe tinha a péssima reputação de destruir a carreira das pessoas, certo? Então é possível que tenha feito alguma coisa, sei lá quando, que despertou o ódio de Jones."

Mas e Verity Gallup?, pensei eu com meus botões.

"Está falando por experiência própria?", perguntei. "Aconteceu alguma coisa entre você e Chloe? Tenho certeza de que ontem você não contou a história toda ao detetive Valley."

185

Serena fez uma careta. "E você está certo. E sabe por quê?" Ajeitou o cabelo como se uma ventania a tivesse descabelado. "Anos atrás, quando o Departamento de Retórica foi extinto e eu perdi o posto de chefe, comecei a procurar emprego, mas discretamente."

"No ano passado, você me contou que não queria sair de Michigan na época."

Serena rolou os olhos. "Eu estava *louca* para ir embora. Era humilhante perder o cargo de chefe e voltar a ser mais uma na multidão. Não é fácil para mim falar nisso. A procura de emprego foi um desastre. Rendeu apenas uma entrevista, na Emory", disse com amargura. "Deu certo, mas Chloe era escritora residente lá naquele ano e usou sua influência. Fiquei sabendo por uma pessoa da comissão de contratações que ela me boicotou. Era a minha melhor oportunidade de dar o fora de Michigan, de sair deste frio e esquecer que tinham acabado com o meu departamento."

"E Chloe estragou tudo."

"Isso mesmo. Estragou tudo."

"Por quê?"

Serena enrugou a testa. "Que importa? Ela não ia com a minha cara, ou não gostava do meu trabalho, ou da cor do meu esmalte. Talvez quisesse vetar alguns candidatos só para se sentir importante. Gente como ela não precisa de motivo para fazer mal aos outros, para sabotá-los. Chloe é como Tom e Daisy Buchanan, vive atropelando as pessoas e as coisas, só que depois, em vez de se recolher no seu dinheiro, se enfurna no seu ego." Passados um ou dois segundos, corrigiu: "Se enfurnava".

"Mas você tem certeza de que foi ela que arruinou a sua oportunidade?"

"Certeza absoluta. E a pessoa que a matou devia ser condecorada."

O ódio em sua expressão e em sua voz me deixou chocado, coisa que Serena deve ter percebido, pois se apressou a ir embora. Então era por isso que ela não tinha comparecido à nossa recepção a Chloe...

Fiquei a sós no refeitório, na companhia apenas dos garçons que estavam tirando as mesas, por isso tratei de me recompor, peguei um programa que estava por ali e dei o fora.

Não fui muito longe.

"O senhor é o doutor Hoffman?"

A pergunta veio de uma mocinha magra, de rosto macilento, com um tailleur ferrugem. Seu cabelo loiro era uma colméia achatada, e ela parecia um B-52 estragado. Eu não a reconheci, e me senti muito em desvantagem.

"Eu sou Brenda Bolinski, do *Michiganapolis Tribune*. Olá." Deu-me um aperto de mão. "Queria entrevistar o senhor sobre o colóquio."

"E o assassinato?"

Ela sorriu amarelo. "Tenho certeza de que também vai ser mencionado."

Eu suspirei, coisa que a moça deve ter tomado por aquiescência, pois abriu o bloco de anotações e começou imediatamente, sem nem mesmo propor que tomássemos um café ou nos sentássemos. "Quem é essa Edith Wharton e, fora Chloe DeVore, quem ia estar no filme?"

"No filme? Que filme?"

"No filme sobre Edith Wharton. Não estão rodando um filme aqui?" Intrigada, ela se pôs a folhear o bloco de anotações.

Eu não conseguia imaginar de onde aquela moça havia tirado uma informação tão absurda, a não ser que sua confusão se devesse ao filme que iríamos exibir naquela noite, mas não importava. Eu estava prestes a inventar uma coisa qualquer com Denzel Washington e Demi Moore, quando a jornalista se virou e, corando subitamente, apontou para Grace-Dawn Vaughan no fundo do corredor, que, em um vestido estampado de verde e vermelho, estava a caminho da toalete.

"Eu a conheço! Ela é famosa! Eu a vi no *Oprah*!" Grace-Dawn desapareceu no banheiro, e Brenda Bolinski não hesitou em me trocar por um peixe mais graúdo.

Foi um alívio ficar sozinho. Cheguei a pensar seriamente em pegar o carro, ir buscar Stefan e seguir para o norte, para o nosso chalé, mas, quando eu estava imaginando as glórias do lago Michigan, Serena veio precipitadamente ao meu encontro.

"Nick, eu estava à sua procura. Acaba de chegar uma equipe da televisão local querendo uma entrevista para o noticiário das seis. Joanne Gillian chamou a mídia e está proclamando que o que aconteceu na conferência é um sinal de..." Ela fechou os olhos, esforçando-se para lembrar a expressão exata. Abriu-os. "Sinal de 'imoralidade e decadência generalizadas' na UEM. Dá para acreditar?"

Não consegui responder, e ela perguntou se eu estava passando bem e se pretendia faltar a todas as sessões daquela tarde.

Suas perguntas me ajudaram a decidir. Segurando-lhe a mão, eu disse: "Por favor, por favor, assuma o resto da tarde para mim. Preciso ir para casa relaxar um pouco, do contrário acabo explodindo".

Com os olhos arregalados, Serena concordou com um aceno, e retirou a mão, que eu devia estar apertando demais.

"Claro", disse. "Sem problema. Eu dou a entrevista, está bem?"

"Por favor."

Dei meia-volta e fui para a garagem do Hotel Central, mal podendo acreditar que ia mesmo fugir daquele cadinho de homicídio, jornalistas sem escrúpulos e academicismo.

Quase chorei ao chegar em casa. Stefan tinha espalhado vasos de clematites por toda parte; foi como entrar num santuário. Pensando bem, não era isso que eu estava fazendo?

"Você chegou cedo", alegrou-se ele, dando-me um abraço apertado.

"Eu fugi. Se Tommy Lee Jones descer de helicóptero no quintal, diga que você não me viu."

Stefan apertou mais os braços, fazendo estalar minhas costas, coisa que me aliviou rapidamente a tensão.

"Como você é forte."

Ele soltou um grunhido de Tarzã e, levando-me para a cozinha, ajudou-me a tirar o paletó e pendurou-o no respaldo de uma cadeira.

"Que dia! Preciso tirar férias. Preciso me desintoxicar. Preciso de um gás paralisante!"

"Não prefere isto aqui?" Stefan abriu a geladeira e tirou uma travessa. "Olhe", disse com orgulho, colocando-a no centro da mesa. Tinha feito um dos meus aperitivos preferidos, musse de siri, e a decorara com ramos de aneto fresco. A seguir, tirou mais uma coisa do refrigerador: uma garrafa de reserva Chardonnay Kendall Jackson, do qual estávamos gostando cada vez mais.

Embora eu estivesse abatido demais para agradecer, acho que em meu rosto transpareceu o reconhecimento.

Ele sorriu com ternura. "Depois de passar o dia com tantos whartonetes, eu imaginei que você fosse voltar para casa no bagaço."

"Pensa que o problema são os whartonetes? Nós estamos cheios de sapos de fora, professores que nunca escreveram uma palavra sobre Wharton, a não ser para incluí-la em livros e artigos sobre outros escritores. Estão ganhando dinheiro, descolando uma viagem de graça."

"À glamorosa Michiganapolis!", disse Stefan ironicamente.

"Olhe. Você sabe tão bem quanto eu que neste país há cidades e universidades perto das quais Michiganapolis e a UEM são Paris e a Sorbonne."

Ele concordou com um gesto. Quando estávamos procurando emprego, fomos entrevistados em lugares e universidades que tinham biblioteca, mas quase nenhum livro, ou em campi que pareciam bares de beira de estrada — sem a atmosfera.

"Deixe-me contar o que aconteceu hoje. Quer dizer, não é que tenha havido uma prisão nem outro assassinato, mas..."

Stefan fez sinal para que eu me calasse, serviu o vinho e uma fatia de musse para cada um, então me conduziu para o solário, onde o seminário e o mundo pareciam muito distantes.

Sentindo-me protegido e amado, eu lhe contei do café-da-manhã e de Valley atrás de mim para falar na possibilidade de um assassino serial; do exemplar da *Casa da felicidade* encontrado no local do crime; de Priscilla sentindo-se culpada, mas mostrando-se evasiva quando eu lhe fazia perguntas; da confissão de Serena; da minha impressão de que Valley me havia seguido até a Ferguson's.

"Puxa vida, o livro de Priscilla! Eu ainda nem o folheei." Já ia correr à cozinha em busca do livro no meu paletó, porém Stefan me deteve, pedindo-me que continuasse pondo-o a par de tudo. Eu obedeci. E quando terminei ele parecia quase tão exausto quanto eu.

"Tudo isso aconteceu num só dia?"

"Em menos de um dia: em uma manhã e em parte da tarde. Isso não é um seminário", eu disse. "É uma maratona."

"Quer dizer que Verity Gallup e Van Deegan Jones se puseram a gritar no almoço? Você não está exagerando?"

"Stefan, nem o Dalai Lama conseguiria fazer uma descrição pacífica do que aconteceu hoje." Eu me sentia desgastado, atordoado. "Chegou correspondência para mim? Algum fax ou telefonema?"

"Não pense nisso agora. Você precisa descansar", disse ele, disposto a brigar comigo se eu me recusasse.

Limitei-me a fazer que sim, terminei o copo de vinho bem seco e a fatia de musse e subi para o quarto. Era maravilhoso ter quem cuidasse de mim, e eu achei ótimo Stefan ser capaz de deixar de lado a sua opinião sobre o colóquio e a minha mania de Edith Wharton.

Tirei os sapatos e me deitei, estava tão cansado que nem puxei a colcha. Ao pegar no sono, imaginei-me fugindo do colóquio e de Michiganapolis com Stefan, pegando a estrada de Boyne City, no Norte, e jantando no histórico Wolverine-Dilworth Inn, uma bonita relíquia do tempo festivo dos lenhadores. Das vigas do teto pendiam grandes lustres de latão que iluminavam um piso extraordinariamente branco, todo salpicado de flores de cerâmica alaranjadas, cinzentas, amarelas, pretas e verdes. Primeiro tomaríamos um aperitivo lá dentro, pois estaria fazendo muito frio para ficarmos no alpendre; depois um jantar simples na escura sala de jantar: peito de frango temperado com licor de cereja de Michigan. Ficava só a umas quatro horas de distância...

Acordei com uma sensação de alívio, como se tivesse me livrado de uma febre. Sentia a cabeça lúcida, o corpo mais leve e, se não cheguei a descer a escada saltitando e cantando, pelo menos já não parecia um morto-vivo.

Stefan havia preparado um bule de Sumatra, e, dado o ímpeto que senti no momento em que o aroma forte me invadiu as narinas, ponderei que ser viciado tinha lá as suas vantagens.

"Você está de ótimo humor", observei enquanto ele me serviu uma caneca de café e mexeu o leite quente.

Stefan deu de ombros. "É que a *New Yorker* chegou e de repente eu me dei conta de que não me importo que nunca mais vá aparecer em suas páginas novamente."

"Mas você já foi publicado por ela uma vez e, de mais a mais, como pode levar essa revista a sério? É supervalorizada. O catálogo da William-Sonoma é muito mais divertido, e inclusive mais bem escrito."

Ele sorriu e sacudiu a cabeça. "Eu te amo."

"Claro que me ama. Eu sou um amor." E então o meu estado de espírito mudou instantaneamente quando me lembrei do que tinha de fazer. "Acho que agora preciso ler o romance de Priscilla", disse, tomando um gole de café e sentindo o seu delicioso efeito. "Vou para o solário."

"Quer ouvir música?"

"Claro. Você escolhe."

Ele escolheu um concerto para piano de Liszt, o que

veio muito a calhar em vista do drama que descobri em *Dançando com a morte* de Priscilla.

Fiz uma leitura bem transversal, apenas para poder acompanhar o enredo. E o que descobri foi devastador. Como eu temia ou adivinhara, havia na história uma situação alarmantemente parecida com a de Chloe, Vivianne e Priscilla na minha festa. A trama girava em torno de um triângulo de mulheres, sendo que uma delas fazia com que as outras duas se encontrassem em público numa ocasião em que estavam brigadas. Elas discutiam, e uma das duas era assassinada pela outra na mesma noite. Sendo a vítima uma mulher muito malquista, havia uma grande quantidade de suspeitos. Bem, não era bem assim no nosso caso.

Nenhuma das personagens era escritora: duas eram dançarinas de uma companhia pequena, e a outra, coreógrafa. Mas isso não importava, pois a semelhança geral era claríssima.

Passada uma hora, Stefan apareceu no solário, acompanhado de acordes um pouco mais suaves. O quinteto *A Truta*?

"E então, o que achou?", perguntou.

"É terrível." Expliquei o porquê. "Se Valley descobrir este livro vai se convencer de que Priscilla matou Chloe, imitando inconscientemente o seu próprio romance."

"É óbvio demais. Eu continuo achando que Vivianne armou tudo isso de propósito."

"Mas eu não devia contar a Valley do livro? Se eu não contar, não estou escondendo provas?"

"Se ele tiver interrogado as pessoas que estavam na recepção, já deve estar sabendo."

A idéia do detetive atuando nos bastidores — embora absolutamente normal — me deu arrepios.

"Vamos tomar um banho", disse Stefan. "Para o *shabbat*."

Enquanto eu dormia, Stefan pôs a mesa para a ceia do *shabbat*, e estava na hora de nos prepararmos para entrar naquela atmosfera pacífica. Toda sexta-feira, no fim da tarde, tomávamos um banho de chuveiro juntos para remover os problemas da semana e relaxar. Depois púnhamos a mesa, com uma toalha de renda que minha mãe trouxe da Bélgica e os nossos melhores pratos, enquanto o aparelho de som tocava agradáveis canções ou cânticos judeus. Acendíamos velas, dizíamos o *kiddush* (a bênção do vinho), lavávamos as mãos e abençoávamos o *challah* tão lenta e compenetradamente quanto possível, tentando, a cada estágio, deixar o mundo mais distante, para nos aproximarmos cada vez mais.

Tendo compreendido que observar o *shabbat*, ainda que minimamente, não era um fardo, e sim uma espécie de retiro semanal do qual saíamos renovados, Stefan o adotou sinceramente.

Aquela noite, porém, achei difícil relaxar, porque sabia que não íamos ficar em casa depois da ceia, tínhamos de voltar ao campus e jantar novamente — com um assassino.

Eu fiz o possível, tentei tomar o vinho *kiddush* lentamente, para que a sua doçura se espalhasse em meu corpo e me dominasse a mente. Stefan tinha preparado uma refeição leve, já que íamos comer outra vez, e a massa primavera com salmão grelhado caiu muito bem. Eu estava descansando na cadeira depois de fazermos uma versão breve das orações do fim da ceia, pensando no quanto era feliz, quando o telefone tocou.

"Não é melhor esperar que a pessoa, seja ela quem for, deixe mensagem na secretária eletrônica?" Eu preferia que Stefan decidisse, mas ele sacudiu a cabeça e me mandou fazer o que eu queria fazer.

A atmosfera já se havia alterado, e eu fui para o meu escritório, onde ouvi a voz entrecortada da secretária de Webb Littleterry dizer: "O reitor quer falar com o senhor, doutor Hoffman".

Tirei o fone do gancho e atendi.

E, é claro, não escapei ao ritual: "Um momento, por favor, estou transferindo para o reitor Littleterry".

Fiquei admirado ao ver que a secretária do reitor continuava trabalhando numa sexta-feira depois das cinco. Stefan entrou no escritório, e eu lhe contei que era uma chamada de Littleterry.

Ele ficou meio abalado, e eu lhe fiz sinal para que se sentasse.

Consultando o relógio de mesa, contei um minuto completo de espera, então a voz rude e fanhosa de Littleterry explodiu no meu ouvido: "Que diabo está acontecendo nesse seu colóquio?".

"Como?"

"É assim que o senhor mostra que esta universidade dá importância à mulher? Matando uma?"

"Eu não matei ninguém, senhor."

"Para mim isso é negligência dolosa. Mas não diga que eu disse isso!"

"A polícia do campus está investigando..."

"À merda com as suas desculpas! O senhor está fazendo esta universidade parecer a Bósnia! É um vexame!"

Nervoso, eu perguntei o que o reitor queria que eu fizesse.

"Você tem de pedir desculpas! Essa bosta de seminário é seu, e a culpa também é sua!" Littleterry bateu o telefone antes que eu pudesse pensar no que dizer. Foi um momento sem igual, e Stefan ficou me observando às voltas com a minha própria mudez.

Por fim, eu recuperei a fala. "Littleterry quer que eu peça desculpas. Pela morte de Chloe."

"Pedir desculpas? A quem?"

Eu dei de ombros.

"Ao colegiado? Aos alunos? Quem há de saber?"

"Mas para quê?"

"É publicidade negativa para a UEM. Eu não vou ficar nada bem no relatório anual."

Stefan suspirou. "Esse homem é um perigo. É o que Churchill dizia de Clement Atlee: 'Cada vez que abre a boca, ele diminui um pouco a soma total do conhecimento humano'."

194

Eu balancei a cabeça, incapaz de saborear a citação. "É melhor a gente tirar a mesa, trocar de roupa e sair."

"Está bem."

Voltei com Stefan para a sala de jantar, convencido de que nunca seria efetivado na UEM, sobretudo agora que a presidente do colegiado me achava um pervertido e o reitor me responsabilizava pela morte que maculara a imagem da universidade.

TERCEIRA PARTE

"[...] *toda noite trazia seus novos problemas e sua renovada angústia* [...]"
— Edith Wharton, *The reef*

8

A caminho do campus com Stefan, meu desespero aumentou. Se eu não fosse efetivado, podia tentar outra vez, mas não era bem assim que a coisa funcionava normalmente. Ter a efetivação negada era uma advertência equivalente a uma nota baixa para o aluno. Ou, mais exatamente, a pegadas sangrentas numa casa assombrada: dê o fora.

Mas tinha certeza de que não podia ficar em Michiganapolis sem ser professor efetivo da UEM. Não conseguia imaginar o calvário de procurar outro emprego e, ainda por cima, esperar que Stefan arranjasse colocação numa faculdade não muito distante (já que era improvável que os dois conseguíssemos trabalho na mesma universidade outra vez).

Quando entramos no estacionamento de concreto do Hotel Central e começamos a subir a rampa circular à procura de uma vaga, ele adivinhou o meu pensamento. E disse: "A gente dá um jeito de viver sem o seu salário".

"É mesmo? Durante quanto tempo? Nós vamos acabar vendendo a casa e mudando para um apartamento. E, além disso, por que vou querer continuar aqui sem emprego? Por causa da riquíssima vida cultural? Tenha paciência."

Michiganapolis podia ter a seu favor a paisagem, a água e o ar puros, os baixos índices de criminalidade e um povo simpático, mas em termos culturais era uma nulidade — o tipo de cidadezinha em que diretores provincianos e frustrados ofereciam teatro ultrapassado como se fosse uma ousadia. Quando tinha sido a última vez em que alguém ficara chocado com *A profissão da sra. Warren?*

"E o que eu vou fazer se não estiver dando aula? Ser 'do lar'?"

Stefan sorriu. "Você fica bem de chinelos."

"Desculpe — quem tem pés grandes aqui é você."

Ao entrarmos numa vaga entre dois enormes jipes Cherokee que faziam o Volvo de Stefan parecer um Fusca, eu não lhe pedi que confirmasse o óbvio: ele também estava preocupado com a minha chance de obter a efetivação.

Pois é. A minha carreira acadêmica estava prestes a implodir, ainda que não por culpa minha, mas pelo menos eu tinha Stefan. E ao sair do carro não pude deixar de sentir certo alívio, sabendo (ou pelo menos esperando) que juntos nós conseguiríamos superar a crise. Afinal de contas, tínhamos agüentado os anos terríveis que ele passara sem conseguir publicar nada, de modo que certamente havia esperança para *nós*, ainda que o emprego dançasse.

No coquetel, meia hora antes do jantar, eu passei um bom tempo observando Vivianne Fresnel, talvez porque ela lembrasse um pouco minha mãe. As duas tinham em comum a autoconfiança européia, se bem que minha mãe não fosse tão linda.

Com o grupo reunido entre as mesas já postas — todas com vasos de madressilvas-da-serra amarelas e vermelhas —, ela parecia estar se divertindo muito, conversava animadamente, sem jamais perder a majestosa postura de bailarina. Usava um vestido preto justo que lhe chegava bem abaixo dos joelhos e botas pretas de salto alto.

"Pérolas de Mikimoto", eu disse a Stefan, referindome ao extraordinário colar de três voltas ostentado pela francesa. "Três mil dólares." As contas não se arredondavam na parte de baixo, mas formavam um grande *V*.

"Como você sabe?"

"Na semana passada eu vi um idêntico num anúncio do *New York Times*. E, caramba, olhe só para a *minaudière!*"

"A o quê?"

"A bolsa dela." Era uma *coisinha* reluzente daquelas que a gente vê nas lojas da rue du Faubourg St.-Honoré, em Paris, geralmente colocada num pedestal e iluminada feito um ícone, com um preço astronômico numa etiqueta minúscula, discretíssima.

Stefan não deu a mínima nem para o colar nem para a *minaudière* de Vivianne. "Para quem acaba de perder a amante, até que não está tão inconsolável assim", observou em voz baixa. "Por mais que elas brigassem."

Ocorreu-me que ele devia estar imaginando como seria a sua vida sem mim. Eu me senti bem, mas um pouco tenso. Acaso Stefan temera que eu o abandonasse por causa de Perry Cross, ou depois? A possibilidade chegou a ser bem real durante algum tempo, e essa foi a surpresa. Nas semanas que se seguiram ao fim do drama eu fiquei aliviado, mas isso acabou abruptamente no dia em que acordei com tanta raiva que tive vontade de expulsá-lo da cama a pontapés. Passei mais de um mês telefonando uma ou até duas vezes por dia para minha prima Sharon a fim de me queixar dele.

E, em certo ponto da torrente, ela sempre me dizia com muita sensibilidade e delicadeza: "Tudo bem, já acabou. O que você quer fazer agora?".

Não demorei a decidir que queria ficar e tentar a reconciliação.

"No que você está pensando?", perguntou Stefan.

Eu não menti. "No ano passado."

Isso o deixou chateado, mas só quem não tivesse nenhum sentimento não se chatearia.

Antes que ele tivesse tempo de fazer um comentário, Serena chegou toda envolta em *chiffon* e Chanel nº 5, que, segundo ela mesma dizia, era o único perfume adequado a uma mulher "da sua idade".

"Faz tempo que a gente não se vê", ronronou para

Stefan. "Você está lindo." Ofereceu-lhe a bochecha para um beijo.

"Puxa vida, Serena, eu esqueci a entrevista! Como foi? Nós não assistimos ao noticiário."

Ela fez uma careta. "Tudo bem, mas não deu em nada. Houve um grande incêndio e a matéria comigo caiu. Foi num boliche — não ficou pedra sobre pedra —, muito mais interessante. Vocês estavam falando de Vivianne?", perguntou, olhando para nós dois com ar significativo.

"Você lê os lábios?", perguntei.

Serena prosseguiu, inalterável. "É notável a calma dela, não acham? Nem dá para dizer que o vestido preto seja sinal de luto. Todo mundo usa preto em Paris, até as crianças."

"Por que será que ela não está triste?", indaguei.

Serena estava com a resposta na ponta da língua. "Talvez saiba que vai herdar o dinheiro de Chloe. Ou então é a assassina e está tentando bancar a inocente."

Os três nos entreolhamos, intrigados e um tanto constrangidos, creio eu. Lá estávamos nós, em meio a uma conversa, num tom frívolo, sobre a morte de uma mulher. Era obsceno, não? Mas ao mesmo tempo muito natural, e talvez fosse justamente isso que nos tornava humanos. Tenho certeza de que as pessoas faziam exatamente a mesma coisa no tempo de Nabucodonosor, batendo papo sobre quem teria envenenado o vizir.

"Você estava redondamente enganada", disse eu a Serena. "Imaginou o monte de problemas que podiam surgir. Atraso nos vôos. Bagagens extraviadas. Reservas de quarto malfeitas. Falta de café ou água gelada nas salas de seminário. Microfones encrencados. Não aconteceu nada disso."

Ela refletiu um pouco. "Nick, Nick, Nick. Já pensou no que eu teria feito se soubesse que ia haver um homicídio e uma luta livre intelectual na hora do almoço?"

E então me deixou perplexo.

"Você está pondo a culpa em mim, Nick?"

Eu me encolhi um pouco, e Stefan lhe contou que era o reitor Littleterry que estava pondo a culpa em *mim*.

Ela empinou o corpo qual uma prima-dona prestes a denunciar seu opressor. "Isso é absurdo. O cara não passa de um moleque de recados de Joanne Gillian. Ora, *há* um candidato real ao homicídio... Por exemplo, talvez o alvo fosse ela. Joanne e Chloe eram meio parecidas, não eram? E ontem as duas não estavam horríveis, de tailleur da mesma cor?"

"Não lembro", disse eu, querendo mudar de assunto. Mas já que ela tinha chegado a essa conclusão, não era impossível que outros participantes chegassem. Isso significava que Joanne Gillian também acabaria pensando nisso ou, pelo menos, ouviria algum comentário e tornaria a procurar a imprensa para pôr a boca no trombone.

Serena mudou de assunto. "Não, não pode ter sido um engano. Chloe era ainda mais detestada do que aquela piranha da Joanne."

Stefan e eu nos entreolhamos rapidamente, e creio que ela não percebeu.

Eram quase sete, hora do jantar, de modo que fomos para a mesa. Vermelho e com ar transtornado, Van Deegan Jones entrou no refeitório bem naquele momento, tentando não chamar a atenção. Não deu certo, pois recebeu o cumprimento de vários colegas. O que ele estaria armando?

Crane Taylor estava sentado à minha frente, mas eu não pude lhe falar sobre Chloe porque Serena e Stefan dominaram o jantar discutindo os méritos do romance de Michael Cunningham. Ela o achava comovente e muito bem escrito, ao passo que ele o classificou de pseudo-poesia pretensiosa e citou várias frases para prová-lo. A que mais me impressionou falava numa colcha branca que ensinava a uma mulher "a paciência da alvura". Ao criticar a idiotice dessa imagem, Stefan ficou parecido comigo nos meus surtos de veemência, o que não deixava de ser divertido numa pessoa normalmente tão discreta.

Também foi divertido notar que quase ninguém à mesa tinha ouvido falar em Cunningham, embora tivesse sido resenhado pelo *New York Times*. Como quase todos os especialistas acadêmicos, os estudiosos de Wharton tendiam a conhecer unicamente o seu campo e, mesmo assim, só uma parte mínima. Não sei se eu leria tanto se Stefan não vivesse me recomendando imprescindíveis obras de ficção e não-ficção.

E *eu não podia* deixar de lê-las, porque ele lia em voz alta trechos desses livros antes de terminá-los, e depois os deixava no meu escritório. Com bilhetes *post-it* explicando o que havia de bom em cada um!

Enquanto Serena e Stefan faziam o seu ponto-contraponto literário, fiquei saboreando o peixe ensopado e pensando em Priscilla. Talvez tivesse sido precipitação minha julgá-la culpada. E talvez a vida fosse mais parecida com a arte do que eu estava disposto a imaginar — isto é, com o romance dela, ou seja, com muitos suspeitos. Não era o que estava acontecendo? Bastava lembrar o coquetel da noite anterior. Aquela gente toda era tão suspeita quanto Priscilla. Olhei à minha volta à sua procura, desejando que ela estivesse presente para reforçar a minha fé cada vez maior em sua inocência.

Afinal, por que Devon Davenport ficou tão zangado no coquetel, e mesmo depois? E não era possível que Grace-Dawn Vaughan tivesse mais ódio de Chloe do que qualquer outra pessoa? Chloe havia debochado dela arrasadoramente. E o fato de Vaughan ter admitido que não superara a mágoa podia ser apenas uma tentativa de desviar a atenção de Valley.

Davenport e Vaughan estavam cochichando sobre Chloe no almoço daquele dia, mas pararam ao notar que eu estava tentando escutar — será que isso não significava que tinham algo a esconder? E por que Gustaf Carmichael e Crane Taylor detestavam Chloe? Que vínculo tinham com ela?

Eu reparei quando Devon Davenport se levantou e foi para a mesa de Vivianne dizer-lhe alguma coisa. Ela o enxotou com um gesto afetado. O que significava aquilo?

Passei algum tempo às voltas com minhas suspeitas. Droga, talvez todos no refeitório tivessem um motivo para matar Chloe. Como em *Assassinato no Orient Express*, em que todos os personagens cometiam o crime. Todos exceto eu e Stefan, claro.

Ao ouvir o nome de Chloe, despertei do meu devaneio.

Uma mulher à mesa, cujo crachá dizia "Billy Sefaris/Cornell", perguntou se alguém tinha novidades sobre a investigação. De sessenta e tantos anos, Billy tinha voz trêmula e olhos muito grandes, e era garbosa como um ávido jogador de golfe.

Isso suscitou vários comentários que nada acrescentaram. Stefan e Serena preferiram abster-se, saboreando o bolo de café, que estava surpreendentemente gostoso.

"É tão triste", lamentou a tal Sefaris, "quando uma artista morre jovem. Tantos livros ainda por serem escritos."

"Graças a Deus que ela não vai escrever mais nenhum", disse Crane Taylor, balançando vigorosamente a cabeça como que a concordar com um interlocutor invisível. "Era uma péssima escritora, pior do que esse Cunnilingus de que vocês estavam falando."

"Cunningham", corrigiu Serena com modéstia.

"Hum, pouco importa. Chloe era uma escritora de merda, uma biscate da cabeça aos pés. Sempre foi."

O silêncio à mesa se estendeu para fora.

"Como você a conheceu?", perguntei.

Como que despertando bruscamente de um sonho, Taylor fitou em mim os olhinhos redondos, cheios de desprezo, e respondeu com brutalidade: "Não é da sua conta, porra". E, afastando a cadeira, levantou-se e saiu.

Eu recebi muitos olhares solidários e pedidos de desculpas, embora não soubesse por que as pessoas se desculpavam da grosseria alheia. Que diferença fazia?

Stefan cutucou meu pé por baixo da mesa, e eu me obriguei mentalmente a lembrar de pedir a Angie Sandoval que procurasse descobrir qual era a ligação de Taylor com Chloe. Ou a de Gustaf Carmichael. E eu precisava tentar uma vez mais entrar em contato com a médica-legista e ver se descobria algo específico sobre o modo como Chloe morrera.

Levantei-me para anunciar um novo intervalo de meia hora antes da projeção de *A era da inocência*, de Martin Scorsese, no auditório, e convidei os participantes a tomarem mais um café ou a darem uma volta até o rio Michigan, que atravessava a UEM. No caminho havia uma linda ponte com bancos, e nas margens outros bancos debaixo de salgueiros enormes. Nada mais repousante do que observar os patos nadando na suave correnteza.

Serena se levantou com ar exausto. "Acho que vou procurar o meu fornecedor de drogas", resmungou. E se foi.

Sem vontade de andar, peguei duas xícaras de café e fui com Stefan até a entrada do estacionamento, onde havia uma espécie de saguão distante o suficiente para que tivéssemos um pouco de privacidade. Claro que não havia tanta privacidade assim, tratava-se de um lugar no qual, sei lá por quê, o arquiteto decidiu que o corredor devia ter o dobro da largura e acabou criando um divisor visual com vários pilares horríveis. As janelas davam para um pátio árido que não se enxergava de noite. Os decoradores o haviam mobiliado com poltronas quadradas até que confortáveis para os padrões da universidade, embora tivessem um esquisito tom de azul que parecia coagulado ou cozido.

Sozinhos, sentamo-nos lado a lado e ficamos conversando sobre o homicídio. Embora passasse gente — em geral estudantes, nenhum deles associado ao seminário —, tínhamos a sensação de estar realmente a sós.

"Sabe", disse Stefan, "acho que você tem razão quanto a Priscilla."

"Acha mesmo?"

"Qual é o problema?"

"É que eu estou deprimido. Gosto dela. E o chilique de Crane Taylor agora há pouco? Vai ver que foi ele que matou Chloe — só Deus sabe por quê."

"Ele a mata", disse Stefan com cautela, "e sai xingando em público?"

"Eu sei que não tem muito nexo. Mas o homicídio também não tem."

"Nick, o que me convenceu foi o que você me disse a respeito do livro de Priscilla. Ela escreveu a fantasia e depois a viveu. Não estou afirmando que tenha planejado tudo, mas o fato de ter de conviver com Chloe no seminário pode ter desencadeado o resto. Eu acho muito plausível."

"Sorte sua." Não sei por que eu estava tão amargo.

"Nick, você precisa contar ao detetive Valley."

"Eu não quero."

"Não acredito que você queira guardar segredo. Pode ser um crime."

"Mas ele acaba descobrindo sozinho. *Alguém* deve ter ouvido Chloe mencionar o livro de Priscilla no coquetel, mesmo que com o título errado, e a polícia vai conseguir juntar todas as peças sem mim."

"Por acaso você está se omitindo para que Priscilla tenha tempo de fugir?"

Eu tive vontade de mandá-lo à puta que o pariu, mas a raiva se esvaiu instantaneamente. Ele tinha razão, estava coberto de razão. Percebi que, inconscientemente, era isso mesmo o que eu queria fazer. Não dizer nada a respeito de Priscilla e não contar a Valley o que havia em seu livro, assim talvez ela conseguisse dar um jeito de escapar, sei lá como.

No fundo, eu não era muito melhor do que o reitor Littleterry; só queria que tudo aquilo desaparecesse.

Irritado, Stefan insistiu em voz baixa, o ar sombrio. "Nick, você precisa contar tudo o que sabe ou suspeita ao detetive Valley."

"Contar o quê?", perguntou o detetive Valley, saindo de trás de um dos pilares.

Parecia tão satisfeito consigo que eu me levantei de um salto e comecei a gritar: "Pare de me espionar!".

Stefan tentou me agarrar o braço para que eu voltasse a me sentar, mas eu me livrei dele com um safanão.

"O senhor aparece em todos os lugares aonde eu vou, e não venha dizer que é coincidência!"

Agora, é preciso que eu mencione uma característica do campus e da cidade. Normalmente, os habitantes de Michigan não gritam, não dão vazão às emoções como os nova-iorquinos, a não ser nos jogos de futebol, em que conseguem ser piores do que os antigos taxistas da Big Apple. De modo que a minha reação fez com que alguns transeuntes parassem. Ficaram olhando para mim, para Valley e para Stefan, tentando entender aquela cena peculiar e ruidosa.

O detetive olhou para eles e disse: "Assunto da polícia", e todos se dispersaram sem dizer uma palavra. Ele se virou para mim, impassível, e perguntou com a mesma entonação: "Me contar o quê?".

Derrotado, sem saída, eu voltei a me sentar. Valley se sentou no largo braço da poltrona em frente. Creio que tinha a intenção de olhar para mim de cima para baixo, o que não seria possível se ficássemos frente a frente. Não precisou me arrancar uma confissão. Eu falei no livro de Priscilla e lhe contei que Chloe o havia ridicularizado no coquetel. Enquanto falava, senti a calada aprovação e o alívio de Stefan.

O policial se levantou e disse: "Se Priscilla for a assassina e tiver fugido da cidade, o senhor poderá ser processado como cúmplice".

Eu estava arrasado demais para me importar com isso. Valley me repreendeu com o olhar e se afastou: com certeza ia procurar Priscilla. Depois de alguns instantes deprimidos, durante os quais nenhum de nós falou, Stefan e eu fomos para a sessão de cinema no outro lado do Hotel Central.

No auditório não faltavam animadas discussões nem gargalhadas. Não era o que eu esperava. Vi Priscilla com ar muito abatido, sentada no centro de uma fila, longe do corredor, de modo que não pude me aproximar dela para conversar. Bem, pelo menos não estava foragida, portanto não podiam me acusar de tê-la ajudado a fugir.

Onde andava Angie Sandoval?, indaguei. Também não a tinha visto no jantar. Imaginei que estivesse farta de bancar a espiã. Quem podia censurá-la por isso?

Minha apresentação foi breve. Limitei-me a elogiar Laurie Scherby, a especialista que se ocupava de Wharton no cinema. Pondo o cérebro no piloto automático, teci alguns comentários genéricos sobre a sua contribuição na área e voltei correndo para o meu lugar.

Scherby, da Universidade Estadual de San Diego, era uma mulher cordial e despretensiosa, cheia de casos de Hollywood e de Wharton para contar. Foi muito agradável na sua intervenção de quinze minutos, pelo menos provocou risos e aplausos no público. Stefan não parava de me perguntar se estava tudo bem comigo, e eu simplesmente fazia que sim ou dizia: "Só estou cansado".

Sim, morrendo de cansaço. Não tenho vergonha de dizê-lo.

Mas quando começou *A era da inocência*, passei duas horas bem-aventuradas livre da fadiga e de minhas ruminações acerca de Chloe DeVore, Priscilla, o homicídio e o perigo que eu próprio corria. Aquele filme pretensioso e tolo foi tão reconfortante quanto uma leitura de verão que fizesse com que eu me sentisse um hipopótamo boiando tranqüilamente num rio caudaloso em pleno meio-dia.

Quando a projeção terminou e Scherby voltou ao palco para dirigir a discussão, vi que tinha feito bem em escolher aquele filme. O resultado foi o esperado: reconciliou a conferência, com praticamente todos comungando no sentimento de desprezo e superioridade.

Não houve perguntas, a não ser aquelas falsas perguntas de conferência, que não passam de mal disfarçados discursos, e todos os que pediram a palavra manifestaram a mesma enérgica aversão pela obra de Scorsese. Praticamente não houve discussão sobre nenhum aspecto, e a crítica foi chegando ao ponto culminante.

Van Deegan Jones ridicularizou o cineasta. "Deixou-se seduzir pela superfície. Não entendeu o livro e transformou um romance inteligente e profundo num filminho pedante e vulgar."

Aplausos calorosos. Até eu endossei, pois ele tinha toda a razão.

O elenco foi a vítima seguinte, por ser tão fora de sintonia com o livro. Miúda e sem sal, Winona Ryder não tinha a mais remota semelhança com May Welland, a loira escultural que Wharton descrevia como uma Diana atlética. E Michelle Pfeiffer carecia muito de brilho, mistério e exotismo para representar Ellen Olenska.

"E não esqueçam as tetas!", gritou Verity Gallup, lembrando que o decote generoso de Ellen Olenska escandalizava no início do romance, coisa que não podia acontecer num filme com Michelle Pfeiffer, que era uma tábua. Todos riram, mas será que não teriam vaiado se essa observação viesse de um homem? Então me ocorreu que eu tampouco vira Gallup no jantar.

Stefan me disse: "Eu não li o livro, de modo que não posso comparar. Mas achei o filme uma chatice".

A demolição acadêmica se arrastou por mais dez minutos, então eu me levantei e agradeci a Scherby por "ter conduzido o massacre — quer dizer, a discussão".

Novas gargalhadas, e as pessoas começaram a se levantar e sair aos corredores.

Muitos participantes vieram me dar os parabéns pela escolha do entretenimento daquela noite em que eu me sentia tão mal. Mas não há nada que os acadêmicos apreciem mais do que uma boa oportunidade de se sentirem superiores, e, no caso, aqueles professores pobretões e malvestidos podiam ir embora com a sensação de haver triunfado sobre a riqueza, a beleza, o vedetismo e a própria Hollywood.

Bem quando eu estava me sentindo relaxado e disposto a propor a Stefan irmos tomar um drinque, Valley apareceu no auditório, o ar carrancudo. Dessa vez, não estava atrás de mim, e sim de Priscilla, que estremeceu ao vê-lo e olhou à sua volta como se pretendesse fugir. A única possibilidade seria pelo palco e pela saída de emergência, porém, mesmo assim, não conseguiria.

O policial falou com ela na multidão já bem rarefeita, e a levou ao lugar onde eu estava conversando com Stefan.

"Vocês dois façam o favor de aguardar que todos saiam."

Olhou para Stefan que, captando a mensagem, me disse: "Eu espero lá fora".

Quando ficamos só os três, Valley nos indicou duas poltronas no centro da primeira fila. Preferiu ficar de pé, encostado no palco, a menos de três metros de distância, como se fosse um mestre-escola repreendendo dois alunos malcomportados.

"Eu quero que a senhora me conte tudo da sua relação com Chloe DeVore e do que aconteceu na festa desse cara" — apontou para mim — "em fevereiro."

Não tive coragem de olhar para Priscilla, uma vez que eu mesmo havia dado a Valley uma idéia geral do conflito entre Vivianne e Chloe, além de lhe contar que ela havia ajudado a criar a confusão. Ainda que Priscilla não soubesse que eu a delatara, confesso que eu me sentia vil.

"Eu não tinha nenhuma relação com Chloe DeVore", respondeu ela com voz sumida.

"Mentira. A senhora a odiava. E disse isso. Ninguém odeia uma desconhecida."

Priscilla encolheu os ombros, desamparada, evidentemente tão atordoada que mal conseguia enfeixar recursos para se defender. "O senhor vai me prender?"

O detetive sacudiu a cabeça. "Por enquanto, não."

Eu lhe perguntei: "Havia impressões digitais dela no livro que vocês encontraram perto do corpo de Chloe?".

"O senhor é o advogado dela?"

Foi a minha vez de responder com o silêncio. Muito a contragosto, Valley disse que não. "As impressões não coincidem com as dela, nem com as de nenhum participante da conferência, a não ser as do rapaz que lhe vendeu o livro, mas ele tem álibi. O gerente da livraria veio buscá-lo logo depois do coquetel, e os dois voltaram para conferir a féria, repor parte do estoque e empacotar as devoluções. Quando terminaram, o cadáver já tinha sido encontrado." Era evidente que estava decepcionado.

"Que livro?", quis saber Priscilla, e eu esclareci que se tratava de um exemplar da *Casa da felicidade*, encontrado junto ao corpo de Chloe.

"Mas eu chequei os comprovantes de cartão de crédito na Ferguson's", prosseguiu o detetive, detendo-se aí.

"E?", perguntei.

Abrindo um sorriso, ele encarou Priscilla. "Por que a senhora comprou um exemplar novo da *Casa da felicidade* ontem à noite? E onde ele está?"

Priscilla enrugou a testa. "Por acaso eu não posso comprar o livro que quiser? O meu estava rasgado, e eu resolvi comprar outro. Qual é o problema?" Abriu o bolso lateral de sua enorme sacola de lona e procurou, vasculhou os outros bolsos, depois o centro, espalhando chaves, lenços de papel, óculos escuros.

Valley ficou observando-a atentamente, e eu senti um frio na barriga quando ela ergueu a vista, empalidecendo. "Sumiu."

O detetive balançou a cabeça. "O estande da Ferguson's vendeu só dois exemplares da *Casa da felicidade* no coquetel. Um foi pago em dinheiro, e o vendedor não lembra quem o comprou. O outro, com cartão de crédito. O seu, professora Davidoff."

Priscilla baixou a cabeça, mas logo endireitou o corpo, mostrando-se repentinamente bem menos derrotada. "Vivianne deve ter visto quando eu o comprei", disse em tom desafiante. "E o roubou para deixá-lo perto do cadáver."

Eu perguntei: "Mas e a pessoa que comprou o outro livro?".

Sem se dignar a responder, Valley comunicou que Priscilla estava proibida de sair de Michiganapolis.

Ela protestou: "Eu não fiz nada — por que ia querer sair?". Mas, depois de ter sido notificada daquele modo por um policial, qualquer coisa que dissesse pareceria mentira.

Priscilla inclinou a cabeça e começou a chorar. Valley se afastou, e eu me perguntei por que ele fizera tanta questão de que eu presenciasse aquele diálogo. Para ver a minha reação, como na noite anterior? O que esperava descobrir?

Assim que ele saiu, Stefan veio ter conosco. Os dois tentamos consolar Priscilla, mas nem mesmo a voz reconfortante e terna de Stefan surtiu efeito. Soluçando, com o rosto mergulhado nas mãos, ela pediu que a deixássemos a sós.

Foi o que fizemos, e eu me senti muito mal por ter suspeitado dela, por ter chamado a atenção de Valley para o seu romance e, acima de tudo, por ter me deixado intimidar tanto. Stefan dizia que eu era excessivamente acomodado, mas covarde era a palavra justa. Nunca fui capaz de enfrentar a autoridade, mesmo estando com a razão. Por trás dela sempre se escondiam as figuras pequeninas, delicadas mas poderosas, de meus pais, cuja aprovação eu jamais conseguira obter (mostrar-lhes a minha bibliografia não foi muito diferente de trazer do jardim-de-infância um guache malfeito).

Na saída, eu estava começando a reproduzir para Stefan o que Valley tinha perguntado a Priscilla quando Angie Sandoval me encurralou.

"Eu sei que é tarde e que o senhor deve estar zonzo, professor Hoffman, mas a gente precisa conversar sobre o caso. É urgente." Estava radiante de entusiasmo, coisa que me deixou gelado.

"Só se você for me contar, sem sombra de dúvida, quem foi que matou Chloe DeVore. Do contrário, fica para amanhã", disparei.

E tratei de me afastar dela. Stefan veio atrás de mim, cochichando: "Por que tanta grosseria com uma aluna? Você *gosta* dela".

Não respondi imediatamente, mas quando chegamos ao carro eu explodi. "Estou farto dessa história. Queria nunca mais voltar à UEM. Queria nunca ter ouvido falar em

Chloe DeVore! Como se não me bastasse ter sido obrigado a organizar esse troço, e, sim, eu sei que contribuí com tudo isso porque não tive peito de dizer não! Mas deu tudo errado, foi um fracasso. E agora Littleterry quer me esfolar", queixei-me. "E Joanne Gillian acha que eu sou Satanás em pessoa, e Coral Greathouse vai ser a próxima a me malhar porque o seminário foi um fiasco."

Ao sair do estacionamento para a noite fria, Stefan disse com muita calma: "Não foi um fiasco. Você disse que tudo estava indo bem. Littleterry é uma besta, e Joanne Gillian, uma fanática. Se tentarem impedir a sua efetivação, nós ameaçamos processá-los por violação das liberdades civis, e você sabe que eles vão acabar recuando para evitar publicidade negativa".

"É verdade", murmurei, não muito disposto a me deixar persuadir.

"E, por mais que tivesse defeitos, Chloe não merecia morrer. Essa é a verdadeira tragédia, não o que acontece com o seu seminário. Ou mesmo com o seu emprego."

"Eu sei. Desculpe. Não quis dar a entender que a morte dela foi apenas um inconveniente. Acho mais fácil reclamar de tudo e xingar, porque isso esconde o que realmente aconteceu."

Percorrer as ruas do norte do campus, todas elas calmas, bem iluminadas, arborizadas e de aparência quase perfeita, nas quais as piores transgressões geralmente não passavam de estacionar em lugar proibido ou dar uma festa barulhenta, ressaltava o absurdo de nossa vida ter sido, uma vez mais, tocada pelo homicídio.

Quando chegamos, a secretária eletrônica registrava só uma mensagem. Stefan ficou esperando enquanto eu a ouvia.

"Nick?" Era Priscilla, a voz entrecortada. "Eu não matei Chloe. Não a matei. Você precisa acreditar em mim."

Talvez por ter sido tão mal-educado com Angie, achei que devia retornar a ligação. Procurei o número na lista do corpo docente enquanto Stefan servia dois copos de

Perrier na cozinha. Ninguém atendeu na casa dela, e sua secretária eletrônica estava desligada. Talvez tivesse telefonado da rua. Devia estar de porre num bar. Sim, era exatamente o que eu faria se tivesse sido ameaçado por um policial e fosse o principal suspeito de um assassinato.

Naquela noite, ao adormecer, eu me arrependi uma vez mais de ter sido tão malcriado com Angie, mas estava muito exausto para telefonar pedindo desculpas (sabia que ela ficava acordada até tarde — todos os meus alunos ficavam). Num súbito momento de lucidez, pouco antes de pegar no sono, ocorreu-me que o entusiasmo de Angie talvez se devesse a algo real. Eu a havia encarregado de vigiar Priscilla, não? Portanto, talvez ela tivesse visto ou ouvido alguma coisa que me interessava saber.

Mas naquele momento a coisa mais urgente era dormir, apenas dormir.

Na manhã seguinte, sábado, o meu primeiro pensamento foi: "Está quase acabando". O seminário tinha chegado à metade, e eu nunca mais ia aceitar tamanha responsabilidade.

"Que tal um cafezinho na cama?", perguntou Stefan.

"Por que não o café-da-manhã na cama? Não. Que tal um fim de semana inteiro na cama? Ou mesmo o resto da vida? Eu serei um inválido sarcástico que faz observações terríveis sobre a política e a minha saúde, como Alice James."

Stefan, que estava pondo o robe preto de seda, virou-se para mim.

"Alice James? Não tem coisa melhor?"

"O.k. Alice Kramden? Não, Alice in Chains."

"Não seja hipócrita. Você nunca ouviu uma música deles."

"Pode ser que não. Mas os meus alunos os ouvem na classe nos *discmen* Sony — quer dizer, quando não estão recebendo chamadas no celular ou usando o laptop para fazer um trabalho de outra matéria."

Ele saiu do quarto antes que eu iniciasse a minha ária

"*O tempora, O mores!*". Fiquei sob as cobertas, contente porque havíamos reformado o quarto no verão. A pintura e o novo papel de parede deixavam-no mais leve e espaçoso.

Tornei a dormir, mas a mão delicada de Stefan no meu ombro acordou-me. Ele colocou no meu criado-mudo uma bandejinha com duas atraentes canecas de café. Avelã com baunilha não era a pior opção para uma manhã de sábado. Stefan se sentou na beira da cama, perto de mim, assoprando a bebida para que esfriasse.

"Acho que não vou mais me preocupar com a efetivação", murmurei. "Posso pedir demissão e ficar aqui. Fazendo compras, cozinhando, lendo."

"Como a sua mãe."

"Exatamente!"

Desde que eu me conhecia por gente, minha mãe levava uma vida de condessa de Tolstói, segundo a definição de Stefan. Mesmo na minha infância, quando cuidava de mim, ela dava um jeito de ir a demorados almoços com as amigas, passear no Riverside Park, ler livros importantes e volumosos como *A montanha mágica*, *Os irmãos Karamázov*, *A dance to the music of time*, *O quarteto de Alexandria* e, naturalmente, *Em busca do tempo perdido* (uma vez em francês e uma em inglês). Aventurava-se até na crítica contemporânea, deleitando-se com Foucault. "Oh, ele é delicioso. Parece ficção científica!", dizia com satisfação.

Como Stefan conhecia o gosto literário de minha mãe, eu disse: "Não vou ler nada pesado, só porcaria".

"Será que vai ter tempo quando a gente estiver de mudança para um apartamento?"

Com um tremelique de diva cinematográfica, eu pestanejei e disse: "Uma garota tem o direito de sonhar, não tem?".

Ele não foi o único a me chamar de volta à realidade naquela manhã. Já estávamos vestidos, comendo, quando a campainha tocou, e eu tive certeza de que eram más notícias.

Aproximei-me da porta com cautela, como se um comando de assalto estivesse prestes a derrubá-la.

Era o detetive Valley, e estava com ar tão bilioso quanto seu terno verde. Sem a menor cerimônia, foi entrando no hall. "O senhor sabe onde anda Priscilla Davidoff? Precisa ser interrogada, mas não foi localizada."

Eu fechei a porta atrás dele. "Pensa que ela está aqui?", perguntei com delicadeza. "Quer revistar a casa? Por onde vamos começar?"

O policial se acalmou um pouco.

Stefan o convidou a se sentar, e nós fomos para a cozinha. Valley recusou café, chá e mesmo água.

"De madrugada, nós conseguimos um mandado de busca para a casa de Priscilla Davidoff, mas ela não estava. O carro também não. Mas essa não é a melhor parte. A moça tem centenas de livros sobre assassinatos, crimes e coisas do gênero."

"Claro que tem", disse eu. "Ela escreve romances policiais. Faz parte da sua pesquisa."

"Pesquisa, hein? Também é para pesquisar que ela tem, no escritório, uma parede coberta de recortes de jornal e artigos de revista sobre Chloe DeVore? E um alvo de dardos com a fotografia de DeVore no centro?"

Hesitando, olhei para Stefan, que murmurou: "Eu não disse?". Senti um calafrio ao imaginar que obtivessem um mandado de busca para o *meu* escritório. O que não encontrariam e o que não pensariam?

"Quer mais?", ofereceu Valley. "Na escrivaninha, a última página do seu diário conta que ela ficou desesperada com a presença de Chloe DeVore."

"Mas Priscilla admitiu que odiava Chloe. Qual é a novidade?"

"E isto aqui?" Ele tirou um pedaço de papel do bolso da camisa, no qual, evidentemente, havia copiado um trecho do diário de Priscilla. Leu vagarosamente: "Sinto-me como um animal com a pata presa numa armadilha, só que não consigo imaginar como roê-la para me libertar".

217

Stefan e eu estremecemos.

"Está tudo lá", disse Valley.

Eu não tinha idéia do paradeiro de Priscilla, mas aquele policial certamente me enfureceu.

"E daí que ela não gostava de Chloe DeVore? E daí que tivesse obsessão por ela e a quisesse morta? Isso não a transforma automaticamente numa assassina, transforma? Muitos escritores detestam os outros e torcem para que eles morram ou desapareçam ou parem de escrever. Mas quantas vezes isso resulta em homicídio?"

Olhei para Stefan em busca de confirmação, mas ele evitou o meu olhar.

Valley não se deixou impressionar pela minha defesa. "Me diga uma coisa: quantas vezes o escritor invejoso escreve romances policiais e realiza um dos seus próprios enredos?"

"O senhor está sendo muito literal. Só um idiota mataria uma pessoa exatamente como matou uma personagem num livro."

Ele sorriu, como se eu tivesse apostado no cavalo perdedor. "Lembra que o senhor me disse no ano passado que o pessoal da UEM se odeia tanto que isso chega a ser letal? E eu sei perfeitamente que os professores podem ser idiotas, idiotas mesmo. Portanto, a resposta é sim, Priscilla Davidoff matou uma pessoa e não foi nada inteligente ao fazê-lo. O que é tão difícil de acreditar?"

Eu insisti. "E as duas sociedades Wharton? E o ódio que uma tem da outra?"

Valley deu de ombros. "Nenhuma delas tem ligação com Chloe DeVore."

Incapaz de ceder, eu servi outro café. Agora ele estava mais obstinado que aqueles meus alunos superconfiantes insistindo para que eu aumentasse a nota. "O.k., então veja quanta gente teve comportamento estranho no coquetel quando Chloe e Vivianne chegaram. Qualquer um pode ser culpado. Crane Taylor, Devon Davenport, Gustaf Carmichael, Grace-Dawn Vaughan, até mesmo Van Deegan Jones e Verity Gallup."

218

O detetive sorriu com ironia. "Vai ver que eles não gostam de lésbicas, só isso."

Eu fechei os olhos, resistindo à tentação imbecil de dizer que Gustaf Carmichael provavelmente era uma lésbica.

"Ontem à noite, ela me telefonou dizendo que não matou Chloe. Por que ia *me* telefonar se não fosse verdade?"

Valley rejeitou o meu argumento. "Talvez ache que o senhor tem alguma influência. Isso não quer dizer nada."

Ele me perguntou quem eram os amigos de Priscilla no IAR, mas eu não soube responder. E fui obrigado a reconhecer que não sabia muito da sua vida pessoal, nunca a visitara em casa nem tinha jantado com ela.

"Então o senhor não pode julgar se ela é assassina ou não, pode?"

Vencido, capitulei.

Ao sair, Valley recomendou (a mim e a Stefan) que, caso surgisse alguma novidade sobre Priscilla, a mandássemos entrar em contato com ele imediatamente — e mais, que telefonasse para ele assim que tivesse notícia dela. "Vou estar no meu escritório", acrescentou.

Eu voltei para a cozinha, e Stefan praticamente jogou a caneca vazia no balcão. "O que deu na sua cabeça para fazer uma coisa dessas? Por que tomou a defesa de Priscilla? Você parecia cúmplice dela", ralhou.

Eu não tinha tido coragem de gritar com Valley, de modo que gritei com ele. "Porque fui eu que matei Chloe DeVore, sabia?"

A campainha tocou antes que Stefan pudesse retrucar. Nós nos entreolhamos e, sim, ele recorreu ao surrado "Quem será?".

"No mínimo é Joanne Gillian que veio fazer um exorcismo. Nós temos tempo para isso?"

9

Abri a porta com muita cautela e dei com Angie Sandoval sorrindo e acenando feito uma participante de concurso de televisão mandando beijinhos para "a turma lá de casa".

"Posso entrar, professor Hoffman? Sei que o senhor deve estar pensando, 'putz! que garota folgada!'. Mas acontece que eu preciso conversar com o senhor, porque a notícia que tenho não pode esperar, portanto, por favor, por favor, posso entrar? Prometo não demorar!"

"Claro que pode", respondi, profundamente mortificado por haver atropelado seu entusiasmo na véspera. Caramba, será que eu ia acabar virando um velho rabugento como tantos outros professores da UEM? Que futuro me aguardava?

Deixei que entrasse e comecei a pedir desculpas pela grosseria da noite anterior, mas ela não deu a mínima, evidentemente tão empolgada com o que tinha para contar que não ligou para o acontecido na véspera.

"Tudo bem! Já estava muito tarde."

Suponho que ela quisesse dizer tarde para uma pessoa da minha idade...

"Posso tomar um cafezinho?" Angie foi diretamente para a cozinha, onde Stefan já estava servindo uma caneca, pois tinha ouvido perfeitamente sua voz alegre e animada. Perguntou-lhe se já tinha comido, e ela fez que sim.

"Esse café está jóia. Obrigada." Angie se instalou na mesma cadeira em que o detetive Valley se aboletara poucos minutos antes. O contraste quase me fez rir: ele era uma gárgula, ela, um ursinho de pelúcia.

Angie jogou a pequena mochila no chão, entre seus pés.

"O.k.", disse com a autoridade de um magistrado batendo o martelo. "Esse é o material que eu andei checando. Entrei nas publicações periódicas da UEM, no computador, e também naveguei pelas bibliotecas das outras universidades. Para ver se havia alguma ligação entre Chloe DeVore e o pessoal que veio para a conferência. Qualquer coisa que servisse de motivo para matar alguém."

Olhei para Stefan, que estava tão impressionado quanto eu com a iniciativa da moça; para ela, no entanto, aquilo era absolutamente corriqueiro, embora não tivesse passado pela nossa cabeça. Era a diferença de idade. A internet não era como uma segunda natureza para nós, mas era assim para uma estudante universitária.

"Fantástico!", exclamei.

Angie abriu um sorriso e prosseguiu. "Eles são professores de literatura, certo? Eu imaginei que podia haver alguma coisa relacionada com livros, artigos ou dissertações acadêmicas. E achei um monte de coisa."

"E o que foi que você encontrou?", perguntou Stefan.

Ela se movimentou um pouco na cadeira. "Olhem só! Encontrei a resenha de um livro num *New York Times* de anos atrás." Curvando-se, tirou da mochila um fichário vermelho de cinco divisões e o abriu na primeira. Tive vontade de lhe propor que enveredasse pela carreira de bibliógrafa.

"Nesta resenha, Chloe DeVore desanca um romance do tal Gustaf Carmichael." Angie acrescentou que aquela fora a única referência a um livro dele que tinha conseguido encontrar.

"Nunca soube que ele tivesse escrito um romance", disse eu. "Rapaz. Que pesadelo deve ser uma pessoa da estatura de Chloe DeVore arrasar logo o seu livro de estréia — e ainda por cima no *Times*. É o próprio beijo da morte." Imaginei o efeito que uma coisa dessas teria sobre Stefan, e a julgar pela sua expressão abalada creio que ele estava entretendo a mesma fantasia sinistra. "Então, a não ser que Carmichael tenha passado a escrever com pseudônimo, Chloe acabou com a carreira dele."

Angie concordou com um gesto vigoroso. "E ele aproveitou a primeira oportunidade para acabar com ela."

"Talvez", ponderou Stefan.

Angie e eu trocamos um olhar indulgente, como que a dizer: "Ora essa! É claro que foi Carmichael. Quer dizer, provavelmente foi".

"Tem coisa melhor." Angie pegou outra ficha. "Vocês sabiam que Chloe DeVore foi casada com Crane Taylor?"

"Não!"

Ela confirmou com um aceno.

"Sim, senhor."

Foi a vez de Stefan sorrir.

"Eu achei uma referência a um ensaio ou trabalho que eles fizeram juntos, e Chloe assina DeVore-Taylor. O que significa que eles eram casados, certo?"

Stefan contou a Angie que Crane Taylor havia se retirado do coquetel ao ver Chloe, e isso explicava o seu comportamento e por que ele se irritara tanto com as memórias que ela ia escrever. "Ou o casamento acabou mal, ou Taylor tinha inveja do sucesso dela, ou..."

"Ou ele é apenas um pobre ser humano", completei. "Ninguém sabe se a pessoa que matou Chloe tinha mesmo intenção de matá-la, não é? Pode ter sido uma briga que acabou mal."

Angie sacudiu a cabeça. "Não houve briga nenhuma. Ninguém ouviu vozes no corredor. Ninguém na conferência falou nisso. Mas esperem, tem muito mais coisa." Folheou o fichário. "Devon Davenport? Ele quase foi o primeiro editor de Chloe."

Stefan ficou intrigado. "Quase? Como assim?"

Ela explicou. "Devon estava preparando o primeiro livro dela, mas os dois brigaram — sei lá por quê —, e Chloe se recusou a continuar com ele. Arranjou outro, e ela é a única escritora que Devon perdeu assim. E o pior é que ela fez um bruta sucesso. Isso deve tê-lo deixado fulo da vida, aposto."

"Com certeza."

"Como foi que você descobriu?", quis saber Stefan. "Não me lembro de ter ouvido falar nisso." Baixou a voz, quase para si mesmo. "Bom, não é que eu tenha estudado a carreira dela."

Angie tornou a consultar o fichário. "Saiu na *Publishers Weekly*. Um texto bem curto."

Eu sorri. "Deve ter sido uma porrada e tanto no orgulho daquele bastardo!"

"Tirei cópia de tudo, caso vocês precisem para provar alguma coisa", disse Angie, tornando a abrir a mochila. Mas eu assegurei que aquilo bastava por ora.

"Puxa!", exclamei, pensando na estranha confluência que reunira tantos desafetos de Chloe. Tudo porque a UEM resolveu mostrar ao mundo que não era misógina!

Stefan se sentou à mesa conosco. "Eu tenho uma dúvida. Nós não sabíamos do conflito de Davenport com Chloe, mas Priscilla devia saber. Por que será que nunca disse nada?"

Para isso, nem Angie nem eu tínhamos resposta.

"Seja como for", especulei, "Davenport deve ter tentado recuperar Chloe como autora, oferecendo-se para comprar suas memórias. E, pelo jeito, ela recusou, humilhando-o mais uma vez no coquetel."

Stefan sacudiu a cabeça. "Isso tudo é muito interessante, mas não chega a ser tão grave assim, não acham? Por acaso alguma dessas coisas era motivo para matar uma mulher?"

Desconcertada e ofendida com o ceticismo de Stefan, Angie se pôs a folhear o fichário a esmo.

"Motivo não falta", retruquei. "Ódio, inveja, vingança. É isso que torna Priscilla suspeita de homicídio, não? À parte algumas provas muito circunstanciais. Então por que Devon Davenport, Crane Taylor e Gustaf Carmichael seriam menos suspeitos? E não esqueçam Grace-Dawn Vaughan. O fato de ela falar abertamente no seu ódio porque Chloe a ridicularizou num romance não significa que a tenha perdoado. Falar com franqueza é um disfarce perfeito."

Angie murmurou "Grace-Dawn Vaughan", e fez umas anotações. Evidentemente, não tinha investigado aquele aspecto do escândalo.

"Você achou alguma coisa ligada a Jones ou Gallup?"

"Não." A garota tornou a escrever.

"E sobre a ligação de Chloe com Edith Wharton?", indagou Stefan. "E as duas sociedades?"

Angie ficou intrigada. "Não há nada, acho que não."

Stefan me endereçou um olhar enviesado, do tipo "Eu não disse?".

Eu lhe pedi que pegasse o telefone sem fio no balcão perto da geladeira e tirei a carteira em busca do cartão de visita de Valley. Os dois ficaram me observando atentamente, como se eu fosse fazer uma coisa extraordinária, mas perderam o interesse ao me ouvir dizer: "Não está? Não, nenhum recado, eu volto a telefonar mais tarde".

Desliguei com desânimo. "Fica para depois. Escutem, ainda dá tempo de alcançar o café-da-manhã no Hotel Central. O seu carro está aqui, Angie?"

"Não, ficou no campus. Eu vim a pé."

Assim, os três fomos juntos, longe de imaginar a agitação que nos aguardava no refeitório. Era tal o barulho no saguão que eu imaginei que as duas sociedades rivais tinham voltado a se engalfinhar. O refeitório estava eletrizado de tanta tensão. Os participantes iam de um lado para outro, gesticulando, brandindo pedaços de torrada para enfatizar suas palavras, bebendo café estouvadamente. Suas faces vivíssimas. Bem, tão vivas quanto conseguiam ser.

Aquilo parecia o quartel-general da NASA às voltas com um grande contratempo ou problema no espaço sideral.

Ao me avistar, Serena veio correndo ao meu encontro. "Acabam de dar a notícia no rádio da UEM. Priscilla Davidoff morreu."

Ouvi outras vozes repetindo o nome de Priscilla. Deixei-me cair numa cadeira enquanto ela me informava. "Um estudante a encontrou hoje no carro dela."

E explicou que o automóvel de Priscilla estava num dos vastos estacionamentos da periferia do campus, e ao que tudo indicava ela se suicidara com um tiro. O estudante que a encontrou ficou em estado de choque e estava sendo medicado no posto de saúde da UEM. Serena repetiu tudo para que eu entendesse. Não sei se entendi. Ouvi Angie dizer "uau" muitas vezes às minhas costas. Stefan pôs as mãos nos meus ombros, talvez com medo de que eu caísse duro.

A culpa era minha. Priscilla se suicidou porque eu contei muita coisa a Valley. Devia ter ficado de bico calado.

"Que matéria!", exclamou Devon Davenport para Grace-Dawn Vaughan, exultante. "'Escritora lésbica invejosa mata autora famosa e se suicida.' É um livro instantâneo e um puta filme. Este seminário é uma mina de ouro!"

A maioria dos presentes se calou ao ouvir essa pequena arenga. Mas Grace-Dawn o esbofeteou. "Sua besta! Duas mulheres morrem e a única coisa em que você pensa é em fazer negócio!"

O refeitório todo aplaudiu a reprimenda, porém, mesmo estando atordoado, eu notei um ar culpado em boa parte dos circunstantes, como se eles próprios estivessem planejando escrever sobre o episódio. Na esperança de faturar uns trocados com um crime real, imagino. É bem verdade que Davenport ficou desconcertado com a reprimenda de sua autora, e tratou de calar a boca.

Serena se afastou, dizendo que precisava telefonar. Stefan, Angie e eu ficamos juntos, os três encolhidos como refugiados nas cadeiras de um canto do refeitório.

"Não acredito", disse eu mais de uma vez, e Stefan se limitou a balançar a cabeça, concordando.

Van Deegan Jones e Verity Gallup puseram-se a con-

225

versar baixinho a um canto, e eu pensei, com alívio, que a notícia provavelmente a convenceria de que o encontro tinha de ser cancelado, por inconveniente que fosse. Ótimo. O que eu mais queria era viajar para longe de lá. Não seria nada mau. Afinal de contas, só faltava aquele dia e a manhã de domingo. Portanto, ocorrera meio seminário — melhor do que nenhum, não?

Jones e Gallup se levantaram e se aproximaram.

"Eu lamento muito o problema terrível que você está tendo", disse Van Deegan Jones. Verity Gallup, ao seu lado, fez um gesto afirmativo. "Não é precisamente o que a gente espera desse tipo de encontro."

Como se a morte de Chloe e a de Priscilla tivessem sido gafes numa festinha.

"É horrível", acrescentou Verity. "Tudo estava muito bem organizado até agora."

"É", concordou Jones. "E muito agradável."

Eu esperei que eles propusessem encerrar as atividades apesar do meu excelente trabalho de coordenação, assim como o de Serena, mas era claro que eles estavam no aguardo de uma resposta da *minha* parte, e quando eu disse "obrigado" os dois se limitaram a assentir com a cabeça.

Só podia ser uma piada de mau gosto. Jones e Gallup se mostravam tão relaxados na companhia um do outro que custava acreditar que só faltaram se engalfinhar no dia anterior. Acaso a morte reconciliara aqueles inimigos? Ou havia um conluio entre eles?

"Nick", propôs Jones com afabilidade, "por que você e os seus colegas não vêm tomar o café-da-manhã conosco?" Fomos todos para a mesa deles. Nesse meio-tempo, os demais haviam se instalado e estavam entregues à importante atividade de mastigar e fazer fofoca.

Eu apresentei Stefan a Jones e Gallup como o escritor residente da UEM, mas ambos sabiam quem era (ele sorriu de satisfação). Contei-lhes que Angie era ex-pós-graduanda em jurisprudência criminal.

Languidamente, passando manteiga num pãozinho, Jones perguntou a ela: "O que você acha dos dois assassinatos?". Foi quase como mandar um cachorro fazer um truque, e eu vi que Verity ficou eriçada com aquela atitude. "Digo dois, porque, de certo modo, suicídio também é um assassinato. Ou seja, assassinar a si próprio." Endereçou-lhe uma risadinha indulgente.

Angie ou não se deu conta ou não se importou com o ar de superioridade de Jones. Respondeu impassivelmente: "Tudo indica que Priscilla matou Chloe e depois se suicidou, decerto porque estava com medo de ser presa. As mulheres com mais de quarenta anos tendem a se enforcar, mas de modo geral as armas de fogo são as mais usadas no suicídio".

Jones fez que sim.

"No entanto, uma coisa é esquisita", prosseguiu a moça, olhando para o lado como se estivesse imaginando a cena. "Por que ela se matou no campus, lá na extremidade sul? Por que não fez isso em casa? Ou num lugar mais isolado?"

Sim, eu pensei, por quê?

"Você está sugerindo que a mesma pessoa matou as duas mulheres ou que pode até mesmo haver dois assassinos?" Van Deegan Jones falou tão alto que muita gente parou de conversar às outras mesas.

Angie não recuou. "Depende..."

Não chegou a concluir a frase, porque o detetive Valley irrompeu no refeitório e se deteve num lugar em que podia ser visto por todos. Atenção instantânea.

"Imagino que agora vocês todos já sabem que a professora Priscilla Davidoff morreu", disse. "Peço-lhes que não deixem o colóquio antes do previsto, pois a investigação da sua morte e da de Chloe DeVore continua."

"Ninguém vai me prender aqui nesta pocilga!", rosnou Devon Davenport.

Grace-Dawn Vaughan o calou com um gesto. "Ele disse para não sair enquanto o seminário não *terminar*."

"Ninguém manda em mim", resmungou o editor, mas devia saber que era inútil.

Nada disso afetou Valley, e, com toda a certeza, naquele momento seria preciso pagar à maioria dos participantes para que fossem embora antes da hora marcada. Duas mortes — talvez dois assassinatos! Aquilo tinha virado um filme de Agatha Christie.

Meus olhos encontraram os de Valley quando ele deu meia-volta para sair, fazendo um sinal com a cabeça. Fui atrás dele. No corredor — onde eu sentia que tinha passado a maior parte da minha vida recente —, perguntei: "Foi suicídio?".

"Ainda é cedo para saber. Ela não deixou nenhum bilhete, mas parece que foi. Com arma de fogo." Valley se calou, e eu lhe perguntei se tinham encontrado um livro de Wharton no carro. Ele resmungou que sim.

Nesse caso, talvez nós estivéssemos às voltas com um assassino serial. Um obcecado por Edith Wharton. Eu podia entender que Jodie Foster fosse objeto de fixação, mas Edith Wharton? Por quê? Como? E quem já tinha ouvido falar num maníaco com fixação por uma escritora morta? Eu não agüentava pensar nisso.

Engolindo em seco, perguntei que livro era.

"*Ethan Frome*, uma brochura. Com o nome da professora Davidoff escrito. Temos de conferir a caligrafia para saber se o livro era dela. Isso significa alguma coisa?"

"Puxa vida! Claro que sim. Quase no fim de *Ethan Frome* a protagonista tenta o suicídio — e não consegue."

"Pelo jeito, a professora teve mais sucesso do que a personagem que a inspirou." Valley se foi sem me dar mais nenhum detalhe.

E agora? Havia outros livros de Wharton com suicídio no enredo? Se houvesse, ocorreriam outras mortes? Quantas? E todas antes do fim da conferência?

Fechei os olhos na vã tentativa de visualizar a minha bibliografia de ponta a ponta, página por página, mas não consegui me lembrar de nenhum outro suicídio nos romances de Wharton. Restavam os contos, que eram mais de oitenta.

Antes que eu tivesse feito uma descoberta, Stefan e

Angie saíram do refeitório e vieram ao meu encontro. Irritado, eu lhes transmiti a escassa informação fornecida por Valley. "A gente nem sabe ao certo como foi que mataram Chloe!"

"Foi com uma daquelas lajotas de granito", disse Angie de supetão. "Ela levou uma pancada na nuca com o centro da lajota e outra com a borda. Mas não acharam impressões digitais."

Stefan e eu arregalamos os olhos. "Como você sabe?", perguntamos em coro. Mas ela não contou. Aliás, praticamente fugiu, e Serena apareceu à porta antes que eu decidisse se valia a pena cometer a loucura de persegui-la no corredor.

Olhei para Stefan, que disse: "Essas lajotas são pesadas, não são? Então o assassino devia ser bem forte".

"Não. Elas só têm trinta centímetros quadrados e pouco mais de um centímetro de espessura. Eu cheguei a examinar uma lá no corredor há algumas semanas. Quando fui ver como estava indo a reforma."

"Gente", exortou Serena, "está na hora de começar os painéis. Aliás, já passou da hora. Não podemos parar de trabalhar por causa dessa notícia."

Ela pode não ter sido tão inspiradora quanto De Gaulle ao conclamar o povo francês durante a ocupação alemã, mas conseguiu.

Stefan disse que ficava me esperando no corredor. Lá dentro, eu fiz o anúncio adequado. Aquela era a última série de painéis. Tínhamos outras atividades previstas para a tarde, a noite e a manhã de domingo.

Quando o grupo começou a se dispersar, Verity Gallup e Van Deegan Jones passaram por mim. Ela o estava criticando em voz baixa. "Como você é sexista e arrogante, não posso acreditar! Tratou a moça como uma criança."

"Ela é uma criança", resmungou Jones. "E você, uma piranha na menopausa."

Não consegui ouvir o resto do edificante diálogo.

No corredor, Stefan me chamou de lado. Estava com ar muito preocupado. "É impossível Priscilla ter se matado."

229

"Por quê?"

Ele me agarrou o braço feito um sindicalista dirigin-do-se a um fura-greve. "Você não me contou que ela estava para publicar um livro no verão? Como iria perder o frenesi do lançamento?"

À nossa volta, passavam participantes com cadernos, anotações, programas e pastas de documentos, todos rumo às diversas salas de seminário. A ordem parecia restabelecida.

Mas, nesse momento, eu fui encurralado pela chefe do IAR, Coral Greathouse. Com um tailleur marrom de corte quadrado que lhe dava a aparência de uma aeromoça russa dos anos 50, estava muito tensa naquele dia, como que decidida a não ser sentimental.

"Nick, eu soube de Priscilla e estou preocupadíssima. Não era para o seminário ser assim."

Com falsa solidariedade, eu disse: "Eu sei. Duas mortes depõem muito contra o departamento. E agora você vai precisar arranjar quem fique com as turmas de Priscilla. É um grande contratempo".

Coral concordou em silêncio, mostrando-se aflita, mas satisfeita pelo fato de eu compreender seus problemas de administradora. Mas logo fechou a cara e estreitou os olhos por trás do enorme aro vermelho dos óculos.

"Nick, eu vim lhe pedir que mantenha o evento sob controle."

"Como?", disparei. "Só se eu revistar todo mundo. Ou alugar um detector de metais!"

Ela deu a impressão de estar contando até dez, em silêncio, talvez para mostrar o quanto era paciente. "Eu acho a sua atitude completamente errada." E se afastou depois de dirigir a Stefan um breve e irritado aceno.

"Bom, pode incluí-la na lista", disse eu. "Ninguém gosta de mim. Nem a minha chefe de departamento, nem o reitor da universidade, nem a presidente do colegiado. Mais um dia, e as secretárias e o pessoal da manutenção vão fazer passeata contra mim lá fora. Talvez queimem minha efígie na escadaria do prédio da administração."

"Que não seja neste fim de semana", observou ele. "É melhor esperar até segunda-feira."

Eu ri. Que mais podia fazer?

Embora tenha assistido a uma sessão com Stefan ao meu lado, não consegui me concentrar. Coral tinha razão. A conferência havia escapado ao controle, mas só a polícia do campus podia pôr fim ao caos, e nada indicava que ela estivesse fazendo progresso.

A morte de Chloe me parecera bizarra, e, para mim, a própria Chloe era muito mais uma personagem do que uma pessoa real, de modo que eu podia manter certo distanciamento. No entanto, conhecia bem Priscilla, e até achava que íamos ser amigos. Ainda não conseguia acreditar que estivesse morta.

Naquela sala lotada, senti-me culpado em minha avaliação dos seus romances policiais. Talvez tivesse me precipitado muito ao classificá-los de segunda categoria. E me senti mais culpado ainda ao recordar a sua desesperada mensagem na noite anterior. Ela me telefonou, e eu me limitei a retornar a chamada. Era óbvio que estava desesperada. Por que não fui à sua casa? Priscilla podia ter aberto a porta, embora não quisesse atender o telefone.

A menos que já estivesse morta.

Então me lembrei de uma coisa horripilante: na tentativa de convencê-la de que não era preciso temer a presença de Chloe e Vivianne na conferência, eu fizera uma referência jocosa a *Atração fatal*.

Quando saí dos meus devaneios e olhei ao meu redor, o painel havia terminado. As pessoas estavam de pé, conversando. Stefan me endereçou um sorriso solidário como que para dizer que eu fizera bem em me permitir um cochilo mental.

Vivianne estava no fundo da sala, também com ar perplexo. Aliás, parecia mais abalada agora, depois da morte de Priscilla, do que com a de Chloe.

Algumas pessoas começaram a sair, creio que para aproveitar o intervalo de meia hora antes do almoço. Tendo pedido a Stefan que me esperasse lá fora, fui falar com Vivianne.

Ela me cumprimentou com um gesto. *"Je suis malheureuse comme les pierres, moi."*

Eu nunca tinha ouvido aquela expressão para manifestar tristeza. Ela estava infeliz como uma pedra, e falando mais francês comigo por causa disso, imaginei.

"Sabe, eu acho que ela se matou por minha causa", disse Vivianne em voz tão baixa que eu mal a ouvi.

Mesmo sem saber ao certo o que aquilo queria dizer, eu dei corda, também baixando a voz. "Você acha?" Ninguém na sala podia nos ouvir.

Vivianne confirmou com um gesto. "Priscilla e eu tivemos um caso, como vocês costumam dizer. Há muitos anos, em Aix. Nós duas estávamos dando aula. Chloe descobriu e exigiu que nunca mais voltássemos a ter contato. Eu passei anos longe dela, sabe? *Donc*, quando ela me escreveu contando que Chloe ia fazer uma leitura aqui na universidade em fevereiro, imaginei que fosse uma desculpa para voltar a entrar em contato comigo."

Eu fiquei passado com tais revelações, incapaz de saber o que era verdade e o que era mentira. "Quer dizer que Priscilla não lhe escreveu uma carta anônima falando na série do reitor e contando que Chloe ia substituir Cynthia Ozick?"

Vivianne esboçou um sorriso apagado. "Sim, foi uma carta 'anônima'. Mas eu conhecia a caligrafia dela, e a carta tinha sido postada em Michigan. *C'est pas sorcier.* Não é bruxaria — nem é preciso ser um Hercule Poirot." Deu de ombros, e eu tive vontade de contar que os meus pais eram belgas como Poirot.

Ela prosseguiu. "Isso reacendeu alguma coisa em mim, sabe? Fiquei ansiosa por rever Priscilla, mas o drama de enfrentar Chloe acabou atrapalhando tudo."

"Ela era apaixonada por você?"

"Quem sabe? Acho que eu gostava muito mais de

Priscilla do que ela de mim. Aliás, era a mesma coisa com Chloe."

"Você está querendo dizer que Chloe e Priscilla...?"

"Oh, não. Só estou querendo dizer que eu amava mais a Chloe do que ela a mim. É sempre assim, uma ama mais, e a outra, menos." Com ar deserdado, Vivianne disse: "Agora as duas estão mortas. *J'ai la main malheureuse, moi.* Como eu sou infeliz".

Cara a cara com a expressão de dor de Vivianne, eu me senti sumamente desamparado.

O almoço foi um desânimo. Por mais que tivessem ficado excitadas com a morte de Chloe, esbanjando reações, palpites e fofocas, agora as pessoas estavam murchas. Acho que ao cansaço típico dos seminários se tinha superposto a exaustão que se seguira ao duelo verbal de Van Deegan Jones com Verity Gallup. Tudo indicava que a hostilidade entre eles fizera com que seus respectivos sequazes voltassem a campos opostos, à espera do sinal para desencadear a guerra total. Mas os líderes estavam estranhamente ausentes. Acaso se haviam recolhido nas barracas de campanha para planejar a estratégia com o estado-maior?

Talvez eu estivesse cansado.

Joanne e Bob Gillian acabavam de voltar. Um par de urubus, provavelmente atraído pelo cheiro de tragédia, como os repórteres que percebem a derrocada de um político.

O que motivava gente assim? Qual era a origem do ódio de Joanne e como era possível que Bob, que às vezes se mostrava tão sensato na sala que dividíamos, não só tivesse se casado com ela como também acreditasse nas mesmas besteiras?

À mesa com Stefan, Serena e alguns membros do Coletivo Wharton, eu ataquei a minha torta de espinafre enquanto os outros conversavam à toa. Ninguém se queixou das sessões matinais, mas tampouco mostrou grande entusiasmo.

233

Cheguei a ouvir Joanne Gillian, duas mesas mais adiante, declamando sobre "o salário do pecado". Sua voz e todo o seu ser me irritaram mais do que nunca. Eu estava a ponto de ir insultá-la, mas Stefan me conteve.

"Para quê?", ponderou, e eu acabei concordando.

Mas um momento depois, Devon Davenport, à mesa com Joanne e Bob, disse: "Puta que pariu, por que vocês não calam a boca, porra? Parecem aqueles malucos no metrô de Nova York. Não dá para deixar os outros almoçar em paz sem nos enfiar Jesus Cristo goela abaixo?".

O refeitório tornou a mergulhar no silêncio.

Ofendido, Bob Gillian ameaçou: "Eu devia lhe dar um murro no nariz".

"Você devia era mandar a sua mulher calar a boca."

Antes que Gillian e Davenport começassem a se estrangular, Grace-Dawn Vaughan prorrompeu em lágrimas. "Este seminário absurdo", lamentou. "É demais para os meus nervos torturados."

"Amém", eu murmurei, enquanto Devon Davenport e Bob Gillian ofereciam lenços a ela, que teve a gentileza de aceitar os dois.

Quando o almoço chegou ao fim e as pessoas começaram a sair, Bob Gillian se aproximou.

"Joanne me mandou perguntar se vocês não querem ir orar na nossa igreja amanhã cedo. Será um prazer para nós."

Stefan e eu ficamos boquiabertos. "Nós somos judeus", eu disse. "Você sabe."

"E são também homossexuais praticantes", acrescentou Bob sem mudar de expressão. Depois sorriu. "Mas nunca é tarde para ter um encontro com Jesus."

E se afastou rapidamente, deixando-me sem saber se devia rir ou chorar.

Fiquei totalmente livre, pois não havia atividade naquela tarde. O evento principal era uma excursão de horticultora na UEM: às estufas, à gloriosa paisagem do campus e aos muitos canteiros espetaculares. Embora a primavera mal houvesse começado, por sorte o dia estava quente e ensolarado. Como a própria Edith Wharton se dedicava muito à jardinagem, a maioria dos participantes se interessou. Terminado o almoço, muitos foram se preparar para o passeio, que seria conduzido por um professor do Departamento de Horticultura. Ouvi outros falando em tirar uma soneca ou ler.

Com o evento se aproximando do fim, eu me senti ainda mais perdido. Stefan propôs dar uma volta, já que o tempo estava tão convidativo.

"Que tal pegar o carro e ir até Holland, mesmo que a gente chegue tarde para o jantar?"

Senti-me bem tentado pela imagem do lago Michigan, a duas horas de viagem, mas vi Angie no fundo do corredor, falando num telefone público. Eu ia gritar que queria conversar com ela quando a própria Angie começou a acenar freneticamente para nós.

Quando nos aproximamos, ela desligou e disse: "Preciso conversar com vocês!".

"Por que você sumiu?", perguntei.

"Eu tinha de dar um telefonema. Vou explicar tudo, prometo. Mas agora vamos planejar a nossa estratégia."

"Estratégia", repeti sem entender. Não sabia de onde tirar energia para fazer uma coisa tão difícil. "Para quê?"

"Porque", respondeu ela, arrastando a palavra. "Porque as possibilidades de Priscilla ter sido assassinada são tantas quantas as de ter se suicidado."

Stefan propôs que saíssemos do campus e fôssemos a um lugar tranqüilo.

"Eu estou com fome", disse Angie, e eu me dei conta de que também estava. Mal tinha almoçado. Stefan sugeriu o delicioso e pequeno restaurante vietnamita do outro lado da avenida Michigan, em frente ao campus, a cerca de oitocentos metros do Hotel Central. Angie ficou de se encontrar conosco lá, pois tinha deixado o carro num estacionamento pago e estava sem dinheiro trocado. Passaria num caixa automático e iria de automóvel ao restaurante.

Caminhando devagar, curtindo a temperatura de vinte e um graus e o sol (com o qual raramente se pode contar em Michiganapolis), eu disse a Stefan que concordava com ele. Acreditava que Priscilla só podia ter sido assassinada: ela não tinha nada de suicida, nem mesmo de deprimida, apenas estava abalada com a morte de Chloe.

Sempre cauteloso, ele lembrou que Angie só havia dito que havia uma *possibilidade* de homicídio. "Vamos ver o que ela tem para contar."

Como era de tarde, o Le Village estava quase vazio. O nome afrancesado era o máximo que Michiganapolis tinha em termos de restaurante francês, o nome e a decoração toda estampada com o rosado e o verde-claro rurais da França. Tudo muito aconchegante, desde as cortinas pregueadas marrons até o papel de parede delicadamente floreado. O cardápio era variado (vietnamita, chinês, coreano, tai), a comida saborosa e relativamente barata. Um dos garçons, Nguyen, parecia gostar muito de mim e de Stefan, à sua maneira tímida, sorrindo sempre que nós manifestávamos o afeto que nos unia.

Estava lá aquele dia e nos conduziu à nossa mesa preferida, no canto. Pedi-lhe que não tocasse no assunto das mortes no seminário. Ele não tocou.

"Estamos esperando mais uma pessoa", avisou Stefan, e Nguyen providenciou outra cadeira. De camisa branca e calça preta, lembrava os garçons de Paris.

Angie chegou logo depois e se jogou pesadamente na cadeira: uma Claudette Colbert ofegante e feliz.

"Eu não fui totalmente franca com vocês", confessou.

Nguyen trouxe chá, e Stefan nos serviu. Estava forte e bem quente.

"Eu conversei com a médica-legista."

"Com Margaret Case?", indaguei. Isso explicava os telefonemas.

"Exatamente. Foi assim que fiquei sabendo dos detalhes da morte de Chloe." Ela encolheu os ombros. "Eu namorei o filho dela dois anos atrás. Nós terminamos, mas não houve briga nem nada, e a mãe dele continua se dando bem comigo. Vai ver que preferia que ele namorasse outra!"

Achei melhor não lhe contar que a doutora Case se recusara a falar comigo sobre Chloe, ou pelo menos não tinha retornado meu telefonema. Mas talvez estivesse muito ocupada. Stefan insistia comigo para que não levasse a mal esse tipo de coisa, para que me lembrasse de que as outras pessoas também tinham suas vidas, assim como crises, problemas familiares, doenças e agenda lotada.

Fiquei com inveja do acesso de Angie e também me senti idiota por ter esquecido de tentar uma vez mais entrar em contato com a legista. Mas gostei de saber que alguém tinha obtido informações sobre o caso.

Pedimos a comida, e Stefan disse a Angie: "Como você conseguiu essas informações? Não são confidenciais?".

"Até que são, acho, mas nem sempre as pessoas seguem o regulamento à risca. Em todo caso, vai sair no jornal amanhã. Quase tudo."

Eu dei um chega-pra-lá nos escrúpulos de Stefan. "Olhe, neste exato momento eu não estou preocupado com a ética. O que eu quero saber é por que a morte de Priscilla é suspeita."

"O.k.", acedeu Angie. "Havia anomalias no local."

"Anomalias", repeti, servindo-me de mais chá.

"Isso. A arma é dela, sem sombra de dúvida..."

"Não consigo acreditar que Priscilla tivesse uma arma."

Angie deu de ombros. "Ora, muitas mulheres têm arma." E prosseguiu. "E, como era de se esperar, havia pólvora na mão dela, e seu dedo estava no gatilho, com certeza."

"Mas?"

"Mas acontece que o ângulo de entrada do projétil não bate."

Stefan perguntou o que isso significava.

Aí ela se entusiasmou, chegou a corar: afinal essa era a sua área. "Vejam, os suicidas costumam disparar na têmpora ou no céu da boca. Tiro no coração é bem mais raro, e o modo como a arma foi apontada é esquisito. Atingiu o peito de baixo para cima" — demonstrou-o com um gesto —, "não em linha reta."

A comida chegou. Camarão temperado com gergelim e suco de laranja, e picadinho de cordeiro refogado com cebola. Passamos alguns minutos nos servindo de arroz, legumes, camarão e cordeiro.

Então Angie continuou, esgrimindo um perigoso par de palitos ao falar. "Não havia sinais de luta, mas o indício mais convincente foi a posição do corpo de Priscilla. Estava no banco do carona, não no do motorista. Isso só pode significar que outra pessoa a levou ao estacionamento."

"Não estou entendendo", disse eu, mastigando o camarão.

"Pense bem. Por que Priscilla teria ido até lá, estacionado o carro e então passado para o outro banco antes de se matar?"

Stefan se saiu com uma resposta. "Pode ter sido para não chamar a atenção. Se ela se matasse no banco do motorista, podia tombar sobre o volante e disparar a buzina. Priscilla era escritora de romance policial. É o tipo da coisa que deve ter imaginado."

Angie sacudiu a cabeça. "Isso já foi testado. Não adianta cair em cima da buzina. Você precisa apertá-la com a mão. Com força. Mesmo que o corpo tombasse no botão da buzina, não ficaria na mesma posição."

Estávamos falando em morte e em cadáver — o cadáver de uma amiga —, mesmo assim comemos como se tivéssemos passado uma semana em jejum.

Stefan se recostou em sua cadeira bem no momento em que Nguyen veio perguntar se estava tudo em ordem. Eu sorri e disse: "Perfeito". Ele agradeceu e voltou à cozinha. Éramos os únicos clientes no Le Village, e era bom saber que ninguém nos podia ouvir.

"E o livro? *A casa da felicidade*?", perguntou Stefan a

nós dois. "Se era de Priscilla, com ou sem impressões digitais, pode ser que ela o tenha deixado perto do corpo de Chloe para avisar que ia se matar."

Angie franziu a testa. "Você está forçando a barra, não acha?"

"Não. O segundo livro de Wharton, *Ethan Frome*, que foi encontrado no carro de Priscilla, fala em suicídio, não?" Stefan olhou para mim em busca de confirmação.

Eu não estava tão certo. "A personagem principal de *Ethan Frome* tenta se matar, mas não consegue, então como isso pode ter sentido? A não ser que o livro estivesse lá por acaso. Eu acho que Priscilla se tornou perigosa porque sabia ou viu alguma coisa ligada à morte de Chloe. O assassino imaginou que ela ia ser presa — nós todos imaginamos — e acabaria contando o que sabia. Mas quem a levou ao estacionamento, e por quê? E por que ela deixou a pessoa que a ia matar levá-la aonde quer que fosse?"

"Nós não avançamos muito", disse Stefan com tristeza. "Não houve testemunhas oculares em nenhuma das duas ocasiões, e a averiguação do paradeiro das pessoas não ajudou a polícia até agora, certo? O que nós três vamos descobrir?"

Embora eu estivesse devastado, a comida melhorou o meu estado de espírito, e eu não quis desistir.

Expliquei a Angie que já havia tentado fazer a lista dos suspeitos, mentalmente, mas era óbvio que estava na hora de recomeçar.

Com um pedaço de cordeiro na boca, ela disse: "A professora Fisch".

Surpresos, Stefan e eu perguntamos ao mesmo tempo: "O quê?".

Angie espalmou as mãos no ar como se fosse uma obviedade. "Eu ando pensando no que ela tem a ver com o seminário. Ela está fazendo o que lá?"

"Ela se ofereceu para me ajudar, pois tem jeito para esse tipo de trabalho. Não há nada de suspeito nisso." Porém, enquanto falava, eu pensei no envolvimento cada vez maior de Serena com o evento. Ela tinha uma grande antipatia por Chloe, coisa que tratei de explicar a Angie. O que não deixava de ser esquisito, não?

"Um momento, Angie! Mesmo que Serena também tivesse ódio de Chloe, como ia saber que ela participaria do evento?"

Stefan discordou. "Pode ter descoberto do mesmo modo que Priscilla, só que antes — pelas fofocas, por intermédio de um colega, sei lá. Mas o que interessa é: Serena Fisch seria capaz de matar uma pessoa, uma colega?"

"Sem dúvida", disse eu, lembrando-me de quando ela citou *Conan*. Então falei no recente discurso de Joanne Gillian.

Stefan disse: "Eu a tinha esquecido. Acho que ela é demente mesmo, não só uma conservadora virulenta, e tem uma implicância toda especial com as lésbicas".

Eu olhei de relance para Angie a fim de ver se ela sabia que Priscilla era homossexual; pelo jeito, estava ciente. Virei-me para Stefan e concordei. "É possível. Ela matou as duas, e talvez Bob a tenha instigado a fazê-lo. Cada vez que o encontro, ele está mais insuportável. Sozinho, parece uma pessoa bem decente, mas perto dela vira uma sombra."

"Mas ela é do colegiado", disse Angie.

"Presidente do colegiado, para ser exato. Isso a transforma numa pessoa boa?", perguntei.

"Não. Significa apenas que ela tem muito a perder. É muito conhecida."

Stefan contrapôs que uma assassina podia se sentir protegida pelo fato de ser conhecida.

Os três concordamos sem dificuldade que o egoísta e rancoroso Devon Davenport, cujo orgulho Chloe ferira duas vezes, era um candidato tão plausível quanto Grace-Dawn Vaughan. Mas foi Angie quem sugeriu que talvez os dois a tivessem matado juntos, pois demonstravam muito mais intimidade que um editor e sua autora costumam ter.

Tendo ouvido Crane Taylor e Gustaf Carmichael revelar que odiavam Chloe, eu presumi que só um deles podia tê-la matado — porém ambos podiam estar envolvidos no assassinato de Priscilla. Havia ainda Vivianne, disse Angie. Ela não tinha agido com muita frieza até a morte de Priscilla?

Eu relatei a minha triste conversa com Vivianne no fundo da sala de seminário, no Hotel Central, repetindo a última coisa que ela dissera em francês.

Stefan pronunciou a frase com perfeição. "*La main malheureuse?*"

Angie perguntou o que significava.

"Azar", respondeu ele. "É uma expressão idiomática, literalmente, uma mão ruim, no baralho."

"Uma mão ruim", repeti. Não me havia dado conta, quando Vivianne a pronunciou, de que a expressão podia ser mais reveladora do que ela pretendia. Nós três ficamos pensando nisso, imaginando a mão ou as mãos que haviam liquidado Chloe e, possivelmente, também Priscilla.

Eu suspirei. "Pode ser que Priscilla tenha sido assassinada porque sabia quem matou Chloe, mas, se ela viu o assassino, como foi que aconteceu, e onde?"

Stefan me perguntou de Van Deegan Jones e Verity Gallup. "Você não disse que os dois andam esquisitos, sem jeito, desde a morte de Chloe?"

"'Furtivos' seria a palavra certa."

"Muito bem, furtivos. Talvez eles tivessem alguma ligação com Chloe — afinal, ela participou de muitos colóquios e esteve em muitas universidades, acredito. Quem sabe se não entrou em choque com eles?"

"Na primeira noite, Valley levantou a possibilidade de Chloe não ter sido o alvo, de que talvez fosse Joanne Gillian por causa da sua homofobia, de modo que Chloe teria sido morta por engano."

Angie perguntou: "Quer dizer que há um Paladino das Bichas na UEM? *Não faltava mais nada!*".

Nós rimos, mas isso não durou muito, porque estávamos às voltas com a ausência de uma prova real. Só tínhamos suspeitas.

"A gente deve estar esquecendo alguma coisa", disse Angie. "Mas o quê? E o que os livros de Wharton têm a ver com a história? Eles devem ser pistas."

Stefan me dirigiu um olhar desafiante, como que a dizer: cinco anos trabalhando na bibliografia de Wharton, lendo cada palavra que se escreveu sobre ela em todos os quadrantes da galáxia, e você não consegue dar uma resposta?

Encolhendo-me, eu disse: "A única conexão que há entre os dois livros é o suicídio, mas este não dá certo em *Ethan Frome*, e pode ter sido morte acidental na *Casa da felicidade*. Se for para fazer uma referência ao fracasso ou a oportunidades perdidas, o criminoso está forçando muito a barra, não acham?".

"E as impressões digitais?", quis saber Angie. "Acharam?"

"Valley me disse que as encontradas no primeiro livro não coincidem com as de nenhum participante da conferência."

Ela fez uma careta. "Eles conferiram com a lista de inscrições?"

Eu confirmei com um gesto, e ela me pediu para vê-la.

"Valley ficou com a única que eu tinha."

Angie tornou a se mostrar contrariada, esmagando uma bola de arroz com os palitos. "Todos os participantes estão inscritos?"

"Devem estar, mas eu não lembro. Foi Serena que se encarregou das inscrições e preparou a lista final."

Adiantando-se a mim, Stefan disse: "Neste caso, as impressões digitais no exemplar da *Casa da felicidade* podem ser do assassino. Basta descobrir quais são os participantes cujas impressões não foram colhidas. Talvez os que não tenham crachá."

Eu ergui a mão. "Eu não tenho. Por acaso sou suspeito? Não me inscrevi, Serena também não. Nunca me passou pela cabeça averiguar quem está com ou sem crachá. Quem ia ser penetra numa conferência sobre Wharton?"

Stefan disse: "Quem ia invadir uma conferência dessas e matar duas pessoas? Wharton não tem nada a ver com isso".

"Está bem. Serena deve saber quem está sem crachá. Mas será que vai contar a verdade ou tentar lançar suspeita sobre outra pessoa? Nós temos de encontrar Serena ou pegar a lista que está com Valley. Vamos fazer uma coisa: um de nós volta ao campus, acompanha a excursão de jardinagem e procura obter o máximo de informações sobre os suspeitos. O outro vai dar uma olhada no estacionamento e no Hotel Central para examinar uma vez mais o local do crime e ver se descobre alguma coisa — sei lá, uma idéia, uma possibilidade que ainda não ocorreu a ninguém. E o terceiro se encarrega de procurar Serena."

"Onde ela está?", perguntou Stefan.

"Não sei se foi com a excursão ou não, mas duvido que tenha ido." Stefan parecia reticente, e eu perguntei: "Qual é problema?".

"Essas coisas irão fazer alguma diferença?"

"Ora, talvez seja pura perda de tempo, mas o que mais a gente pode fazer? Eu preciso tomar alguma atitude. O seminário é meu, e se eu não ajudar a descobrir por que Chloe e Priscilla foram assassinadas, isso vai me acompanhar o resto da vida. Pessoal *e* profissionalmente. Você sabe como são os acadêmicos, Stefan. Vão apelidá-lo de 'seminário da morte' ou coisa que o valha!"

"Eu vou com a excursão", prontificou-se Angie. "Depois tento uma vez mais entrar em contato com o detetive Valley."

Achei que faria mais sentido se fosse eu a ir procurar Serena, de modo que a Stefan restou ir ao Hotel Central. Combinamos de nos encontrar lá dentro de algumas horas.

Pagamos a conta, e Nguyen disse, preocupado: "O senhor parece triste".

"Eu estou triste."

No pequeno estacionamento lá fora, Angie disse: "Tem mais uma coisa que eu queria lhes contar: pode ser que eu tenha visto o assassino".

10

Stefan e eu ficamos boquiabertos, mas Angie não prestou atenção ao nosso assombro. Estava ensimesmada, recordando. O tráfego zumbia atrás de nós, na avenida Michigan, e os estudantes entravam e saíam do gigantesco e reluzente Kinko's, ao lado. Agora o dia estava ainda mais bonito com o sopro leve da brisa.

"Sabem, eu moro no bairro de Priscilla, perto da Blanchard High School."

Eu o conhecia: nele moravam alunos e professores, mas não era uma zona tão tranqüila nem agradável quanto a nossa.

"A casa que divido com outras três garotas fica quase em frente à da professora Davidoff. Anteontem à noite, quando Chloe foi assassinada, eu voltei do Hotel Central e fiquei estudando até tarde. Num dado momento, levantei para me espreguiçar e me aproximei da janela. Foi quando vi um carro saindo da casa de Priscilla. Era bem tarde, umas três ou quatro da madrugada."

"Como você sabe que não era a própria Priscilla?"

Angie sacudiu a cabeça. "Não, não era o carro dela. A professora tinha um Bug Volkswagen — eu o conheço bem. Esse era muito maior, um automóvel de luxo."

"Mas por que você acha que era o assassino?", perguntei, começando a ficar confuso. "E *qual* assassino?"

"Quem matou a professora Davidoff — se é que a mataram mesmo — com certeza a conhecia. Ela não iria ao estacionamento da UEM com um estranho, certo? E a pessoa que saiu da casa dela tão tarde da noite provavelmente era conhecida."

Eu comecei a me entusiasmar, aquilo tinha sentido. "Você viu essa pessoa?!"

Angie enrugou a testa. "Infelizmente, não."

"Talvez Priscilla tivesse um caso", concluiu Stefan. "Um caso com uma mulher que não queria ser reconhecida nem vista. Do contrário, não sairia de lá tão tarde."

"Foi o que eu pensei", disse Angie. "E pode ser que a morte dela não tenha nada a ver com a de Chloe DeVore. Talvez seja uma coisa à parte."

"Tem razão, Angie. É possível que você tenha visto a assassina", afirmei, arrepiado como se o carro acabasse de passar por mim. "Mas pode ser qualquer um da lista — ou pelo menos uma das mulheres da nossa lista de suspeitos, imagino." Então me ocorreu uma possibilidade terrível. "Não... pode ser qualquer mulher presente no seminário! E se Priscilla estivesse tendo um relacionamento secreto, esporádico, com uma mulher que apareceu no encontro? Merda, isso é impossível."

Stefan levantou mais um problema. "Nick, quem garante que Priscilla não era bissexual e escondia isso? Quantas lésbicas abandonam o navio e dormem com homens atualmente! Vai ver que quem saiu da casa dela de madrugada era um homem."

"Você está tirando conclusões apressadas", disse Angie com toda a segurança. "Quem garante que era um caso amoroso? A pessoa que esteve na casa da professora Davidoff ontem à noite podia ser um amigo." Acrescentou de modo um tanto vago: "Um amigo com motivos para matá-la".

Tendo feito essa análise, sorriu para nós, abriu a porta do seu velho Honda, entrou, desejou-nos boa sorte e se foi.

Stefan e eu retornamos ao Hotel Central pela avenida Michigan, que estava lotada de estudantes de shorts e camiseta.

"Escute, Nick. O que Angie viu ontem é interessante, mas não leva a nada."

"Como não? A gente pode perguntar aos vizinhos de Priscilla se viram quem saiu de lá esta madrugada. Mesmo que a polícia de Michiganapolis já os tenha interrogado, não custa nada conferir." Não o deixei opor objeção. "Eu vou! Digo que sou um amigo inconsolável que quer se informar sobre a morte dela."

Stefan parou e me fitou nos olhos. "Deixe de ser bobo."

Num surto de valentia, eu disse: "Vou tentar assim mesmo, e se não der certo arranjo outra coisa para fazer. Você sabe que eu consigo".

Ele consentiu a contragosto.

De volta ao Hotel Central, peguei o Volvo de Stefan, mas assim que saí do campus senti minha energia se esvaecer como por encanto. Ao avistar o primeiro café — estavam surgindo cafés em toda parte naquele ano —, estacionei e entrei.

A cafeína no ar e o aroma exalado pelos doces expostos nos balcões de vidro me envolveram de pronto. Levei um moca duplo e um pedaço de bolo de chocolate branco a um cantinho escondido, como se fosse fazer uma coisa ilícita. Considerando a quantidade de açúcar e gordura no bolo, acho que ia mesmo.

O local estava repleto de estudantes de olhar intenso, nervoso. Reconheci alguns da parada gay do ano anterior. Eram o que eu chamava de bichas de parque temático: magérrimos, muito bem vestidos e superatualizados com seus cavanhaques, colares, suéteres finos e largos, e tênis de cano alto ou sandálias. Alguns me cumprimentaram de longe, e eu tentei sorrir. Tenho certeza de que queriam saber por onde andava Stefan.

Ele era a estrela, ele era o objeto de admiração, e quando eu saía sozinho sempre me perguntavam: "Stefan não veio com você?".

Mas naquele momento foi bom estar sozinho. A enredada conversa no Le Village sobre o assassinato de Chloe e a morte de Priscilla (que provavelmente também tinha sido assassinada) havia ocultado o que eu realmente sentia: um cansaço terrível, aturdidor, que me doía em todos os ossos.

Tantos meses às voltas com a organização do colóquio, e agora eu estava entre duas mortes. Como havia acontecido? Como era possível que a conferência servisse de cenário a uma espécie de provação, a uma praga?

Eu sabia que Stefan reprovava a minha tentativa de entender os acontecimentos dos últimos dias, de neles procurar um sentido. Quando do atentado de Oklahoma City, a imprensa foi pródiga em referências sentenciosas aos sobreviventes para dar sentido à tragédia. Uma noite, Stefan se irritou com a televisão: "Isso não tem o menor sentido, porra! Por que esses idiotas não calam a boca?".

Cheguei a pensar que ele ia jogar um livro na tela ou até mesmo chutá-la, mas parece que aquela explosão soltou alguma coisa lá dentro, e Stefan não disse mais nada. Não era preciso. Eu podia perfeitamente completar o que faltava.

Aos dezessete anos ele descobriu que era judeu, e que seus pais e o tio Sasha haviam sobrevivido ao Holocausto. Na tentativa de fugir ao passado, de obliterá-lo, criaram-no como se fosse vagamente católico e de etnia polonesa. Stefan me contou que, ao descobrir sua origem judaica, passou anos sentindo-se um monstro, um Frankenstein animado pela energia de um raio: grotesco, construído às pressas, louca e ansiosamente estudado para ver se ia gritar ou ter um ataque furioso.

Pelo contrário, ele se recolheu, aderindo à crueldade do silêncio, até finalmente canalizar sua dor para a literatura. E esse foi um ato quase imperdoável para os velhos: revelar o segredo da família.

Acaso isso tudo tinha algum sentido? Para eles, talvez. Não para Stefan.

Debruçado sobre o café, eu pensei: meu pai fica assim quando os negócios vão mal. E toda vez dizia que eu estava com *le cafard*. E não era preciso pronunciar bem essas palavras para saber o seu efeito. A dor e a tristeza de Vivianne tinham reavivado a minha mágoa do ano anterior, não que ela estivesse muito longe da superfície.

Olhei para aquela rua comum de Michiganapolis e desejei que desabasse um aguaceiro arrasador, daqueles que deixavam o céu quase branco, os raios a se precipitarem no chão como feras famintas. Um temporal de verão em que eu pudesse me perder. Uma tempestade que me lembrasse que a vida não significava quase nada, que tudo era vão.

Mas tive de sorrir. Naquele momento, minha prima Sharon certamente inclinaria a cabeça para me dizer: "Quer dizer que um assassinato e um possível assassinato não são um temporal suficiente. Você ainda quer efeitos sonoros? E uma iluminação melhor?".

Terminado o café, eu pensei no bolo delicioso: mais um pedaço me transportaria ao éden. Estava na hora de trabalhar.

Não tive muita sorte com os dois primeiros vizinhos de Priscilla. Uma das casas contíguas parecia saída de um livro de contos de fada: *A cama dos goblins*. A fachada era toda de pedra, telhado baixo, janelas pequenas feito olhinhos curiosos e um sinuoso caminho pavimentado até a porta em arco. Trepadeiras enormes a assediavam por todos os lados, e eu me perguntei como era possível morar num lugar em que as plantas vedavam a luz. Michiganapolis já era mais do que nublada, tanto que seus habitantes viviam às voltas com distúrbios afetivos causados pelo clima. Os moradores daquela casa eram sérios candidatos à fototerapia em escala industrial.

A proprietária era o mau humor em pessoa. Já abriu a porta olhando feio para mim. Atrás dela, dois menininhos brincavam num quadrado na sala caótica, que parecia ter sido sacudida por um maremoto de brinquedos e coisas de criança. Os dois pareciam muito tranqüilos, mas a desordem que os rodeava impressionava. E a sala fedia.

248

Mas ela não. Ela exalava um perfume floral forte como Lysol (talvez *fosse* Lysol). Quarentona, examinou-me com má vontade, segurando a mão esquerda com a direita, esfregando o dedo anular sem aliança.

Divorciada, imaginei.

O nome na caixa de cartas era Jorgenson, de modo que eu disse: "Olá, senhora Jorgenson".

"O que você quer? Vendedor eu sei que não é, pois está muito malvestido para isso."

A senhora Jorgenson trajava um horrendo abrigo vermelho e parecia um gambá, pois a raiz do cabelo tingido clamava com urgência por um retoque: havia uma faixa de cinco centímetros no alto de sua cabeça loira, no lugar em que o cabelo se repartia. Talvez o tivesse deixado assim em sinal de protesto.

"A senhora soube do que aconteceu com a sua vizinha?" Apontei para a casa de Priscilla.

"Soube, sim: um sapatão a menos no mundo. E daí? Duvido que você seja repórter, não tem cara de inteligente."

"Não, eu sou professor na UEM..."

"Era só o que me faltava! O idiota do meu ex-marido também é. Pelo menos *diz* que dá aula lá. Mas não faz outra coisa senão se enrabichar pelas alunas. Aliás, é o que deve estar fazendo agora. Se é que não está comendo uma delas na biblioteca. Foi assim que eu descobri..."

Eu tentei baixar um pouco a bola. "Priscilla era minha amiga." Sorri, procurando ser simpático.

"Isso deve ser legal", disparou ela.

"Como?"

"Deve ser legal ter amigos. Eu não tenho. Não mais. Todos eles me enganaram, como Gary."

Eu tomei coragem e continuei. "Sabe, eu estou tentando descobrir o que aconteceu com Priscilla e queria saber se esta semana ela recebeu visita à noite, se a senhora reparou em alguma coisa."

"Você não é um desses malucos das milícias, é? A favor do governo mundial e de outras besteiras?"

"Não!"

"Então por que vem bisbilhotar feito um tira? Escute aqui, eu sou mãe de dois filhos pequenos e não tenho tempo para me meter com a vida alheia. Se você estivesse trabalhando para merecer o dinheiro que nós, contribuintes, lhe pagamos não estaria perdendo tempo com o que não é da sua conta!"

Ela não bateu a porta. Não precisou. Eu desisti e lhe desejei um bom dia.

O vizinho do outro lado era um velhote tímido e confuso, que enxergava mal e, mostrando-se atemorizado, não quis dizer nada. Eu me afastei da sua porta torcendo para nunca ficar daquele jeito, mas sabendo que provavelmente ficaria. Todo mundo ficava.

Mas a minha sorte mudou da água para o vinho quando tentei a casa bem em frente à de Priscilla. A mulher que atendeu, a senhora Lorraine, de setenta e poucos anos, exibiu um sorriso tão largo e radiante que praticamente deixou o resto do seu rosto na sombra.

Eu me apresentei, contei que era amigo de Priscilla e que estava abaladíssimo com sua morte. Disposta a conversar, a senhora Lorraine me convidou imediatamente a entrar em sua agradável casinha térrea tão abarrotada de cravos que podia servir de locação para *Cinderela em Paris*. A própria senhora Lorraine era rosada como um cravo, gorducha, simpática, e estava com o indefectível uniforme das velhas norte-americanas: um agasalho de moletom fino. Cor-de-rosa, é claro.

Dois *bichons frisés* brancos vieram me farejar quando me sentei no sofá estofado. Aparentemente tinham sido adestrados para ser sociáveis e calmos, e, enquanto a senhora Lorraine preparava um café e falava sem parar da cozinha, eu fiquei admirando aquelas duas carinhas de gorila e brinquei com eles.

Stefan não sabia se valia a pena ter cachorro, de modo que, quando eu topava com um, sentia que estava testando: a eles e a mim.

"Eles parecem aqueles guerreiros felpudos do terceiro *Guerra nas estrelas*, não acha?", perguntou a senhora Lorraine, retornando com uma bandeja de café e bolinhos caseiros.

Enquanto ela nos servia, nós conversamos. Quer dizer, a senhora Lorraine falou de si. Era professora de inglês aposentada, passara a vida toda em Michiganapolis e agora estava escrevendo um livro.

"Minha filha é agente literária em Nova York. Prometeu me arranjar um editor se o livro não for muito ruim. Pode ser que venda bem por causa da minha idade", ela riu. "Mas não faz mal. Minha filha diz que eu posso ser como a autora de... *And ladies of the club,* ou como aquela mulher que escreveu *Stones for Ibarra.* Você sabe, não? Mais ou menos 'não é uma graça aquela velhinha escrever um livro'?"

Ainda bem que Stefan não estava comigo, pois corria o risco de ter de ler o manuscrito. Como havia aparecido várias vezes no *Michiganapolis Tribune,* as pessoas o reconheciam, e não faltava quem o abordasse no shopping, no correio e até na academia de ginástica, pedindo-lhe que lesse seus livros e ajudasse a vendê-los.

Estar na companhia da senhora Lorraine e daqueles adoráveis cãezinhos foi tão mais agradável do que ser agredido pela outra vizinha de Priscilla que eu até relaxei no sofá. E, embora estivesse saciado, saboreei os bolinhos.

A senhora Lorraine contou que Priscilla era extremamente solícita, às vezes a ajudava nas compras e até cortava a grama do seu jardim quando ela viajava. Inclusive a ajudara numa reforma, pois "tinha muito jeito para trabalhos manuais".

"Não sei se lhe interessa saber, meu jovem, mas a polícia já me fez muitas perguntas, só que, na minha opinião, eles deixaram escapar o mais interessante."

"Como assim?" O café dela era um pouco fraco, mas os bolinhos estavam maravilhosos, e eu peguei mais um.

"Está bem, eu vou contar. Toda semana, na mesma noite, aparecia um carro na entrada da garagem de Priscilla. Eu o vi há poucos dias, na noite em que a tal Chloe DeVore foi assassinada no campus. Fazia meses que vinha acontecendo."

"Por que a senhora não contou à polícia?"

"Eles não perguntaram. Mais café?"

Eu recusei.

"Queriam saber se eu tinha visto algo ou alguém estranho, e, como tudo indicava que era sempre a mesma pessoa que chegava depois da meia-noite e só ia embora lá pelas três da madrugada, não achei que fosse uma coisa estranha. Mas é bem provável que essa pessoa saiba algo importante de Priscilla. E já comecei a acrescentar detalhes ao meu livro. Adivinhe o que estou escrevendo."

"Um romance policial?"

"Deus me livre! Quem lê essa porcaria? Estou escrevendo um livro de *memórias*." Disse a palavra com um alegre tremor. "É que a minha filha diz que isso vende muito atualmente."

E estava coberta de razão! Era inacreditável o número de escritores desconhecidos que recebiam adiantamentos enormes para escrever memórias — alguns com menos de trinta anos de idade! O que *eles* tinham para recordar?

"É claro", prosseguiu a senhora Lorraine, "que ajuda muito ser esquizofrênico, deformado, criminoso ou político — mas eu tive uma vida interessante."

"A senhora sabe quem visitava Priscilla? Pode reconhecê-los?"

"Você quis dizer reconhecer a ele ou a ela. Reconhecê-los é plural, meu jovem." Ela esperou que eu concordasse, e quando balancei a cabeça e repeti docilmente "reconhecê-lo", prosseguiu. "Só sei dizer que era uma pessoa de altura mediana e que o carro era, sem dúvida, um BMW. Usava chapéu e capa de chuva com a gola levantada. Podia ser homem, mas também podia ser uma mulher tentando passar por homem. Obviamente, tratava-se de uma pessoa que não queria ser vista. Apagava os faróis an-

252

tes de estacionar na entrada, que sempre ficava às escuras, e só os acendia na rua, quando já estava longe. Uma pessoa muito cuidadosa. Eu não consegui ler o número da chapa, pois a luz do carro sempre ficava apagada e a rua é escura. E a minha vista..." Sorriu com tristeza.

BMW, pensei, não chegava a ser uma marca incomum na nossa cidade universitária. Podia ser qualquer um. O visitante semanal era uma amante ou uma amiga que Priscilla consultava regularmente? E havia alguma ligação entre a morte dela e a de Chloe, ou essa nova informação era apenas tangencial?

Eu agradeci o café e os bolinhos à senhora Lorraine, sentindo-me satisfeitíssimo, mas muito frustrado.

Nós fomos para a porta, os cachorrinhos nos seguindo a uma respeitosa distância.

"Posso lhe dizer uma coisa pessoal?", perguntou ela.

Hesitando, eu respondi: "Claro que sim".

"Você não sabe mentir, meu jovem. Eu logo vi que não tinha muita amizade com Priscilla."

Corando, eu lhe perguntei por que dizia isso.

"Você não está abalado com a morte dela. Eu já perdi muita gente na vida, por isso sei. E não é que esteja querendo bancar o durão ou coisa parecida. É pura curiosidade. Não se ofenda! Além disso, quando eu contei que Priscilla tinha jeito para trabalhos manuais e até aparava a minha grama, você não estranhou. Essa moça não tinha jeito para nada. Pagava para que cortassem a grama do seu jardim. Por outro lado, não foi você que esteve envolvido com um homicídio na UEM no ano passado? Eu me lembro: li sobre isso e vi a sua fotografia no *Tribune*."

"Fui eu."

Mas, longe de se zangar, a senhora Lorraine se alegrou com a própria sagacidade. "Vou lhe dar um conselho. Se quiser investigar alguma coisa, capriche um pouco mais para ser verossímil."

Eu ergui as mãos. "A senhora venceu."

"Quer dizer", prosseguiu ela, um pouco ofegante, "que

você não acredita que a morte de Priscilla Davidoff tenha sido suicídio?"

"Não. Ela não estava tão deprimida assim e... Bem, essa história não me convence; acho que alguns indícios no local do crime são ambíguos."

"Que interessante! Talvez seja melhor eu escrever um romance policial em vez de um livro de memórias!" Ela enrugou a testa, pensando na trama. "Uma velha aposentada vê muita coisa misteriosa na cidade. Mas vai saber como anda o mercado de romances policiais. Preciso perguntar à minha filha."

"Boa idéia."

"Você deve ter razão em dizer que Priscilla não estava deprimida, já que trabalhava com ela na UEM. Essa parte é verdade, não? Bom. Eu a conhecia bem, tinha até a chave da casa dela para receber encomendas do correio..."

"A senhora está com a chave da casa de Priscilla? A polícia sabe disso?"

"Não fale alto... isso irrita os cachorros."

Eu olhei para as duas carinhas brancas e simpáticas; continuavam imperturbáveis.

"A resposta é não, já que eles não perguntaram. Você quer a chave?"

Tive vontade de abraçá-la. Claro que queria a chave. Talvez encontrasse alguma coisa que a polícia não tinha visto, uma pista que revelasse quem visitava Priscilla regularmente e se essa pessoa tinha algum vínculo com a sua morte.

A senhora Lorraine segurou minhas mãos. "Está bem. Eu lhe empresto a chave. Contanto que você a devolva logo. E que me conte tudo quanto descobrir para que eu decida se coloco no meu livro ou não."

Os dois cachorrinhos não tiravam os olhos de mim, e eu imaginei que estavam pensando: "Otário".

Ainda que a contragosto, aceitei as condições da senhora Lorraine.

Ansioso e agradecido, atravessei a rua com a chave da casa de Priscilla.

Era um chalé dos anos 50, como tantos outros naquele bairro: fachada branca, venezianas decorativas e plantas comuns junto ao alicerce. Um imóvel corriqueiro, a não ser pelo bonito telhado de cerâmica, que lhe imprimia um incongruente toque do Sudoeste, pensei.

Entrei rapidamente num pequeno hall, sem saber o que dizer caso descobrissem minha invasão. Mas será que era invasão? Afinal de contas, eu estava com a chave. E não a havia roubado; tomara-a emprestada de uma pessoa que tinha o direito de possuí-la. Mas acaso a senhora Lorraine tinha o direito de me emprestar a chave? E não era um despropósito falar em direito naquele contexto?

Lá dentro, o telhado não me pareceu incongruente quando olhei à minha volta. Tudo tinha um toque delicado, que não fazia com que o branco das paredes parecesse demasiado forte e, graças a Deus, lá não havia nenhum pôster de Georgia O'Keefe, de modo que eu não tive a sensação de estar entrando na página de um catálogo ou de um clichê.

Parei no hall, tentando me orientar. Em frente ficava a cozinha; à esquerda, a sala de estar e de jantar (um "salão" com dois ambientes na linguagem dos corretores); à minha direita, dois cômodos pequenos. Imaginei que um fosse o quarto e o outro, o escritório.

Esperava ficar com medo na casa de uma pessoa recentemente falecida, assassinada talvez, mas não. Não havia nada imediatamente esquisito ou misterioso na confortável residência de Priscilla, e, naturalmente, não fazia tanto tempo que tinha sido abandonada para que houvesse sinais de descuido ou deterioração.

Não se via nenhuma planta do lugar onde eu me achava, e sim livros, muitos livros. O corredor estava repleto deles, em lustrosas estantes laqueadas de branco, e pelos títulos percebi que eram quase todos romances policiais, de capa dura ou em brochura. Fui para a sala, com seus alaranjados, azuis e verdes, olhando à minha volta em busca de... pois é, em busca de quê? Não sabia o que procurar, o que tinha expectativa de encontrar, ou o que esperava que saltasse diante dos meus olhos, gritando: "Uma pista! Uma pista!".

Stefan, obviamente, ficaria horrorizado se soubesse o que eu estava fazendo. Provavelmente me acusaria de invasão de domicílio. Ou no mínimo de irresponsabilidade.

Balcões com tampo de lajotas alaranjadas e verdes alegravam a cozinha. Lá também não havia nada que chamasse a atenção. Nenhuma folhinha cheia de marcas, nenhum bloco de notas perto do telefone. Nenhum prato de comida abandonado às pressas, nem louça quebrada. A única coisa que notei foi que Priscilla era muito asseada.

O quarto revelou bem mais, e aquele foi o primeiro cômodo em que me senti verdadeiramente mal. O pedaço de parede que não tinha sido tomado pelas estantes de livros estava repleto de capas emolduradas de seus livros, resenhas emolduradas de seus livros (inclusive um *Publisher's week* estrelado que eu sabia, por Stefan, que significava muito), fotografias de Priscilla com outras escritoras como Anne Rice e Patricia Cornwell. Pelas poses, não dava para saber se elas eram muito amigas ou se as fotos tinham sido tiradas em encontros literários. Mas desconfiei que a segunda possibilidade era mais provável, pois Priscilla parecia um tanto sozinha em todas elas, os olhos espremidos.

Isso se repetia tanto que todo o quarto recendia a desespero, como se Priscilla tivesse de provar a si mesma que sua carreira continuava viva e que ela estava conectada.

Mas o centro da casa era, sem dúvida alguma, o pequeno escritório contíguo, o qual o detetive Valley tinha descrito com exatidão. Havia centenas de livros de crimes verdadeiros e de pesquisa para os seus romances, e, acima da escrivaninha, o mural de cortiça estava repleto de recortes de jornal e fotografias de Chloe DeVore.

Lá estava Chloe ingressando na American Academy of

Arts and Letters. E recebendo o Pulitzer. E ganhando um prêmio francês qualquer. E Chloe com Saul Bellow. Chloe com Salman Rushdie. Chloe com Steven Spielberg, santo Deus! Biografias e entrevistas recortadas de jornais e revistas do mundo inteiro. Acaso Priscilla havia contratado um serviço de *clipping* para acompanhar a carreira de Chloe DeVore? Ou tudo aquilo lhe tinha sido enviado pela rede informal de vigias de Chloe de que ela falara?

Em alguns lugares, os artigos abrangiam duas ou até três páginas enfileiradas.

O alvo de dardos com um retrato muito furado de Chloe ficava bem no centro, e abaixo dele Priscilla fixara uma ficha com uma citação de *Emma*: "A metade do mundo não entende os prazeres da outra metade".

O que significava isso? E como ela conseguia trabalhar ali, cercada da evidência gritante do sucesso de Chloe? Ou será que precisava justamente daquele sofrimento para seguir adiante? A força da obsessão de Priscilla me alarmou. Até mesmo a luz do sol que entrava pelas frestas da veneziana parecia ter um quê maligno. Aquele não era um lugar de trabalho, era um túmulo. Ela havia cavado a própria sepultura.

Durante alguns instantes, oprimido pela sua concentração maníaca em Chloe, cheguei a pensar que ela *havia* se matado, sim, apesar das incongruências de que falara Angie. Mas não por temer ser presa e condenada por homicídio. Era pela perda. Sua vida emocional e sua carreira haviam passado tantos anos girando ao redor de Chloe que sem ela a existência perdera o sentido.

O que levava à conclusão de que Chloe tinha sido assassinada por outra pessoa. Como Priscilla ia se livrar conscientemente da pedra de toque da sua vida?

Eu me sentei à escrivaninha, sentindo em mim o fardo da tristeza da existência dela, da existência de qualquer escritor (inclusive Stefan) que não tivesse subido ao primeiro escalão do mundo editorial, no qual seus livros simplesmente se transformavam em produtos e serviam de papel de parede nas redes de livrarias.

Por sorte eu era apenas bibliógrafo, sem a menor esperança de ser nem mesmo moderadamente famoso ou de ganhar dinheiro com a minha obra. Os estudiosos de Wharton me conheciam, assim como os outros bibliógrafos, bibliotecários, gente assim. Tinha a minha pequenina fama, o meu lugarzinho na poeirenta imortalidade.

Eu me sacudi, tentando concentrar-me no que me levara até lá. Muito bem, por onde começar?

Recordando a pesquisa de Angie no computador, tratei de ligar o de Priscilla, animado porque era um IBM igualzinho ao meu. Tinha certeza de que ela usava o mesmo processador de texto Word Perfect que eu tinha, pois meses antes, ao receber um comunicado do departamento, havíamos falado em instalar um novo programa antivírus.

Sim. Priscilla não havia atualizado o processador de texto depois disso. Nós chegamos a dizer que éramos dois neandertais, pois ainda não adotáramos o Windows nem usávamos *mouse*, coisa que deixava certas pessoas chocadas como se estivéssemos contando que tínhamos latrina no fundo do quintal. Imagino que era o nosso modesto protesto contra a velocidade com que a tecnologia da computação avançava — e a verdade é que aquilo não nos atrapalhava em nada.

O monitor dela era do mesmo tamanho que o meu, e eu me senti estranhamente à vontade. Quando os diretórios apareceram, escolhi CARTAS. Percorri as centenas de nomes de arquivos, à procura de alguma coisa familiar, alguém que estivesse na conferência, mas nada achei.

Como tinha tempo, resolvi examinar as cartas com mais cuidado, passando o cursor em vez de descer quadro por quadro. Um arquivo me chamou a atenção, pois no lugar do nome havia uma série de pontos de exclamação.

Com uma ponta de entusiasmo, abri a carta, mas era apenas uma queixa endereçada a uma revista contra a resenha de um dos seus romances policiais. Constrangido, desviei a vista da tela.

Aquele era exatamente o tipo de coisa que me dava arrepios quando eu lia o *New York Times Book Review*. Havia coisa mais indigna e humilhante, para um autor, do que escrever para censurar um crítico que não entendeu o significado do livro ou fez uma citação errada ou coisa parecida? Por que os escritores não conseguiam simplesmente deixar essas coisas de lado? Por que não voltavam a raiva e a humilhação para o próprio ato de escrever em vez de se defenderem em letras impressas? E geralmente era uma perda de tempo, pois isso dava ao crítico a oportunidade de uma réplica, em que mais uma vez demolia o autor — com elegância e diplomacia, naturalmente.

Voltei a olhar para a tela, perguntando se não era melhor desligar o computador e ir embora. Não ia encontrar nada mesmo.

Mas tornei a pensar em Angie. Ela não desistiria com tanta facilidade. Eu percorri outros diretórios de Priscilla para ver se uma luz se acendia.

Como tinha deixado passar o diretório intitulado INIMIGO? Empolgado, abri-o, mas fiquei imediatamente decepcionado ao ver que estava em branco. Ela me dissera que o título do seu livro seguinte seria *Dormindo com o inimigo*, mas não havia nada no diretório. Talvez nem o tivesse começado ainda, por isso ficara desconcertada naquela noite, vários meses antes, quando estávamos conversando na minha casa. Imaginei o editor pressionando-a para que o livro ficasse pronto, e ela com medo de admitir que não havia passado do título.

A não ser que eu estivesse redondamente enganado. Talvez aquele não fosse o seu novo livro, mas apenas uma idéia para outro.

Saí e reiniciei a pesquisa, e dessa vez topei com uma coisa muito mais interessante: FROME. Seria *Ethan Frome*? Era o livro que tinham encontrado no carro dela!

Quanto a isso não havia a menor dúvida.

Mas fiquei perplexo ao entrar no diretório FROME. Nele havia apenas um documento, uma página de rosto:

OS ASSASSINATOS DE ETHAN FROME
por Priscilla Davidoff

A data do arquivo era de poucas semanas antes. Seria outro livro novo? Por que ela não mencionara esse título comigo? A menos que se tratasse do mesmo livro e ela estivesse experimentando diferentes títulos. Mas, se fosse esse o caso, por que diretórios separados?

Ou será que *Dormindo com o inimigo* estava concluído, mas tinha sido deletado, e Priscilla estava apenas começando a trabalhar naquele, e era por isso que estava com um exemplar do livro de Wharton quando morreu? Devia ser uma inspiração, pensei, ou uma espécie de talismã.

Mas que diabo isso significava? Era enlouquecedor. Lá estava eu, a pessoa que mais tinha lido sobre Edith Wharton neste mundo, com tudo indicando que o romance mais conhecido de Wharton (embora não o melhor) era uma pista importantíssima de um homicídio, e eu não conseguia decifrá-la.

Fiquei olhando fixamente para a tela do monitor. Então me ocorreu que Priscilla podia ter feito muito mais do que só criar um diretório e colocar a página de rosto. E talvez tudo quanto havia no diretório tivesse sido deletado pela pessoa que a matara. Ou seja, uma pessoa que sabia muito bem sobre o que ela estava escrevendo...

Eu olhei para as minhas mãos. A polícia já havia colhido impressões digitais? Caso não, era bem provável que eu tivesse apagado as que estavam nas teclas. A não ser que o assassino tivesse usado luvas.

Se aqueles eram dois livros, Priscilla não *podia* ter se suicidado, pensei com convicção, lembrando o que Stefan tinha dito sobre o livro dela que ia ser publicado no verão. Ela não só estava ansiosa com um como comprometida com o futuro. Não ia se matar com um novo livro pedindo para ser escrito. Por mais desesperada que estivesse com a sua carreira, a idéia de um novo livro era passagem

260

para uma coisa melhor, uma verdadeira promessa de mudança e engajamento. Como eu podia não saber isso depois de tantos anos vivendo com Stefan? Quando ele ficava deprimido, um novo projeto sempre o tirava da fossa. Ele sabia; eu sabia. Às vezes, nessas fases de depressão, ele brigava comigo quando eu o aconselhava a trabalhar em algo novo, mas sempre acabava cedendo à necessidade de criar e à íntima certeza de que o trabalho lhe daria ânimo para continuar.

Desliguei o computador e passei a revistar a escrivaninha e os armários de arquivo de Priscilla, mas não achei nada relacionado a seu futuro livro — nenhuma pasta com etiqueta referente a *Ethan Frome*. Senti-me paralisado pela falta de informação: eu não sabia quem eram os amigos escritores de Priscilla, o nome de seu agente literário nem mesmo o de seu editor. Nada que me ajudasse a descobrir o que ela pretendia publicar.

O telefone da escrivaninha tocou, mas eu não me atrevi a atender, e o som da secretária eletrônica devia estar baixo, pois não consegui perceber se estavam deixando do alguma mensagem.

Estava pensando em aumentar o volume quando ouvi uma chave na porta da rua.

E se fosse a figura misteriosa que a senhora Lorraine tinha visto de madrugada? Ou o assassino?

Fiquei paralisado na cadeira — a cadeira de Priscilla. Não consegui me levantar nem dizer uma palavra.

Olhei ansiosamente à minha volta. Vi, pelas venezianas entreabertas, que a pequena janela tinha um painel de proteção por fora, de modo que era absolutamente impossível fugir por ela. Eu estava num mato sem cachorro.

Não tinha onde me esconder. O que podia usar para me defender? Não vi nada que pudesse ser usado como arma — nenhum suporte de livros pesado, *nada*. Seria possível pegar o telefone e discar tranqüilamente o número de emergência da polícia? Daria tempo?

Não. Eu ouvi passos.

Apavorado, girei a cadeira a fim de ficar de frente para a porta, não queria ser surpreendido pelo meu destino.

O detetive Valley apareceu à porta, sacudindo a cabeça.

Eu respirei fundo, sentindo-me humilhado, sentindo minhas têmporas palpitar, o suor na palma das mãos.

Nós nos entreolhamos. Eu perguntei: "O senhor vai me prender?".

"Por que o faria? Por ser idiota? Por interferir numa investigação criminal e invadir uma casa em plena luz do dia? Não me encha o saco. Eu tenho coisa mais importante para fazer."

Eu corei.

"Como o senhor entrou aqui? A porta não foi arrombada. Aquela vaca velha da casa em frente lhe deu a chave?"

Fiquei com medo de responder e meter a senhora Lorraine numa encrenca, mas o meu silêncio foi igualmente incriminador, e o policial balançou a cabeça com azedume.

Então me ocorreu uma coisa: "Que eu saiba, a polícia universitária só tem jurisdição na UEM".

"É verdade, normalmente. A sua sorte é que nós estamos trabalhando com a polícia de Michiganapolis neste caso. Muito bem, doutor Sherlock", disse ele, encostando-se na ombreira. "Descobriu alguma coisa que nós, os tiras debilóides do campus, não conseguimos encontrar?"

Eu comecei a me sentir um pouco melhor. Contei do novo livro de Priscilla — talvez até dois livros novos —, usando isso como prova de que ela não teria se suicidado, era impossível. Apesar do seu sofrimento com Chloe DeVore, o livro era muito mais importante. "Ela era *escritora*."

Valley sorriu com desdém. "E daí? Nós sabemos que ela não se matou. Temos prova disso — prova material." E me deu uma explicação quase idêntica à de Angie, e eu tentei simular surpresa ou pelo menos interesse para que ele não percebesse que eu estava a par daquilo tudo.

262

Mas enquanto o detetive falava, ocorreu-me uma coisa. Se Priscilla tivesse de fato sido assassinada, o exemplar de *Ethan Frome* em seu carro não passava de uma coincidência, certo? Não tinha nenhum vínculo com o exemplar de *A casa da felicidade* encontrado junto ao cadáver de Chloe.

"O quê?", perguntou Valley. "O que o senhor está querendo dizer?"

Eu dei de ombros, sentindo-me como Lucy quando Ricky percebia que ela estava prestes a aprontar alguma.

"Que mais o senhor andou fazendo?", quis saber ele.

"O senhor está com a lista de inscrições? A lista da conferência?"

"Ficou no escritório. Por que esse interesse?"

"Bem, a gente estava pensando..."

Ele me interrompeu. "A gente quem?"

Preferi não falar no envolvimento de Angie, se bem que talvez ele já soubesse, pois ela havia ficado de lhe telefonar. Valley estava me testando outra vez? Tudo bem, ele que me testasse.

"Eu estive conversando com Stefan sobre isso. Tudo bem?"

Ele deu de ombros, e eu expliquei que nós desconfiávamos que, à parte Serena e eu, havia pessoas na conferência que não estavam inscritas e cujas impressões digitais talvez não tivessem sido colhidas.

Valley disse em tom ambíguo: "Isso a gente pode averiguar". Então entrelaçou as mãos feito uma professorinha primária conduzindo os alunos de uma atividade a outra. "Hora de ir embora", enxotou-me.

À porta, eu lhe perguntei se tinha aparecido porque sabia que eu estava lá. Ele sorriu.

"Eu deixei meu cartão com os vizinhos e pedi que me avisassem de qualquer coisa suspeita. O senhor é suspeito." Estendeu a mão. "A chave." Eu fiz menção de protestar, mas ele disse: "Vou devolvê-la à velha". E me advertiu: "E não se meta mais nisso. Da próxima vez, eu *vou* prendê-lo".

Então, justamente porque devia ter calado a boca e ido para o carro, eu não fui. "Qual é o seu nome?", perguntei. "Por que ele não aparece no seu cartão de visita e o senhor sempre se apresenta como detetive Valley?"

Ele abriu um inesperado sorriso. "É muito feio. Eu sou meio italiano, e me batizaram com o nome do meu avô, Salvatore."

"Nossa! Aposto que os garotos o chamavam de Sally ou de algum outro apelido horrível."

Valley estremeceu. Estava na cara que eu tinha adivinhado. E ficou lá, em frente à casa de Priscilla, talvez para ter certeza de que eu ia embora. Quando abri a porta do carro, ele disse: "Lembre-se do que eu disse: pare de bancar o detetive".

Eu prometi obedecer docilmente. E então fui para a casa de Serena, a algumas quadras dali, para ver se ela tinha uma cópia da lista de inscritos.

11

Serena morava numa ruazinha sem saída, com casas Tudor e coloniais. Eu tinha ido a uma festa lá certa vez, e sabia que o exterior imitando madeira não permitia suspeitar que por dentro todos os cômodos da casa eram implacavelmente pintados de preto, branco e vermelho e abarrotados de reluzentes móveis de vidro e plástico.

Ela abriu a porta, evidentemente surpresa com a minha visita. Eu também me surpreendi ao vê-la de jeans e com uma folgadíssima camiseta da Universidade de Michigan, a grande rival da UEM.

Não me convidou a entrar, e inclusive ficou segurando a porta como se temesse que eu tentasse abrir caminho à força. "O que aconteceu?", perguntou. "Mais uma fatalidade no colóquio?"

"Eu perdi a minha cópia da lista de inscrições."

"Para que precisa dela agora? O que houve?"

No caminho eu já tinha pensado numa resposta. "É que o detetive Valley me pediu uma cópia, sei lá por quê."

Então ela ficou realmente desconfiada, afinal de contas o policial podia ter ido lá pessoalmente, ou pelo menos telefonado. "Agora você é ajudante dele?", perguntou.

Fiquei perplexo com a pergunta. Afinal de contas, eu era o coordenador oficial e tinha direito àquela informação, não? Mas me recuperei depressa. "Bom, sou. De certo modo, sou seu ajudante. Lembra que ele me mandou acompanhar as entrevistas quinta-feira à noite, quando encontraram o corpo de Chloe?"

Serena ficou pensativa, depois aquiesceu. "Claro. Espere aí, eu já volto." Fechou a porta, coisa que me levou a pensar que havia alguém lá dentro e ela não queria que eu visse. Não havia de ser porque a casa estava em desordem e isso a deixasse constrangida.

Ela voltou rapidamente com sua cópia da lista num envelope manilha.

Eu agradeci e fui para o Hotel Central, alegrando-me uma vez mais porque pelo menos estava fazendo bom tempo durante o colóquio. Não, bom não: um tempo maravilhoso. Perguntei-me se Serena não tinha se irritado um pouco simplesmente porque queria ficar um momento a sós, longe da conferência, e eu interrompera seu descanso.

No Hotel Central, atravessei o saguão principal e fui para o bar, onde ficara de me encontrar com Stefan e Angie, mas eles não estavam. Resolvi esperá-los e aproveitar para examinar a lista de inscrições.

Anexo ao restaurante do Hotel Central, o bar era totalmente coberto de espelhos e veludo cinza-escuro, o que lhe dava a aparência de um *single bar* dos anos 70. Devon Davenport e Grace-Dawn Vaughan estavam, como diria Wharton, "entronados" a uma mesa de canto com tampo de vidro. Chamaram-me com um aceno majestoso. Diante dela havia uma taça de champanhe em forma de pires, e ele segurava um copo que parecia ser de scotch.

"Nós estávamos pensando nessas mortes", disse Vaughan em tom festivo. "Há um nexo entre elas, ou são coisas separadas? Se há uma ligação, qual é? A assassina era Priscilla ou será que alguém matou as duas? E se *forem* dois assassinos, teria o segundo sido oportunista? Teria ele, ou *ela*, decidido vincular os homicídios para confundir a polícia?" Suspirou de satisfação, como se acabasse de esboçar a complicada trama de um de seus romances.

Eu não estava longe da verdade.

"Grace está trabalhando num novo livro", grunhiu Davenport, pousando nela um olhar meigo. Ora, como não ser meigo? Ela vivia nas listas de best-sellers. Mas havia algo mais entre os dois: o conforto de um par casado fazia muito tempo, cada qual parecendo ligado ao outro de um modo demasiado sutil para que uma pessoa de fora pudesse entender.

"É verdade", confirmou Vaughan com ansiedade, dando um tapinha na minha mão. "Mas sou capaz de mudar tudo e ambientá-lo em um encontro literário, e acho que vou acrescentar mais alguns assassinatos para apimentar o enredo!"

Grace-Dawn Vaughan escrevia calhamaços com entrechos pouco plausíveis, personagens rasos mas marcantes, e coincidências improváveis. Confesso que fiquei com medo de como a nossa conferência ia ser transformada em ficção por uma mulher capaz de escrever sobre uma personagem cortando os pulsos depois de ter vivido "no serrilhado fio de seus sonhos despedaçados". Stefan tinha lido essa frase para mim aos urros, depois de tirar um livro de sua autoria da biblioteca da UEM ao saber que ela ia participar da conferência.

"Não me leve a mal", disse Grace-Dawn com cautela, "mas acho que no *meu* livro o seminário vai ter de ser um pouco mais interessante, quer dizer, na escolha do escritor. Edith Wharton não é lá muito sexy, não acha? Nossa mãe, você já viu aquela fotografia em que ela parece praticamente estrangulada pelo enorme colar de pérolas — ora, claro que já viu, você escreve sobre ela — e ainda por cima não tinha lábios? Ela não tinha nenhum vestígio de lábios!"

"Isso mesmo", disse Davenport, e eu fiquei sem saber que parte das observações de Vaughan ele estava corroborando.

Perguntei-me se ela iria mencionar a escassez de lábios de Wharton quando estivesse discorrendo sobre sua paixão e dor.

"Por que não uma conferência sobre Marianne Williamson? Seria sexy e espiritual!"

Davenport achou graça. "Ela nem escreve os livros dela! Pelo menos tem quem os escreva, graças a Deus."

Vaughan torceu o nariz. "Jane Smiley?"

"Nem pensar. Smiley não dá tesão em ninguém. Por que você não pega Barbara Bush de uma vez?"

"Não seja sacana. Barbara Bush escreveu um livro *adorável.*"

"Um livro", disse Davenport. "Grande coisa."

Vaughan não concordou. "Mas, Didi, pense só no apelo! O patriotismo!"

"O que os professores diriam do livro dela?"

"Já que eles são capazes de dizer tanta besteira a respeito de Edith Wharton, Barbara Bush não seria problema para ninguém."

"Tudo bem. Mas Bush é um canhão. E o pessoal já a esqueceu."

Grace-Dawn concordou com um gesto. "O.k."

Eu preferi não mencionar que a senhora Bush havia escrito seu livro em parceria com um cachorro, pois não sabia se isso tornava a conferência imaginária de Grace-Dawn mais ou menos atraente.

"Madonna escreveu um livro", arrisquei. "Com fotografias."

Grace-Dawn me olhou de esguelha. "É, eu dei uma olhada: tem muito sexo."

Davenport fez uma careta, como que duvidando que isso fosse possível, e eu me perguntei se a interação deles não era uma espécie de representação pós-moderna. Eles não podiam ser sérios, podiam?

"Escute", disse-me Davenport sem preâmbulo. "Eu ouvi dizer que você anda xeretando por aí, querendo descobrir quem é o assassino. Não me pergunte quem me contou. Não interessa. Acontece que é impossível eu ter matado Chloe DeVore ou Priscilla Davidoff, se é isso que você pensa. Depois do coquetel, e antes de ir falar no auditório, Grace e eu viemos tomar a saideira aqui no bar — um drinque de verdade, não aquela bosta que vocês estavam servindo. Ela foi dar uma mijada antes de ir para o auditório e eu fiquei aqui, tomando mais um."

268

Grace-Dawn sorriu como a dizer: "Você não acha a grosseria dele adorável?".

"O barman se lembra de mim."

Bem, disso eu não duvidava. Restava saber quantos drinques eles haviam tomado. O álcool podia explicar os vôos de imaginação perpetrados por Grace-Dawn em sua intervenção de abertura, assim como a beligerância de Davenport na dele.

Mas será que não estava blefando? Isso eu não podia checar com Valley, que me havia proibido de me intrometer na investigação, podia?

"Mesmo porque", prosseguiu o editor, "eu queria Chloe viva. Queria o livro dela. As memórias. Já sei, já sei, não foi isso que eu disse ao detetive babão, mas e daí? Não sou obrigado a falar nos meus negócios quando me perguntam."

Grace-Dawn fechou a cara, distraindo-se com o guardanapo do coquetel, e eu presumi que estava com ciúme de Chloe e, talvez, até alarmada com o fato de Davenport reconhecer que mentira à polícia.

"Mesmo que não desse para pegar a edição de capa dura, a gente podia disputar os direitos da brochura."

"Pois é", concordou Grace-Dawn, erguendo a vista como se tivesse recebido uma dica. "E eu tinha planos de ridicularizar Chloe no meu próximo livro. Teria sido muito mais gostoso do que matá-la de verdade."

Eu, que estava calado durante toda essa estranha conversa, tive de perguntar a Davenport: "Você queria publicar as memórias de Chloe DeVore *e* também um livro que ridicularizava Chloe DeVore?".

Ele respondeu: "Claro, por que não? A gente ia faturar horrores! Imagine o alarde na imprensa!".

Olhei bem para ele e, a seguir, para Grace-Dawn: ambos pareciam muito sinceros em sua insinceridade. Concluí que ele não estava tentando me enrolar e que certamente não tinha um bom motivo para matar Chloe como eu imaginara. Tampouco Grace-Dawn, a menos que fosse para impedir Davenport de publicá-la. Talvez, sendo obviamente a sua autora predileta, estivesse se sentindo ameaçada, enciumada, com medo de que alguém como Chloe, "a que se escafedeu", a desbancasse. Mas isso não era racional, pois Chloe não tinha o status de autora de best-sellers.

Com certeza, Stefan diria: "Desde quando o assassinato é racional?". Puxa, eu mesmo diria coisa parecida.

"O.k.", disse eu a Davenport. "E quanto à morte de Priscilla?"

Grace-Dawn me segurou o braço: "Francamente, eu acho que os dois homicídios são obra do mesmo maníaco — provavelmente um homossexual, já que, tradicionalmente, eles odeiam as mulheres, você sabe".

Furioso, eu afastei bruscamente o braço. "Isso é ridículo. Um estereótipo ultrapassado! Eu sou gay e gosto de mulheres! De muitas mulheres!"

"Então você é obviamente diferente", fungou ela. "Muito embora gritar comigo esteja longe de ser a melhor maneira de prová-lo."

Eu estava a ponto de gritar mesmo quando Davenport murmurou: "Calma", como se Vaughan tivesse apenas manifestado um gosto peculiar sobre recheios de sanduíche. "O assassino de Chloe é Crane Taylor ou Gustaf Carmichael. É o que eu acho."

"Por quê?"

"Simples. Nem todos sabem, mas Chloe era casada com Taylor quando escreveu seu livro de estréia, e o divórcio foi um problema. Quer dizer, para eles. Mantiveram-no em segredo. Aí os dois acabam se encontrando aqui, por acaso, anos depois — portanto, por que não liquidá-la? O que me surpreende é que Chloe não o tenha matado antes. Ei, vai ver que ela resolveu tentar e ele levou a melhor."

"E Gustaf Carmichael", lembrou Grace-Dawn.

Davenport sacudiu os ombros largos. "É fácil. O cara dá aula numa merda de campus secundário da Universidade de Ohio, não arranjou coisa melhor. Você acha que ele não queria ver a caveira de Chloe, que arrasou o seu primeiro livro no *New York Times*? Aquela crítica acabou com Carmichael", disse com toda a naturalidade. "O livro vendeu trezentos exemplares. Ninguém queria chegar perto dele depois disso."

Esse argumento me convenceu, pois eu sabia perfeitamente que a promoção e a mudança para outra universidade eram impossíveis sem publicações importantes, e também compreendia o estrago que um escritor podia sofrer por conta de uma crítica negativa numa publicação de prestígio. Stefan ainda se encolerizava por causa de uma resenha assim no *Chuppah*, o presunçoso trimestral judeu liberal e pseudo-intelectual que pretendia "unir a tradição judaica à pesquisa contemporânea".

Grace-Dawn chamou o garçom e pediu mais um coquetel de champanhe, oferecendo-me uma bebida, mas eu recusei. "Na minha opinião, eles a mataram juntos", disse. "Carmichael e Taylor mataram Chloe."

"Sabem quem eu também acho esquisitos?", perguntou Davenport, enxugando o que restava do seu drinque. "O bundão do Jones e aquela sirigaita de blusão de couro. Os dois andam muito furtivos desde a morte de Chloe, e aquele pega-pra-capar em público pode ter sido só para despistar. Vai ver que queriam chamar a atenção para que ninguém os achasse suspeitos."

Grace-Dawn apoiou com um gesto veemente a hipótese do editor. Ele tinha razão em achar Jones e Gallup suspeitos — os dois também me preocupavam.

"Espere aí", objetei. "Que motivos eles teriam? E para que iam matar Priscilla? Se você começar a desconfiar dos participantes que são esquisitos ou suspeitos, não vai sobrar ninguém."

Davenport sorriu. Foi uma desagradável exibição de branquíssimos dentes eqüinos. "Tem razão, garoto. Pode ser que os escritores sejam a escória, mas vocês, professores, são o cocô do cavalo do bandido. Não imagina os panacas que me encheram o saco aqui, tentando me vender as mais idiotas idéias para um livro. Como se eles tivessem a mínima idéia sobre o que faz um livro vender."

Davenport e Grace-Dawn se entreolharam com meiguice. Era evidente que tinham um segredo e formavam uma equipe imbatível. E acho que formavam mesmo: sete best-sellers e 223 milhões de livros dela impressos.

Diante de toda a farofada e verborragia de Davenport, eu me perguntei se ele não estava fazendo exatamente a mesma coisa de que acabava de acusar Van Deegan Jones e Verity Gallup: chamar a atenção a fim de erguer uma cortina de fumaça. Escapei de novas diatribes quando Stefan apareceu na porta do bar. Fui ter com ele e Angie a uma mesa fora do campo visual de Davenport e Grace-Dawn. Pedi ao garçom que nos servisse café.

"E aí?", perguntei.

Ambos pareciam cansados e decepcionados. Não tinham descoberto nada. Angie disse que havia deixado uma longa mensagem para o detetive Valley. "Mas não consegui falar com ele."

"Então escutem", disse eu. Contei que havia conseguido pegar a lista de inscrições com Serena e que, antes disso, encontrara um título de livro relacionado com Wharton no computador de Priscila.

Angie o repetiu: "*Os assassinatos de Ethan Frome*. Uau!".

Stefan pestanejou algumas vezes. "Você entrou na casa de Priscilla? Roubou a chave e..."

"Tomei-a emprestada. Emprestada."

"E se Valley o tivesse encontrado lá?"

"Foi justamente o que aconteceu." Nesse momento, eu me senti importantíssimo porque Valley não me tinha prendido.

Angie sacudiu a cabeça, evidentemente impressionada com a minha audácia. "Que fantástico!", exclamou. "Eu preferia ter ido para lá a ficar vendo plantas por aí e espionando a troco de nada."

"Grande coisa. Ele é um fora-da-lei", rosnou Stefan, fazendo um esforço notório para não erguer a voz.

"Isso não importa, meu caro. O que importa é Valley estar convencido de que Priscilla foi assassinada. Aonde isso nos leva?"

"Vamos examinar a lista de inscritos", propôs Angie, e eu tirei do envelope as duas folhas grampeadas e as coloquei na mesa de modo que todos as pudéssemos ver. Vagarosamente, fomos associando nomes a rostos e chegamos a sete pessoas que vinham assistindo às sessões sem estarem inscritas: eu, Stefan, Serena, Bob Gillian, Joanne Gillian, Devon Davenport e Grace-Dawn Vaughan.

Angie me perguntou: "Por que os dois oradores principais não estão inscritos?".

"Foi uma cortesia para dispensá-los da taxa de inscrição."

"Ah."

"Mas, enquanto esperava por vocês, conversei com Davenport e Vaughan, e eles ficaram um bom tempo tentando me convencer de que são inocentes. E puseram a culpa em Gustaf Carmichael, Crane Taylor, Van Deegan Jones e Verity Gallup."

Angie juntou as mãos. "Parece um filme!", exultou. "E se as impressões digitais e a lista de inscrições não tiverem nada a ver com quem matou Chloe e Priscilla? Nós voltamos ao ponto de partida." A idéia não a afetou em nada. Seria o café?

Stefan resmungou alguma coisa.

"O quê?"

Ele falou sem olhar para mim. "É inútil. A gente se separou à tarde e a única coisa que fez foi perder tempo."

"Podia ter sido pior."

"Como pior?"

"Nos filmes de suspense, quando as pessoas se separam, uma delas sempre desaparece ou é assassinada."

Angie sorriu, mas Stefan não achou graça nenhuma, estava fulo da vida comigo. "Tem de haver uma coisa que a gente possa fazer. A resposta só pode estar nos livros de Edith Wharton que foram encontrados no local de cada crime. Essas são as únicas pistas reais."

"Olhe", disse Angie, apontando. "O nosso detetive chegou."

Valley estava atravessando o saguão e se deteve à porta ao ver-nos. Meio irresoluto a princípio, deve ter se decidido, pois veio ter conosco.

"Professor Hoffman, pode ser que o senhor tenha razão na questão das impressões digitais e das inscrições. Na hora do jantar, vou trazer uma colega e chamar todos os que não estiverem inscritos para verificar se suas impressões foram colhidas."

Eu tentei encobrir a lista sobre a mesa, mas Valley percebeu e disse: "Acho que o senhor também já sabe quem são eles". E se foi sem me dar tempo de pensar numa resposta.

O jantar foi tenso, talvez devido a um boato segundo o qual os participantes teriam de ficar quando a conferência terminasse, domingo de manhã, já que a polícia do campus nada havia resolvido.

Serena me tratou com hostilidade quando Stefan, Angie e eu entramos no refeitório, como se soubesse que suspeitávamos dela. Van Deegan e Verity Gallup estavam conversando aos sussurros novamente. Devon Davenport e Grace-Dawn Vaughan pareciam satisfeitíssimos na companhia de Gustaf Carmichael e Crane Taylor. Os Gillian chegaram, e eu fiquei irritado ao vê-los parar à porta como que à espera de uma salva de palmas, ou pelo menos de atenção — feito a rainha Elizabeth e o príncipe Philip.

"Vai ver que eles estão ensaiando", cochichei a Stefan.

"Para quê?"

"Para quando Joanne for governadora de Michigan e Bob for o 'primeiro-damo'."

Stefan deu a impressão de que ia vomitar.

Observando os Gillian desfilarem pomposamente até a mesa, eu disse: "Como fui capaz de imaginar que Bob podia ser boa gente?".

Isso, sim, fez Stefan sorrir. "Nick, você se entusiasma demais. Às vezes acerta, às vezes não."

"Com você eu acertei", retruquei, um pouco na defensiva. "Não?"

Angie sorriu alegremente para nós, parecia uma casamenteira satisfeita com seu trabalho. Eu me perguntei, fugazmente, se ela não era homossexual ou não tinha um irmão ou amigos gay. Ficava tão relaxada na nossa companhia, mas talvez fosse apenas o progresso. Ao mesmo tempo que alguns estudantes no campus se mostravam incrivelmente intolerantes com as minorias, outros tendiam a encarar o homossexualismo com muita naturalidade.

Súbito, Joanne Gillian se levantou e proclamou em voz alta: "Vamos fazer um minuto de silêncio". O tom solene ficou um tanto prejudicado, pois os garçons e garçonetes irromperam pela porta de serviço, no fundo, servindo pãezinhos. "Um minuto de silêncio pelas que partiram", acrescentou ela sentenciosamente, com a sua melhor voz de pregadora iluminada.

Entre suspiros constrangidos e barulho de cadeiras arrastadas, o silêncio tomou conta do refeitório durante um minuto; acatando a proposta, todos se levantaram, com exceção, durante algum tempo, de Devon Davenport, e isso até que Grace-Dawn lhe puxasse o braço.

"Amém", perorou Joanne, e eu me perguntei qual teria sido a sua oração íntima.

Voltamos a nos sentar, aliviados como se tivéssemos passado horas de pé, e eu senti desprezo por ela por ter aproveitado a morte de Chloe e Priscilla para exibir a sua ensaiada e falsa religiosidade.

À salada insossa, seguiu-se um prato de quiabo ligeiramente mais aceitável, se bem que a comida alegrou a todos muito mais do que eu esperava. Talvez as pessoas estivessem contentes com o intervalo que lhes permitira passear pelo campus, dormir, transar, conspirar contra os rivais. A entrada foi boa — lasanha vegetariana bem condimentada —, e eu senti que estava começando a relaxar.

Mas era inútil. As duas mortes permaneceriam sem solução, como os crimes de uma grande cidade; eu não seria efetivado e nós íamos começar a procurar emprego em vão, mas de certo modo isso já não tinha a menor importância. Eu estava exausto de tanta preocupação e comoção.

Stefan, no entanto, devia estar se sentindo melhor, pois começou a me provocar, dizendo que ia preparar um jantar-surpresa para mim quando o seminário terminasse. "Depois disto, você merece o melhor."

Eu não respondi.

"Agora tem uma coisa, Nick: se você aceitar ser coordenador de outro colóquio, eu o deixo a pão e água e o coloco no topo da minha lista de inimigos."

Os outros à mesa mostraram-se vagamente divertidos, como se não pudessem ou não quisessem entender.

"Espere", disse eu. "*Inimigos*."

Todos olharam para mim.

"Stefan, venha cá!" Saí precipitadamente do refeitório e fui para o canto tranqüilo mais próximo. Ele veio atrás de mim e veio tão perplexo que devia estar achando que eu tinha enlouquecido de vez.

Sentou-se ao meu lado no sofá com vista da porta do refeitório. "O que aconteceu?"

"Meses atrás, Priscilla me contou que seu novo livro se intitulava *Dormindo com o inimigo*. E, quando eu examinei seu computador, achei um diretório chamado INIMIGO, mas esqueci de contar a você. Estava vazio, exatamente como o outro. Imaginei que o título fosse uma referência ao filme de Julia Roberts, e deve ser mesmo, mas e se fosse uma coisa muito mais pessoal? E se fosse uma referência ao assassino? Quer dizer, à pessoa que veio a ser o assassino: que matou Priscilla. E Chloe. Não sei se era realmente o livro dela, não sei se alguém deletou todos os arquivos ou alguma outra coisa. Mas devia ser importante, já que tinha um diretório próprio."

Stefan ficou algum tempo ruminando tudo, então perguntou: "Você está querendo dizer que Priscilla transava com alguém que era um inimigo? Que tipo de inimigo?".

Sentindo-me um pouco atordoado, fechei os olhos. A resposta pareceu repentinamente tão nítida quanto pegadas frescas num caminho coberto de neve. "Quem seria esse inimigo?", perguntei. "Quem era a pessoa que Priscilla desprezava e que tinha por ela o mesmo desprezo, pelo menos em público?"

Stefan sacudiu a cabeça. Não sabia.

"Ora", prossegui, "uma pessoa da UEM que fosse politicamente conservadora e contrária a todas as suas convicções, não é mesmo?"

Ele ficou estupefato. "Joanne Gillian? Não! Nunca! Ela não é lésbica!"

"Melhor ainda. Pode ser Bob Gillian."

"Impossível... ele é homem."

"Exatamente. O 'inimigo' de certas lésbicas e certas feministas. Essa parte pode ter sido uma pequena ironia de Priscilla."

"É absurdo."

Inclinando-me na direção dele, senti o rosto queimar de convicção. "É absolutamente plausível, Stefan. Lembre que, segundo Angie contou, não encontraram impressões digitais na lajota de granito com que mataram Chloe. Bob anda sempre com aquelas luvas de motorista. Pode tê-las calçado para matá-la, depois tornou a guardá-las no bolso. São de um couro muito fino — ninguém repararia porque elas ocupam pouco espaço. E não deixam impressões digitais."

Ele fez uma careta, duvidando.

"Pense bem, Stefan, só pode ser isso. Quem mais teria tempo de matar uma pessoa bem ali, no corredor, podendo ser descoberto, e de ainda limpar tão bem a lajota para que não ficasse nenhum vestígio?"

"Ninguém", respondeu ele, pestanejando.

"Certo. Ninguém. Mas isso seria desnecessário para quem estivesse calçando luvas. Pense bem: o que Bob veio fazer na conferência? Joanne quer estar presente porque acha que isto aqui é Sodoma e Gomorra, mas por que *ele* resolveu vir? Estava atrás delas: de Chloe e de Priscilla."

"Espere aí. E o motivo? Bob pode ter cometido o crime, pode ter matado as duas, mas por quê?"

Nisso ele me pegou. "Talvez Priscilla não tenha exagerado. Talvez ele seja realmente mau. Talvez Joanne faça muito alarde, mas o perigoso mesmo é ele. Quer dizer, toda a gentileza dele logo que nós nos conhecemos. É como diz Hamlet: 'É possível sorrir, sorrir e ser velhaco!'. Vamos voltar ao refeitório. Eu quero observá-lo. E acho melhor contar tudo a Valley."

Retornamos rapidamente à nossa mesa, porém, assim que nos sentamos, Valley apareceu à porta do refeitório, acompanhado de uma mulher alta, de cabelo crespo e olhos escuros, e costume marrom. Imaginei que fosse a tal "colega".

Não tive oportunidade de lhe dirigir a palavra, pois ele disse: "Por favor, eu quero conversar com as seguintes pessoas lá fora". Leu uma lista: "Joanne Gillian, Robert Gillian, Serena Fisch, Devon Davenport, Grace-Dawn Vaughan, Nick Hoffman e Stefan Borowski".

Davenport reclamou: "Será que a gente não pode nem terminar de jantar?".

Grace-Dawn deu um muxoxo irritado.

Serena Fisch desafiou o policial: "O que é que o senhor quer agora? Já conversou com todo mundo. Eu não tenho mais nada a declarar!".

"Queremos colher suas impressões digitais e compará-las com as que encontramos nos livros perto do corpo de Chloe DeVore e do de Priscilla Davidoff."

Davenport se levantou muito a contragosto, praguejando contra os "tiras babões" e as "cidadezinhas caipiras". Grace-Dawn o acompanhou até a saída, a cabeça erguida como se fosse nada menos que Maria, a rainha dos escoceses, enfrentando o machado do carrasco. As outras pessoas enumeradas começaram a se levantar e sair das mesas, algumas com ar ansioso e assustado. Não sei por quê, mas até eu senti um desconforto, como se estivesse prestes a ser acusado de ter trucidado Chloe e Priscilla.

Quando estava indo para a saída com Stefan, ouvi Joanne Gillian soltar um grito súbito e aflito às minhas costas: "NÃO!".

Virando-me, vi Bob Gillian se levantar de um salto e sair correndo pela porta da cozinha. Ouviu-se um estrondo lá dentro, berros, luta, pratos quebrados, bandejas caindo. Valley e a investigadora que o acompanhava não se perturbaram. Fiquei observando com assombro a impassibilidade dos dois, mas logo a porta da cozinha se abriu e um policial fardado, alto e musculoso, empurrou Bob Gillian de volta para dentro, os braços presos nas costas.

Paralisado diante da cena, em meio ao silêncio cheio de expectativa do refeitório, tive de me segurar em Stefan para me recompor.

O lado esquerdo de Bob Gillian estava todo lambuzado de algo muito parecido com torta de limão.

"Acho que hoje não quero sobremesa", eu disse.

Bem nesse momento, Bob deu um chute para trás, um verdadeiro coice, atingindo o joelho do policial que, dobrando-se de dor, o soltou. Bob correu diretamente para a porta. Enquanto a investigadora se apressava a socorrer o colega ferido, Valley foi em seu encalço. Nós ouvimos mais um estrondo lá fora, e fomos ver.

Bob Gillian estava deitado de costas no mesmo corredor em que Chloe tinha sido assassinada, lutando ferozmente com o detetive perto de uma pilha de lajotas de granito quebradas. Havia sangue espalhado no chão e em sua roupa.

"Chamem um médico", gritou alguém atrás de mim. Eu me voltei e vi uma multidão de participantes do colóquio assistindo ao novo espetáculo.

Com muito esforço, Bob conseguiu se levantar e avançou contra Valley, que finalmente o deteve com uma muito profissional combinação de cruzados de direita e esquerda no queixo. Ele caiu sentado, resfolegando.

A investigadora abriu caminho entre os curiosos e, prendendo os braços de Bob às costas, algemou-o.

Valley se voltou para a platéia. Embora com o terno rasgado e sujo de sangue e torta de limão, endereçou-nos um sorriso. "Ele tropeçou." Apontou para o chão. "Tropeçou nessas lajotas e se machucou."

"A culpa é dela!", gritou Bob quando Joanne Gillian atravessou a pequena multidão e se aproximou. Ela se deteve bruscamente. "Foi *ela!*"

Joanne estava ensaiando o ar mais inocente do mundo, mas Vivianne se adiantou repentinamente e gritou "Assassina!", e, ato seguido, cobriu-a de bofetadas. Joanne não teve alternativa senão se defender. As duas se engalfinharam, caíram e rolaram, trocando insultos em francês e inglês. Valley se limitou a observar, ofegante, exausto.

Stefan tratou de separá-las. Enquanto isso, Valley dava voz de prisão a Bob e lia seus direitos. Ato contínuo, olhando para os olhos esbugalhados e a cara vermelha de Joanne, intimou-a a acompanhá-lo para ser interrogada.

"Primeiro eu vou chamar o meu advogado e o governador!"

Ele não se deixou intimidar.

"Pode telefonar na delegacia."

"Detetive Valley", disse eu, "o senhor já suspeitava desse homem?"

Ele abriu um sorriso. "Não. Mas desconfiei que, se eu viesse aqui tirar mais impressões digitais, não era difícil que o assassino se denunciasse. Parece que deu certo."

E o estranho cortejo saiu do Hotel Central.

Vivianne se afastou às pressas — rumo à toalete, imagino. Ia chorando sem parar.

Estupefatos, todos retornamos lentamente ao refeitório, e o jantar prosseguiu em meio a um alarido de especulações e entusiasmo.

"Eu acertei!", disse Angie à nossa mesa. "Acho... Mas pode ser que Bob Gillian tenha ficha na polícia, por isso não queria que lhe tirassem as impressões digitais: seria ruim para o futuro político da sua mulher. Não andam dizendo que ela vai se candidatar a governadora? E se não encontrarem impressões do marido dela nem mesmo no livro que estava perto do cadáver de Chloe DeVore?"

Stefan apresentou a sua objeção. "Como Bob há de ter deixado impressões digitais no livro se estava de luvas quando matou Chloe? Não era essa a sua hipótese, Nick? Que ele estava com luvas de motorista? Mas, nesse caso, por que tentou fugir? Não tinha por que se preocupar, tinha?"

Eu ouvi as perguntas e, a seguir, a minha própria voz respondendo: "Acho que Bob simplesmente entrou em pânico". Estava numa espécie de estupor, tão ausente que nem me lembrei do meu café, tentando saber qual era o motivo. Tinha certeza de que Stefan e Angie faziam mal em tirar conclusões precipitadas e de que Bob era culpado, só podia ser, do contrário não teria tentado fugir. Mas por quê?

O jantar continuava tão alegre que era como se a maioria dos comensais estivesse numa festa de casamento e acabasse de ver os noivos partir em lua-de-mel. Não: mais do que isso. A julgar pela excitação geral, era como se todos tivessem sido convidados a assistir à consumação ao vivo. Um espetáculo!

Tanto que eclipsou totalmente o entretenimento marcado para depois do jantar. Vic Godine, o chefe do Departamento de Teatro, tinha ficado de fazer uma leitura dramática de "Xingu", um ótimo conto de Wharton satirizando os urubus culturais. Fã incondicional da escritora, Vic tinha uma voz gravíssima, que muito combinava com seu corpo rubicundo de tenor, e imprimia ao conto todas as nuanças necessárias.

Mas foi um fracasso: como causar mais impressão do que uma prisão dramática? Todo mundo se dispersou no fim da leitura, confirmando plenamente a observação de Wharton, em *A era da inocência*, segundo a qual "os norte-americanos tinham mais pressa em sair de um divertimento do que em acorrer a ele".

* * *

Ao despertar de meu sono narcotizado e sem sonhos, dei com Stefan sentado no quarto, exibindo um sorriso rasgado e satisfeito. Parecia um abobalhado ganhador da sorte grande.

"Já está vestido?", perguntei. "Por quê?"

"Fui pegar o jornal. Olhe." Ele ergueu o *Michiganapolis Tribune* para que eu lesse a manchete enorme, "AS BIBAS DE BOB", aludindo a uma reportagem que ocupava toda a primeira página. "Parece uma coisa do *National Enquirer.*"

"Leia para mim!"

Stefan leu, e eu, debaixo das cobertas, me deliciei com o escândalo que chegava a mim em pródigas ondas.

Bob confessara haver assassinado tanto Chloe quanto Priscilla. Atraíra Chloe ao corredor escuro e a matara porque ela tinha tido um caso com Joanne quando ambas eram estudantes na Smith. Declarou recear que Chloe falasse nisso em suas memórias. Providenciou para que Joanne encontrasse o corpo para que ninguém suspeitasse dela.

Quanto a Priscilla, matou-a porque ela estava chanta-geando Joanne. Exigia que esta alterasse a posição do colegiado no que se referia aos benefícios à união estável de gays e lésbicas, do contrário revelaria que tinha um caso *com Bob — e com Joanne.*

Stefan olhava a toda hora para mim: queria ver a minha reação. "Você tinha razão", disse. "Tinha toda a razão, caso seja verdade. E além disso está *bouche bée*", gracejou.

"Por favor, não me venha com francês antes do café-da-manhã. Essa eu não conheço. O que quer dizer? Para mim, Bouche Bay só pode ser um balneário em Maine."

"Você está de queixo caído. Quer que eu continue?"

"Quero, claro que quero." Aquelas revelações tão sensacionais pediam nada menos que a voz rapsódica de Molly Bloom. Stefan terminou a reportagem com entusiasmo.

Assim, se Bob Gillian tivesse dito a verdade, Priscilla

não só estava dormindo com um homem como com um homem que ela dizia detestar.

Stefan se mostrou menos admirado e mais racional. "Priscilla não queria que a comunidade homossexual soubesse que ela era bissexual. Seria muito criticada. Diriam que estava traindo a causa, e tudo o mais."

Embora eu já suspeitasse que o assassino fosse Bob, os elementos do caso não tinham sentido para mim. "Mas como é possível que Priscilla dormisse com Joanne? Ela é o Jesse Helms de Michigan, o próprio Anticristo. E Priscilla me disse que tinha desprezo pelos dois! Chegou a me criticar por ter tentado ser gentil com Bob. Era para dissimular?"

Stefan tinha explicação para isso também. "É claro que ela tinha de ocultar um caso com uma pessoa que atacava publicamente os gays e as lésbicas na UEM."

"Tudo bem, mas eu continuo sem entender como ela foi capaz de dormir com Joanne — e como será que elas faziam para se encontrarem?"

Stefan imaginava que Joanne e Priscilla provavelmente tinham se encontrado pela primeira vez numa reunião do colegiado ou então quando a força-tarefa começou a atuar. "Tem gente que se sente atraída por mulheres ou homens exatamente *porque* são a pessoa errada. É cruel."

"Isso só pode ser uma tara!"

Ele discordou. "Faz sentido em termos emocionais."

Ora, quem era eu para discutir isso? Então me lembrei de uma coisa na primeira vez em que Priscilla e eu conversamos sobre Bob e Joanne Gillian. Ela disse que mesmo que os membros da força-tarefa homossexual da UEM dormissem com seus adversários, nada mudaria na universidade.

"Terá sido um ato falho?", perguntei. "Ou foi naquele momento que ela decidiu dormir com Bob e Joanne para bagunçar o coreto? Ou já tinha acontecido?"

"Sei lá, Nick. Mas isso não vai transformá-la numa vilã para os homossexuais da UEM. Se começarem a pensar que Priscilla foi assassinada porque estava tentando levar o colegiado a mudar de posição, pode ser que ela acabe sendo vista como uma mártir dos direitos dos homossexuais, apesar do método que escolheu."

"Santa Priscilla? É demais."

"Bom... você deve ter razão. Toda essa história só vai servir para piorar a situação da união estável na UEM."

Súbito, eu dei um tapa na minha própria testa. "Stefan! *Ethan Frome!* A história toda gira em torno de um triângulo. Ethan, sua esposa e Mattie, a empregada. Não admira que Priscilla tivesse fascínio por esse livro, tanto que estava pensando em usá-lo num romance policial. É uma história de armadilha, culpa e infâmia. Tão sombria e tortuosa... exatamente como a história dela!"

Tomei um banho rápido, vesti-me às pressas, e fomos para o Hotel Central para o último café-da-manhã do ciclo de conferências, onde fui recebido como um herói à porta do refeitório. Todos me cercaram para me cumprimentar e me dar os parabéns pelo evento. Elogiaram os painéis, os oradores e a comida.

Ninguém falou nos assassinatos nem na prisão, mas, obviamente, era isso que os empolgava tanto. A doce Angie parecia uma barata tonta. "Não posso acreditar que a gente tenha estado tão perto da morte!"

Fiquei encantado com a sua juventude.

Eu já ia me sentar quando Gustaf Carmichael e Crane Taylor vieram me dizer que estavam pensando em organizar outro seminário de estudiosos de Wharton, menos formal dessa vez, a fim de curar as feridas causadas pela discussão franca ocorrida no meu. O que eu podia fazer? Dei-lhes todo o apoio.

Então eles me convidaram para coordenar o evento, já que tinha feito um trabalho tão fantástico no da UEM.

"Infelizmente, não vai ser possível", respondi. "Estou com a agenda lotada até o fim do século." Quando Carmichael fez menção de falar, acrescentei: "E depois também". Isso inibiu qualquer outra tentativa de recrutamento.

Quando o café-da-manhã começou, Verity Gallup e

Van Deegan Jones se levantaram. "Queremos fazer um comunicado", disse ele com ar seriíssimo. Um rumor percorreu o refeitório, e eu me perguntei que diabo ia acontecer agora.

"Sim", confirmou Verity. "Nós dois vamos nos afastar das nossas respectivas sociedades Wharton."

Os participantes ficaram boquiabertos.

"Vamos abandonar totalmente o estudo de Wharton", prosseguiu Jones. Jones segurou a mão de Verity. "Vou antecipar minha aposentadoria. Nós nos apaixonamos aqui neste...", ele se engasgou um pouco, "... neste excelente seminário."

Stefan me cutucou com o pé debaixo da mesa.

"Vamos nos casar", acrescentou Verity com um sorriso orgulhoso. "E vamos nos mudar para Santa Fé."

Ainda de mãos dadas, sentaram-se em meio ao imediato clamor de protestos e aplausos — pelo casamento, pela aposentadoria, pela renúncia de ambos à presidência das respectivas sociedades. Senti instantaneamente as facções se formando no refeitório, os especialistas em Wharton iniciando campanhas eleitorais, avaliando suas chances, cobrando favores. Haveria uma sociedade ou duas — ou mais? As únicas caras tristes que se viam no salão eram as de Gustaf Carmichael e Crane Taylor. Ficaram aborrecidos e confusos com o desenrolar dos acontecimentos, já que o anúncio anulava a sua pretensão de serem os pacificadores Wharton.

Nesse momento, Vivianne se instalou na cadeira vazia ao meu lado e pediu desculpas pelo seu comportamento na véspera. "O meu lema sempre foi *Sois sage, sois chic*, e eu estou desolada por ter sido tão mal-educada no seu seminário."

Stefan perguntou se ela sabia alguma coisa do depoimento de Bob na polícia.

Vivianne fez que sim. "Acho que Priscilla foi para a casa dos Gillian. Estava desesperada, morrendo de medo de ser presa. O senhor Gillian a levou de volta para sua casa, mas parou naquele estacionamento distante para tentar acalmá-la. Priscilla pegou a arma que costumava levar no porta-luvas, a fim de se proteger, e disse que ia se matar. Ele viu nisso uma boa oportunidade de se livrar do problema e, fingindo desarmá-la, apontou o revólver e disparou."

A história saiu com uma fluidez impecável.

"Como você sabe disso tudo?"

Vivianne sorriu. "Lembra-se da investigadora que esteve aqui ontem? Ela e eu temos... temos conversado muito."

Isso, sim, é que é ser rápida no gatilho, pensei.

"Mas e as memórias de Chloe? Ela não ficou de revelar, no fim do evento, quem seria o seu editor? Chegou a lhe dizer o nome dele?"

"Não havia nenhum livro de memórias. Chloe só queria criar confusão, chamar a atenção."

Assombrado, eu mencionei a suposta guerra entre os editores. Era mentira? O que eles estavam disputando afinal?

"O nome dela. E o escândalo. Monsieur Davenport diz que os escritores são a escória. Pois eu digo que os editores são dementes."

Stefan e eu ficamos com vontade de aplaudir.

Vivianne se levantou, acenou para nós dois, disse "*Au plaisir*", e se foi.

Um recém-chegado ao refeitório anunciou que acabava de ouvir no rádio que Joanne Gillian tinha negado as declarações do marido e ia entrar com um processo de divórcio, alegando "uso de drogas e perversão sexual". Ficou de dar uma entrevista coletiva naquele mesmo dia.

Mais tumulto.

Angie tratou de esticar o pescoço para se informar. "É tudo tão bárbaro — tão genial — é tão bárbaro."

Serena passou por nós naquele momento e disse cordialmente: "Calma, gatinha".

Um garçom se aproximou, um que eu não reconheci. "O senhor é o doutor Hoffman? É o senhor? Bem, outro dia, quando nós estávamos fazendo a limpeza, um dos rapazes achou um livro. Deve ser de um dos participantes da conferência." Entregou-me uma brochura. "Desculpe-me, eu esqueci."

Era um exemplar da *Casa da felicidade*, e, ao abri-lo, eu dei com o nome de Priscilla na contracapa. O livro perdido.

"Ela deve tê-lo deixado cair por aí", disse Stefan.

"Mas e o que encontraram no corredor, junto ao corpo de Chloe?"

Angie deu de ombros. "Talvez a gente nunca descubra de quem era e como foi parar lá." Estava tão emocionada que parecia uma fã do Triângulo das Bermudas.

Van Deegan Jones e Verity Gallup saíram de mãos dadas. Detiveram-se à porta e deram meia-volta. Ela gritou: "Por que vocês não vão para casa viver uma vida real?".

Foi a maneira mais adequada de encerrar o colóquio.

Mas quando eles saíram eu corri para alcançá-los. Os dois se viraram, divertidos com a minha pressa, a testa enrugada num silencioso "Pois não?...".

"O que vocês tinham contra Chloe DeVore? Era uma coisa pessoal, não?"

Eles se entreolharam e sacudiram os ombros, como a dizer "Que mal há em lhe contar?".

Ainda que um tanto a contragosto, Verity disse: "Chloe era muito amiga de um importante editor francês que estava interessado em publicar a tradução do meu primeiro livro. Chloe se interpôs, dizendo que o projeto seria perda de tempo". Ficou tensa, e Jones a abraçou.

"E você?", eu lhe perguntei. "Por que não gostava de Chloe DeVore?"

Ele se mostrou tão receptivo quanto uma pessoa cujo local de trabalho tivesse sido invadido por uma equipe de filmagem do *60 Minutes*.

"Ela sabia uma coisa a meu respeito que ninguém mais sabia", disse com voz tensa. "Uma prima minha foi amante de Chloe..." Jones se calou, e dessa vez foi Verity que lhe ofereceu consolo, enlaçando-lhe a cintura com meiguice. "Nem todos sabem que... minha mãe era judia", desembuchou enfim, baixando os olhos.

"Judia", repeti, compreendendo imediatamente o quanto aquilo era vergonhoso para um homem que se atribuía status aristocrático, declarando-se descendente de Edith Wharton, que era de boa cepa holandesa e inglesa e não morria de simpatia pelos judeus.

"Isso não tem a menor importância agora", sorriu Verity, e Jones se reanimou.

Eu me afastei, contente por estar livre dos dois.

Ao chegar em casa com Stefan, comecei a tirar a roupa para tomar um demorado banho, mas ele disse: "Pode ir fazer as malas. Nós vamos para o chalé".

"Não dá. Nós dois temos aula amanhã."

"Então a gente volta mais cedo. Ande. Arrume a bagagem. E não se atreva a entrar na cozinha."

Eu tinha passado todo o fim de semana querendo fugir — então por que não viajar agora? Estava de cabelo em pé com a estranhíssima despedida no Hotel Central: todos os participantes vieram dizer que nunca tinham assistido a um seminário tão empolgante.

Empolgante? Foi como um casamento coletivo do reverendo Moon em meio a um furacão.

Enquanto Stefan se mexia misteriosamente na cozinha, eu joguei roupas e artigos de toalete na mala Gladstone de couro, presente de aniversário que eu sempre quisera e que ele me tinha dado no ano anterior. Fechei as persianas, liguei o *timer* de algumas lâmpadas e, em meia hora, estava pronto para viajar.

Stefan apareceu com duas caixas grandes de isopor, algumas sacolas de supermercado, mas se recusou a contar o que continham. Fomos para o Norte. Uma viagem maçante e em linha reta pela Rodovia 27, mais ao norte a paisagem ficava mais pitoresca, entre fazendas e um sobe-e-desce de montanhas.

Pusemos "Diva", de Annie Lennox, e Bronski Beat,

sentindo-nos dois adolescentes fugindo de casa. A caminho do lago Michigan, a noroeste, em Grayling, chegava-se a uma região montanhosa do estado que parecia um outro mundo, repleta de florestas densas e lagos.

Estávamos livres, e eu me senti incrivelmente relaxado quando iniciamos os cinco quilômetros de estrada de terra perto de Norwood, ao sul de Charlevoix. Escondido entre álamos e pinheirais, o nosso adorado chalé ficava à beira do lago, com seis metros de praia num terreno de dois mil metros quadrados. O lugar era mais íntimo ainda porque nós nunca convidávamos ninguém: não havia espaço para hóspedes. Dois terços da área construída eram ocupados pela cozinha aberta e pela sala de estar; o resto por um quarto aconchegante e um banheiro com hidromassagem.

Ligamos a calefação e nos instalamos o mais depressa possível, pois queríamos aproveitar ao máximo o nosso meio dia lá.

Eu adorava ficar à beira do lago Michigan. Pouco importava que não fosse o mar — para mim, era grande o suficiente, já que não se conseguia ver o outro lado. E tinha ondas. Melhor ainda: sem águas-vivas nem tubarões.

"E então, o que a gente vai jantar?", perguntei enfim. "Agora você tem de me contar."

Stefan sorriu e expôs o cardápio: ravióli de *foie gras*; pernil de cordeiro recheado com espinafre, hortelã e casca de laranja; batata *sautée* com alho; uma garrafa de Vieux Telegraph 1990. Seguido de sorvete de Grand Marnier em conchas de chocolate branco e um Dom Pérignon 1988. Ele pegou um balde de gelo e começou a enchê-lo para o champanhe.

"Não admira que tenha trazido tanta coisa. Você me ama mesmo, não?"

Stefan balançou gravemente a cabeça. "É duro saber que você continua pensando no ano passado e em Perry Cross."

Eu desviei a vista. "É que ainda estou magoado."

"Como antes?"

Eu o fitei nos olhos ansiosos, doces. Ele estava quase chorando.

"Não", respondi com firmeza. "Cada vez menos."

Stefan suspirou com alívio e gratidão.

O telefone tocou, e nós nos entreolhamos, decididos a deixar que a secretária eletrônica atendesse. Ouvimos a voz de Serena. "Nick! Nick! Se você estiver aí, ligue a televisão. É Joanne Gillian! Está dando uma entrevista em sua *igreja*. Não perca!"

Nós não atendemos, mas, cheios de curiosidade, fomos ligar o televisor — por sorte tínhamos cabo no chalé — e sintonizamos um canal Lansing.

Fiquei admirado ao ver uma sala repleta de câmeras e jornalistas. Diante de um aglomerado de microfones pretos, Joanne estava sentada a uma mesinha em frente a uma sanguinolenta serigrafia representando a crucificação. Trajava um tailleur preto e uma blusa branca simples.

"Que cafona", disse eu, segurando a mão de Stefan. Estávamos sentados muito juntos.

"O painel ou a roupa?"

"As duas coisas."

Nós rimos quando a sofrida pastora Gillian iniciou sua declaração. "Senhoras e senhores da imprensa e povo de Michigan, eu me apresento perante vocês como vítima. Fui enganada, ludibriada, fraudada e diabolicamente caluniada por aquele que em breve será meu ex-marido, um viciado em drogas, um travesti e um homem mau, muito mau, que me roubou o coração e a confiança e me manteve prisioneira durante anos. Eu não podia fugir porque o amava. Confiava nele. E estava triste e redondamente enganada."

O telefone tornou a tocar, e eu, distraído, atendi sem tirar os olhos da tela.

"Professor Hoffman?" Era uma voz fraca de adolescente, podia ser qualquer aluno meu. Mas por que um aluno telefonaria para o nosso chalé? "Eu sou do *Detroit Free Press* e queria entrevistá-lo sobre as mortes no seu seminário. O senhor pode responder algumas perguntas?"

"Quem é?", cochichou Stefan.

"Um jornalista." Eu estava tão concentrado na cara retorcida e ansiosa de Joanne Gillian que nem me ocorreu desligar.

"Professor Hoffman, para começar, o senhor pode falar um pouco de Edith Wharton?"

"Edith o quê?"

SÉRIE POLICIAL

Réquiem caribenho
  Brigitte Aubert

Bellini e a esfinge
Bellini e o demônio
Bellini e os espíritos
  Tony Bellotto

Os pecados dos pais
*O ladrão que estudava
  Espinosa*
Punhalada no escuro
*O ladrão que pintava como
  Mondrian*
*Uma longa fila de homens
  mortos*
Bilhete para o cemitério
*O ladrão que achava que era
  Bogart*
*Quando nosso boteco fecha as
  portas*
  Lawrence Block

O destino bate à sua porta
  James Cain

Post-mortem
Corpo de delito
Restos mortais
Desumano e degradante
Lavoura de corpos
Cemitério de indigentes
Causa mortis
Contágio criminoso
Foco inicial
Alerta negro
A última delegacia
Mosca-varejeira
  Patricia Cornwell

Edições perigosas
Impressões e provas

A promessa do livreiro
  John Dunning

Máscaras
Passado perfeito
  Leonardo Padura Fuentes

Tão pura, tão boa
Correntezas
  Frances Fyfield

O silêncio da chuva
Achados e perdidos
Vento sudoeste
Uma janela em Copacabana
Perseguido
Berenice procura
Espinosa sem saída
  Luiz Alfredo Garcia-Roza

Neutralidade suspeita
A noite do professor
Transferência mortal
Um lugar entre os vivos
  Jean-Pierre Gattégno

Continental Op
  Dashiell Hammett

O talentoso Ripley
Ripley subterrâneo
O jogo de Ripley
Ripley debaixo d'água
O garoto que seguiu Ripley
  Patricia Highsmith

Sala dos Homicídios
Morte no seminário
Uma certa justiça
Pecado original
A torre negra
Morte de um perito

O enigma de Sally
O farol
  P. D. James

Música fúnebre
    Morag Joss

*Sexta-feira o rabino acordou
    tarde*
Sábado o rabino passou fome
*Domingo o rabino ficou em
    casa*
Segunda-feira o rabino viajou
*O dia em que o rabino foi
    embora*
    Harry Kemelman

Um drink antes da guerra
Apelo às trevas
Sagrado
Gone, baby, gone
Sobre meninos e lobos
Paciente 67
Dança da chuva
    Dennis Lehane

Morte em terra estrangeira
Morte no Teatro La Fenice
Vestido para morrer
    Donna Leon

A tragédia Blackwell
    Ross Macdonald

É sempre noite
    Léo Malet

Assassinos sem rosto
Os cães de Riga
A leoa branca
O homem que sorria
    Henning Mankell

Os mares do Sul
O labirinto grego
O quinteto de Buenos Aires
O homem da minha vida
A Rosa de Alexandria
Milênio
    Manuel Vázquez Montalbán

O diabo vestia azul
    Walter Mosley

Informações sobre a vítima
Vida pregressa
    Joaquim Nogueira

Revolução difícil
Preto no branco
    George Pelecanos

Morte nos búzios
    Reginaldo Prandi

Questão de sangue
    Ian Rankin

*A morte também freqüenta o
    Paraíso*
Colóquio mortal
    Lev Raphael

O Clube Filosófico Dominical
    Alexander McCall Smith

Serpente
A confraria do medo
A caixa vermelha
Cozinheiros demais
Milionários demais
Mulheres demais
Ser canalha
Aranhas de ouro
Clientes demais
    Rex Stout

Fuja logo e demore para voltar
O homem do avesso
O homem dos círculos azuis
    Fred Vargas

A noiva estava de preto
Casei-me com um morto
A dama fantasma
    Cornell Woolrich

ESTA OBRA FOI COMPOSTA PELO GRUPO DE CRIAÇÃO EM GARAMOND
E IMPRESSA PELA GEOGRÁFICA EM OFSETE SOBRE PAPEL PAPERFECT
DA SUZANO PAPEL E CELULOSE PARA A EDITORA SCHWARCZ
EM MARÇO DE 2007